La liaison scandaleuse

Pamela Morsi

La liaison scandaleuse

Traduit de l'américain
par Perrine Dulac

Éditions J'ai lu

Titre original :

WILD OATS
Published by arrangement with The Berkley Publishing Group,
a division of The Putnam Berkley Group, Inc.

1

A cent mètres de toute habitation, l'attelage noir entra discrètement dans l'anonymat des arbres. Les stores en mica étaient descendus sur les trois fenêtres ouvertes du corbillard et des rideaux en crêpe noir bordés de glands tremblaient dans la brise du soir. Il faisait presque nuit, mais on pouvait encore lire les mots inscrits en lettres d'or au-dessus des fenêtres : *Pompes funèbres Sparrow*. Sous le nom, en plus petits caractères, l'annonce : « Embaumement moderne », suivie du slogan : « Conservation et stérilisation. »

Le conducteur serra le frein et sauta à terre en regardant nerveusement autour de lui. Hésitant, il passa la main dans ses cheveux blonds un peu trop longs. Retirant son chapeau du banc du conducteur, il le cala avec soin sur sa tête.

Il vérifia la propreté de ses ongles, le nœud de sa cravate et les boutons de son pantalon, puis regarda de nouveau autour de lui. Constatant que personne ne l'épiait, il ravala sa timidité et respira profondément. Puis il se dirigea vers la maison.

Ce n'était pas vraiment une maison. C'était un cottage. Un cottage d'amoureux, un cottage de nouveaux mariés, réduction d'une autre maison, magnifique, celle-là, et située à l'autre bout de la ville. La grande maison était bien tenue et hospitalière, tandis que ce cottage était laissé à l'abandon et isolé en lisière de la ville. En se dirigeant vers l'entrée de la cuisine, il remarqua que plusieurs des piquets entourant la cour étaient penchés ou cassés. On avait manifestement essayé de réparer la clôture, mais de toute évidence l'ouvrier confondait scie et marteau.

Le jeune homme calcula la taille et le nombre des nouveaux piquets nécessaires à la réfection de la palissade. Le coût en serait minime.

Après un dernier regard autour de lui, il franchit le portail de derrière, qui grinça à son passage.

– Ça aussi, murmura-t-il pour lui-même.

Il graisserait les gonds à sa prochaine visite. Si prochaine visite il y avait.

Arrivé à la porte, il regarda à travers l'imposte de la minuscule cuisine. Elle était propre et il s'en dégageait une agréable odeur de haricots cuits. Au-delà, une lampe brillait dans le salon.

Elle était chez elle...

Malgré son appréhension, il leva le poing avec détermination et frappa à la porte. Il attendit longtemps avant de voir son visage s'encadrer dans la baie. Manifestement surprise, elle se précipita vers lui.

Elle était grande, plus grande que dans son souvenir, et bien en chair. Il déglutit nerveusement. Elle avait une poitrine ample, des hanches généreuses soulignées par le tablier noué autour de sa taille fine. Elle était très séduisante. Le seul fait de penser à Cora Briggs lui fouettait le sang.

Il s'obligea à lever les yeux vers son visage. Derrière un voile de cils bruns, deux yeux marron clair le scrutaient avec curiosité.

– Vous désirez ?

C'était la première fois qu'il l'entendait parler. Elle

avait un ton distingué, presque hautain, et son accent trahissait une éducation citadine. C'était la voix la plus troublante qu'il eût jamais entendue. Elle incarnait tous ses désirs. « Faites qu'elle dise oui ! » pria-t-il, avant de songer qu'un homme d'honneur ne pouvait pas prier pour ça.

« De la tenue ! » s'exhorta-t-il. Haywood conseillait toujours de « traiter les catins comme des dames et les dames comme des catins ».

D'un geste brusque, il retira son chapeau.

– Bonsoir, madame Briggs, débita-t-il d'une traite. Je suis M. Sparrow junior, madame. L'entrepreneur des pompes funèbres.

– Bien sûr, vous êtes le jeune Jed, dit-elle, se détendant un peu.

– Oui, madame, répliqua-t-il avec un sourire. Nous sommes parents par alliance.

Elle pinça les lèvres.

– Je ne suis plus mariée, monsieur Sparrow.

Jed rougit. « Ne parle donc pas de mariage, idiot ! Ne parle pas de famille ! Essaie de te comporter avec intelligence ! »

– Puis-je entrer, madame Briggs ?

Il regarda avec convoitise vers le salon, puis jeta un regard inquiet derrière lui. Le cottage était hors de la ville et le plus proche voisin se trouvait à cent mètres, mais il n'avait nulle envie d'être surpris devant sa porte.

– J'ai à vous parler, madame.

Sans hésitation, Cora Briggs souleva le loquet de bois et conduisit le jeune homme dans son salon.

Elle s'assit dans un petit fauteuil à bascule et fit signe à Jed de prendre place sur le divan.

L'intérieur du cottage ne ressemblait pas du tout à celui de la grande maison, à l'autre bout de la ville. La demeure des Briggs disposait de vastes pièces aux plafonds élevés et de larges corridors. Le rez-de-chaussée du cottage ne comportait que le salon et la cuisine. En haut, il y avait bien sûr... – cette seule pensée le troublait. En haut, c'était le paradis...

Assis au bord du canapé fatigué, Jed tripotait nerveusement son chapeau, redressant le bord déjà droit, lissant le ruban déjà lisse.

La lueur jaune de la lampe à pétrole rehaussait les traits de la jeune femme. Se trouver seul avec elle était un rêve que Jed caressait depuis des semaines. A présent, il osait à peine la regarder.

– Alors, monsieur Sparrow ? Si vous venez me dire que Maimie Briggs a enfin rejoint son Créateur, sachez que cela m'est égal.

Jed se redressa. « Elle ne connaît pas la raison de ma visite, c'est évident ! La vue de l'entrepreneur des pompes funèbres lui fait penser à la mort. »

– Mlle Maimie est en parfaite santé, madame.

– Tant mieux pour elle, répliqua Cora Briggs avec amusement. C'est Luther ? demanda-t-elle, l'air soudain presque effrayé.

– Non, madame. Personne n'est mort. Depuis le vieux Cravens de Frogeye Creek, mercredi dernier.

Elle hocha la tête, apparemment soulagée.

Le silence se prolongea. Elle attendait qu'il parlât, mais il hésitait toujours.

– Quel est l'objet de votre visite ? finit-elle par demander.

Jed n'était pas loin de se poser la même question.

Si on lui avait dit, un mois plus tôt, qu'il se tiendrait dans le salon de l'abominable Cora Briggs, il ne l'aurait pas cru. Il leva les yeux pour répondre, mais à sa vue, il oublia tout.

Assise, l'air guindé et les mains croisées sur les genoux, elle l'observait avec des yeux ronds. Son corsage sagement plissé ne cachait pas les courbes généreuses de sa poitrine. Mais sa volumineuse jupe de popeline grise ne laissait rien deviner de la partie inférieure de son corps. Jed aperçut la pointe d'une chaussure en cuir brun éraflé. Cette vision le ravit, le fascina. Il goûta en esprit la souplesse et la douceur du cuir, la finesse du bas de coton fixé par des jarretières de dentelle et surmonté de dessous coquins.

Face à cette dame décemment couverte, la femme la plus décriée de la ville, Jed imaginait... imaginait... le péché, et en avait la bouche sèche comme du coton.

– Quel bon vent vous amène, monsieur Sparrow ?

Jed refoula son désir par une toux nerveuse. Son discours avait été pensé, répété, corrigé, appris par cœur. Il ouvrit la bouche mais rien ne vint.

Il s'éclaircit la voix et se lança à nouveau.

– Je suis James Ed Sparrow junior, commença-t-il.

– Oui, je sais.

Jed se racla la gorge.

– Je suis le seul propriétaire des Pompes funèbres Sparrow, une des entreprises les plus prospères de Dead Dog.

Mme Briggs hocha la tête.

– Ce qui en dit long sur la ville, non ? fit-elle.

Son expression amusée échappa à Jed, qui s'appliquait toujours à triturer le gros-grain de son chapeau.

– Il semble évident, même à un observateur neutre comme moi, que depuis huit ans que vous êtes divorcée de Luther Briggs, votre situation est de plus en plus difficile.

Mme Briggs fronça les sourcils.

– Si quelque comité municipal vous a chargé de m'inviter à quitter la ville, monsieur Sparrow, déclara-t-elle avec fermeté, je dois vous dire que vous n'êtes pas le premier à faire une telle démarche. Je n'ai cependant aucune intention de partir.

Jed leva les yeux vers elle.

– Oh non, madame ! protesta-t-il, oubliant son discours. Je ne veux pas du tout que vous partiez !

Mme Briggs pencha la tête, intriguée. Ses lèvres colorées étaient entrouvertes, dévoilant des dents blanches et régulières ; elles étaient si éclatantes que ses lèvres en paraissaient étonnamment rouges. Son visage était d'un ovale parfait et rien dans sa personne n'était vulgaire. En fait, elle tenait plus de l'institutrice que de la prostituée. Mais les apparences pouvaient être trompeuses, se disait Jed, et chacun à Dead Dog connaissait la vie dissolue de Cora Briggs.

Jed inspira profondément et se lança :

– Le récent krach et la chute des prix agricoles nous ont tous atteints, madame Briggs. Il n'échappe à personne que votre maison a besoin de réparations. La peinture est tellement écaillée qu'un simple chaulage ne suffira plus.

Jed la vit rougir de confusion. La pauvreté n'était ni scandaleuse ni rare, mais elle était humiliante.

Ennuyé, Jed tenta d'atténuer la critique.

– Je ne connais évidemment pas vos arrangements avec Luther Briggs...

Il s'arrêta pour lui permettre de prendre la parole. Elle n'en fit rien.

– Il semble cependant qu'il ne s'est pas montré particulièrement généreux, et qu'une aide financière ne vous serait pas inutile.

– Une aide financière ?

– Je souhaite vous fournir un modeste traitement que vous pourrez dépenser à votre guise.

Assise avec raideur dans son fauteuil, Cora Briggs regardait le jeune Jed Sparrow comme s'il venait de lui pousser deux têtes.

– Pour quelle raison souhaiteriez-vous me fournir ce « modeste traitement », monsieur Sparrow ?

Jed avait les mains moites, mais il résista à l'envie

2

C'était la faute d'Haywood, décida Jed. Il vous fourrait une idée en tête, et impossible ensuite de s'en débarrasser.

Haywood Puser était maître embaumeur ; c'était un être simple, un sacré brave homme, et le meilleur ami de Jed Sparrow.

Près de trois semaines plus tôt, Jed s'était plaint à Haywood. Sa mère le harcelait pour qu'il se marie à quelque femme respectable.

– Ne te laisse pas embringuer par la vieille Mellie, avait dit Haywood.

Ils avaient ri de bon cœur en travaillant dans la pièce du fond.

– Ta mère veut caser son petit garçon, avait-il ajouté. C'est ce que veulent toutes les mères.

– D'abord, je ne suis pas un petit garçon et ensuite je ne veux pas me marier, avait déclaré Jed avec emphase.

– Jamais ? Mieux vaut ne pas le dire à ta mère, elle tomberait dans les pommes. Et si les garçons à la salle de billard entendent ça, ce sera ta fête.

– Je n'ai rien à prouver à une bande de minables. Mariage et virilité sont deux choses différentes.

Haywood leva les bras au ciel en signe de reddition.

de les essuyer sur son pantalon. Il était venu pour le dire, et il le dirait. Il n'était plus le bon petit garçon à sa maman ; il était un homme, maintenant. Les hommes disent ce qu'ils aiment et demandent ce qu'ils désirent. Jed aimait Cora Briggs, et comme il la désirait !

Il leva le menton avec détermination. Il parlerait sans détour, et elle accepterait ou rejetterait sa proposition.

– J'aimerais... commença-t-il.

Elle le contemplait, les yeux plissés, attendant la suite.

– J'aimerais que vous... deveniez ma... si nous pouvions... peut-être que nous... je pensais que...

Jed se figea, incapable de prononcer les mots.

– Monsieur Sparrow, dit-elle d'une voix douce et calme en le regardant droit dans les yeux, me feriez-vous une proposition malhonnête ?

– Oui, madame.

– Moi, je le sais déjà. C'est ta mère qui ne voit pas l'évidence.

Manches retroussées, leurs seaux remplis de lessive et de phénol, ils frottaient de concert la salle d'embaumement. Jed détestait cette pièce. Elle lui rappelait des souvenirs qui le torturaient, le minaient. Depuis qu'il ne faisait plus d'embaumement, c'était la pièce d'Haywood. Il aurait pu éviter les odeurs, le spectacle, les souvenirs, mais il s'obligeait à y entrer tous les jours. Il aidait Haywood qui ne demandait rien et n'en avait nul besoin.

– On ne se marie pas comme ça, expliqua-t-il inutilement. On ne peut pas s'arrêter à des considérations pratiques. Ce sont les sentiments qui comptent.

Haywood hocha la tête et ricana.

– Sans parler du délicieux sentiment qu'on éprouve au lit, pas vrai ?

– Le bonheur conjugal dépasse de loin la simple copulation.

– Et la copulation donne plus de bonheur que l'union conjugale.

Jed s'appliqua à frotter la table avec plus de force que nécessaire.

– C'est seulement que je n'ai pas trouvé la femme qu'il me faut.

Cette constatation provoqua chez Haywood un reniflement d'incrédulité.

– Hé, là ! C'est à moi que tu parles. Admets-le, Jed. Tu n'as trouvé *aucune* femme.

Jed lui jeta un regard furieux.

– Dead Dog n'est pas Paris. Ici, je ne peux pas reluquer une fille sans que sa mère et la mienne se consultent.

Haywood sourit et hocha la tête avec sympathie.

– Si tu ne penses pas te marier, ne perds pas ton temps à lorgner ces filles, conseilla-t-il. Et tu n'as pas besoin de songer au mariage, en tout cas pas tout de suite. Mais jette ta gourme, ça te calmera.

Jed secoua la tête.

– Ce ne sont pas les femmes qui manquent, insista Haywood. Il suffit d'ouvrir les yeux.

– Très peu pour moi. La plupart des femmes de ces maisons de Guthrie sont vieilles et édentées, et même celles qui sont jolies sont d'une propreté douteuse.

– Garde-toi de mettre les pieds dans ce genre d'établissement, fils.

Jed ouvrit de grands yeux.

– Tu attraperais une sale maladie, poursuivit Haywood. Les maisons closes sont des antres de putréfaction.

– Tu te contredis. D'abord, tu me dis de me trouver une femme, ensuite, tu...

– Je t'ai dit de regarder autour de toi. Il y a des femmes convenables, propres, qui n'ont besoin que d'un tout petit encouragement pour sortir du droit chemin.

Une fois la planche de pin nettoyée, Jed la tendit à son compagnon. Haywood avait près de cinquante ans, mais était encore bel homme. Son épaisse chevelure ondulée et sa barbe touffue étaient plus argentées que noires. Ses grands yeux bleus incitaient à la confiance et les dames semblaient être attirées par lui comme des mouches par le miel. Jed se demandait à quelle femme Haywood faisait allusion.

– Bon, fit le jeune homme. Tu vas me présenter quelqu'un ?

Haywood hurla de rire.

– Ta mère me ficherait à la porte !

Jed fronça les sourcils.

– L'affaire m'appartient. Tu es mon employé. Même ma mère ne peut pas dire le contraire.

– Oui, monsieur Sparrow, le taquina Haywood.

Déjà que Mellie te rend presque fou. Et tu veux lui donner des verges pour te battre ?

Jed s'était donc gardé de demander quelles étaient les femmes prêtes à sortir du droit chemin. Il s'en était remis à son propre jugement et avait décidé de ne pas prendre de risque : il irait trouver la créature la plus scandaleuse de Dead Dog, dans l'Oklahoma, l'indigne Cora Briggs, la divorcée.

Abasourdie, la « créature indigne » regardait le jeune homme assis en face d'elle, se demandant comment elle en était arrivée là.

Jed Sparrow, ce garçon sympathique et travailleur, fils brillant et dévoué de cette terrible sorcière d'Amélie Sparrow, venait de lui faire, dans son propre salon, une proposition malhonnête !

Il ramena nerveusement ses cheveux en arrière, attendant sa réaction.

– Veuillez sortir de chez moi, monsieur Sparrow.

Elle vit le visage du jeune homme se décomposer. La croyait-il vraiment ouverte à une telle proposition ?

– Et si vous preniez le temps de réfléchir ? suggéra-t-il.

– Réfléchir ?

– Madame Briggs, je suis un homme généreux et très discret. Je ne suis ni cruel ni grossier. Je suis sûr, madame, que vous pourriez tomber plus mal.

Une telle insolence mit le comble à la fureur de Cora.

– Vous êtes un gamin en face de moi !

Jed parut surpris.

– J'ai vingt-quatre ans, dit-il. Je ne vous donnais guère plus de trente ans.

– J'en ai vingt-neuf !

Jed hocha la tête.

– Eh bien, il n'y a pas une grande différence.

– Je connais votre mère, monsieur Sparrow.

– C'est une petite ville, madame Briggs. Tout le monde se connaît.

– Votre mère sait-elle que vous êtes ici ?

– Bien sûr que non, répondit-il, stupéfait.

– Elle serait peut-être intéressée d'apprendre que vous êtes venu me rendre visite ?

Jed leva le menton.

– Elle serait aussi intéressée d'apprendre que vous m'avez invité à entrer, rétorqua-t-il.

Cora en eut le souffle coupé.

– Vous avez prétendu vouloir me parler. J'ai cru que...

Elle hésita. Aucune explication ne parviendrait jamais à effacer une vieille rumeur.

– Votre mère serait prête à croire n'importe quoi sur mon compte, admit Cora. Contrairement à vous, je n'ai pas de réputation à perdre.

– Pour un homme, la perte de sa réputation peut être bénéfique, dit Jed avec un sourire.

Cora ouvrit la bouche pour protester, mais elle savait qu'il avait raison. Elle en fut d'autant plus furieuse. La plus petite incartade déconsidérait une femme à vie. Un homme pouvait, quant à lui, se vautrer dans le péché, le scandale et l'immoralité. Cora l'avait appris à ses dépens...

C'était du passé. Huit années s'étaient écoulées. Mais elle devait sans cesse se répéter que c'était du passé. Elle était apparemment la seule à se le rappeler.

– Monsieur Sparrow, commença-t-elle d'un ton froid, je trouve votre proposition tout à fait déplaisante.

– Je ne voulais pas vous faire un affront, madame Briggs. Je suis plus jeune que vous. Vient un temps, pour la plupart des jeunes gens, où il est bon d'acquérir un peu d'expérience, vous comprenez ? De jeter sa gourme, comme on dit...

Cora le regarda, stupéfaite.

– Je vous trouve extrêmement... séduisante, madame Briggs, poursuivit-il. Et j'espérais que vous verriez les avantages d'une... liaison entre nous.

Cora se redressa et rajusta ses manchettes.

– Je ne suis pas une catin qu'on achète avec des rubans et des fanfreluches !

– Bien sûr que non ! s'empressa de dire Jed. Mais je pourrais apporter quelques embellissements à votre maison. La peinture et le bois ne se troquent pas contre des œufs et des légumes. Je pourrais vous donner de l'argent liquide. Et des vêtements, madame Briggs. Je sais que vous ne sortez guère, mais une robe neuve vous ferait sûrement plaisir. Je pourrais vous emmener à Guthrie ? Une robe neuve, une soirée au théâtre et un dîner ?

Jed se réjouissait déjà à cette idée.

– Et votre avenir, madame, ajouta-t-il. Chacun doit économiser pour ses vieux jours.

– Une pension pour relations sexuelles, monsieur Sparrow ?

Jed se racla la gorge.

– Comme vous voudrez, madame Briggs.

– Ce que je veux, monsieur Sparrow, dit Cora d'une voix coupante, c'est que vous sortiez de chez moi avec vos propositions immorales et que vous n'y remettiez pas les pieds.

Il se leva et s'inclina avec raideur.

– Je ne voulais pas vous blesser, madame Briggs, et je suis infiniment désolé de vous avoir dérangée.

Le désarroi du jeune homme apaisa quelque peu Cora.

– Soyez assurée, ajouta-t-il, que je ne révélerai jamais à quiconque cette visite.

Les mains tremblantes, Jed posa son chapeau noir sur sa tête et se dirigea vers la sortie.

« Bien fait pour lui ! » se dit Cora. Ce petit rustaud avait osé lui faire des avances comme à une poule de Saint Louis ! Elle se demanda un instant si sa mère était pour quelque chose dans cette démarche, mais elle écarta immédiatement cette idée. Amélie Sparrow la détestait. Elle souffrirait mille morts si elle imaginait que son unique et précieux fils avait respiré le même air que la scandaleuse Cora Briggs.

Soudain, une idée lui traversa l'esprit. Une idée horrible, terrible... Non, merveilleuse. Un sourire se dessina sur les lèvres de la jeune femme.

– Monsieur Sparrow !

Jed s'arrêta, la main sur la poignée de la porte.

– Madame Briggs ?

C'était au tour de Cora de ne plus trouver ses mots. Elle se tordit les mains.

– J'ai peut-être été trop hâtive, dit-elle avec un sourire engageant.

– Madame ?

Cora rougit et feignit le trouble.

– Ces questions de « traitements » et d'« avantages », expliqua-t-elle comme si les mots lui étaient inconnus, déconcertent une femme.

Jed se mordit la lèvre.

– Je vous renouvelle mes excuses.

– Quand un homme vient faire une visite, dit-elle avec une fausse timidité, il fait généralement sa cour.

– Sa cour ?

Jed prononça le mot avec un tel dégoût que Cora ne put s'empêcher de rire.

Le regard candide et le sourire provocant, elle repartit à l'attaque :

– Monsieur Sparrow, vous ne pouvez pas espérer... enfin... qu'attendez-vous ?

Jed était pétrifié. Le soudain changement de Cora le déconcertait.

Cora lui toucha l'épaule.

– Revenez dans le salon, monsieur Sparrow, reprit-elle en pressant les doigts sur son bras puissant. Ou peut-être devrais-je vous appeler Jed ? ajouta-t-elle avec un petit rire bête, qui ne lui correspondait pas du tout.

« Est-ce la même femme que tout à l'heure ? » se demandait Jed.

– Cher, cher Jed, dit-elle en le reconduisant vers le divan. Asseyez-vous là et donnez-moi votre chapeau.

Il le lui tendit. Cora l'accrocha au portemanteau dans l'entrée, avant de revenir s'asseoir dans le fauteuil à bascule. Elle contempla ses mains puis, comme si elle venait de se rappeler sa présence, leva les yeux et lui adressa un grand sourire.

Jed lui rendit son sourire, qu'elle ne fit qu'entrevoir car elle s'empressa de baisser de nouveau la tête.

Un silence pesant s'installa. Jed était profondément mal à l'aise, et seul le fait qu'elle eût peut-être changé d'avis le retenait assis.

– Que vouliez-vous dire par trop hâtive ? demanda-t-il enfin. Et par... par faire la cour ?

Cora leva la tête et le regarda dans les yeux. Il ressemblait à Amélie Sparrow, avec les mêmes cheveux blonds dont elle était si fière, un peu trop longs sur la nuque. Il avait des traits bien dessinés, avec des pommettes saillantes et un menton élégant qui mettait en valeur la courbure de ses lèvres. Il était presque trop séduisant, mais quelque chose dans ses yeux couleur d'érable, ses yeux attentifs et concentrés, l'empêchait d'être qualifié de joli garçon.

Le regard de Cora s'égara ensuite sur ses épaules

et ses bras musclés. Les mains qu'il tenait jointes sur ses genoux étaient grandes et fortes. Des mains de travailleur, terriblement sensuelles...

– Faire la cour ? répéta Cora. Vous savez sûrement ce que ça veut dire, non ?

Elle rajusta sa coiffure et lui sourit avec chaleur.

– Faire la cour, expliqua-t-elle, ce sont des fleurs et de la poésie, de délicieux instants de paix et des regards ardents.

Soucieux de ne pas la blesser, Jed choisit ses mots avec soin.

– Je croyais que cela était... euh... généralement réservé à... aux intentions honorables.

Cora écarquilla les yeux et prit un air enjoué.

– Et vos intentions ne sont pas honorables, monsieur Sparrow ?

– Non, madame, dit-il d'un ton bourru. Elles ne le sont pas.

Après un moment d'hésitation, Cora laissa échapper un petit rire.

– J'admire l'honnêteté chez un homme, monsieur Sparrow. J'espère que vous continuerez à en faire preuve quand nous aurons fait plus ample connaissance.

– Plus ample connaissance ?

– Oui. Je vous trouve plutôt séduisant, monsieur Sparrow. Avec vos cheveux bouclés et vos yeux bruns, je suis sûre qu'aux réunions paroissiales vous faites tourner la tête de toutes les filles.

Jed ouvrit la bouche pour protester, mais Cora ne le laissa pas parler :

– Comme vous l'avez dit vous-même, je sors rarement. Malgré ma réputation détestable, je peux vous assurer que je trouve la vie à Dead Dog bien ennuyeuse.

Cora se renversa dans son fauteuil et croisa les jambes, révélant une dizaine de centimètres de cheville gainée de cuir. Le regard de Jed fut immédiatement attiré. Lorsqu'elle fit des cercles sur le plancher avec la pointe de sa chaussure, le jeune homme sentit sa gorge se nouer.

– J'imagine qu'une aventure avec un beau jeune homme comme vous pourrait être... amusante, dit-elle.

Jed était stupéfait de sa bonne fortune. Elle lui souriait d'un sourire franc et chaleureux.

– Vous... voulez bien... de moi... ? balbutia-t-il.

– Mon cher Jed, j'ai l'intention de vous faire l'honneur d'essayer de me conquérir.

– Vous conquérir ?

– Me conquérir, me courtiser... me séduire, ajouta Cora après un moment d'hésitation. C'est ce que vous avez en tête, n'est-ce pas ?

Jed tira nerveusement sur son foulard bleu imprimé ; il trouvait soudain le petit cottage étouffant.

Elle a dit oui. En tout cas, c'est ce qu'il croyait. Son rêve le plus fou devenait réalité. Elle allait le laisser la toucher, l'embrasser, et même la séduire !

Il la contemplait, fou de désir. A quoi ressemblerait cette épaisse chevelure châtain drapée sur ses épaules ? Et cette généreuse poitrine sous ses caresses ? Sa peau claire était-elle aussi douce qu'elle le paraissait ?

Leurs yeux se croisèrent et Cora fut soudain affolée par son regard intense. Ne s'était-elle pas lancée dans un jeu dangereux ?

Elle l'avait pris pour un enfant, mais à cet instant, Cora comprit que le jeune Jed Sparrow était un homme, et qu'il était plus que hasardeux de jouer avec lui.

– Voulez-vous du thé, monsieur Sparrow ? demanda-t-elle soudain.

– Du thé ? répéta Jed, comme si le mot lui était inconnu.

Cora leva les sourcils.

– Le thé, monsieur Sparrow, est une boisson civilisée, qu'on peut boire entre amis.

Jed hocha la tête en silence. Doucement, songea-t-il. Elle n'était pas encore prête à se laisser toucher. Elle voulait un peu de mise en scène, une « aventure ». Il le comprenait.

« Sois calme, sois poli, joue le jeu », s'exhorta Jed. Encore une heure et ils seraient seuls en haut.

– Avec plaisir, madame Briggs, répliqua-t-il de son ton le plus sincère. Je serais ravi de prendre le thé avec vous.

Cora poussa un soupir de soulagement.

– Très bien. Disons alors demain à 16 heures.

– Excusez-moi ?

– Demain à 16 heures, répéta-t-elle avec un sourire intraitable. Venez demain pour le thé. A 16 heures.

3

– Jed ! Viens immédiatement dans le salon ! lança une voix sévère dès que celui-ci eut ouvert la porte d'entrée.

– Oui, maman, répondit-il en accrochant son chapeau au portemanteau.

Malgré le ton de sa mère, il prit tout son temps.

Le « salon des familles » se trouvait à l'arrière de l'imposante maison de brique, dont l'entrée était surmontée de l'enseigne : *Pompes funèbres et Salon funéraire Sparrow*. Il avait été décoré par sa mère dans le style funéraire le plus moderne.

– Où diable as-tu passé l'après-midi ? demanda-t-elle sèchement lorsqu'il eut franchi le seuil de la porte.

Amélie Pratt Sparrow était assise telle une reine sur le divan en chêne richement sculpté et recouvert de damas bleu. Elle portait une robe d'un coloris profond, presque pourpre, qui faisait ressortir ses boucles blondes, ramenées en arrière en un seyant chignon de matrone.

– Je suis sorti avec des amis, maman, répondit Jed, traversant la pièce pour déposer un baiser sur son front. J'avais laissé un message pour vous prévenir.

– Me prévenir ? fit sa mère avec amertume. Ce stupide employé m'a dit que mon fils *unique* était sorti avec quelqu'un que je ne connais pas, pour une affaire dont j'ignore tout. C'est cela que tu appelles « me prévenir » ?

Elle leva les bras au ciel dans un geste d'impuissance.

– Je suis désolé, maman. La prochaine fois, je vous préviendrai en personne.

Amélie détestait ne pas lui donner mauvaise conscience. Elle essaya une autre tactique : elle essuya délicatement une larme imaginaire avec un mouchoir de dentelle noire.

– Mon trésor, tu sais comme je m'inquiète, gémit-elle d'une voix de petite fille.

Jed ne le savait que trop. Aussi loin que remontait son souvenir, sa mère avait veillé sur lui comme une ombre. Même avant la mort de son père, elle était toujours là, toujours entre eux. Prenant le parti de Jed contre son père, puis obligeant son fils à faire ce qu'elle jugeait bon.

– Il n'y a pas lieu de s'inquiéter, dit calmement Jed. Je suis un homme, maman. Je peux me débrouiller tout seul.

Amélie poussa un soupir à fendre l'âme.

– Je le sais, mais sans toi ta maman est bien seule dans cette grande maison. Si seulement tu avais une femme et des enfants pour me consoler en ton absence.

Jed prit un air résigné. Il ne souhaitait qu'une chose : monter dans sa chambre, s'allonger dans le noir sur son lit et revivre les moments passés avec Cora Briggs. L'excitation, la déception, l'attente, tous ces sentiments se bousculaient dans son esprit. Il souhaitait y revenir en détail, savourer chaque crainte et chaque désir.

Mais sa mère voulait lui parler. Et comme souvent

avec elle, mieux valait céder. Réprimant un soupir, Jed s'assit dans un fauteuil. Maman n'avait que lui au monde ; elle le lui rappelait pratiquement tous les jours. Bien que Jed adorât sa mère, son amour était parfois lourd à porter.

Il croisa les jambes, une cheville bottée sur le genou.

– Je me marierai un de ces jours, maman, promit-il. Je songe même à une jeune fille.

Amélie écarquilla les yeux.

– Qui ? s'exclama-t-elle, ravie.

– Quelqu'un que vous approuverez, j'en suis sûr. Mais elle est encore trop jeune. Il faut qu'elle mûrisse et il serait imprudent de ma part de prononcer son nom. Ne vous inquiétez pas, maman, ajouta-t-il avec un sourire rassurant, vous aurez bientôt une belle-fille et des petits-enfants.

– Si je vis assez longtemps pour ça.

– Vous devriez voir davantage de monde, dit Jed, ignorant cette menace déguisée.

– Comment veux-tu que je voie du monde ? Tu sais très bien que toute la ville guette le comportement de Mlle Maimie à notre égard. Aucun des membres de la bonne société n'oserait me fréquenter sans son approbation.

– Eh bien, faites-vous d'autres amis, dit Jed avec un haussement d'épaules.

– Pour ruiner nos chances ? rétorqua Amélie d'une voix perçante. Je me demande parfois si tu as tout ton bon sens. En tant que membres de la famille Briggs, nous avons une position à occuper dans cette ville.

Secouant la tête d'un air consterné, Amélie s'adressait à son fils comme à un demeuré.

– Ce n'est pas l'argent de ton père qui nous achètera cette position, ajouta-t-elle. Même tes belles études à l'Est n'ont été d'aucun secours.

– Maman, fit Jed, étudiant ses ongles. Je n'ai pas fait de belles études à l'Est. J'ai un diplôme d'embaumeur de l'Institut de pratique funéraire par correspondance de Toledo.

– Je remercie tous les jours le Ciel, reprit Amélie, ignorant la mise au point de son fils, que grand-père Pratt ait épousé cette horrible Mathilde Cooper, lorsqu'elle a été veuve. C'est la seule chose intelligente qu'il ait jamais faite. Si elle n'avait pas été cousine de Mlle Maimie, nous ne serions rien du tout.

Jed réprima un sourire. Les liens familiaux étaient une obsession pour Amélie Sparrow.

Pour lui permettre de décharger sa bile, Jed s'abandonna dans son fauteuil et feignit d'écouter. Il connaissait la chanson.

– Tu ne sais pas ce que cela a été pour moi, poursuivit Amélie. Travailler comme une forcenée dans cette horrible porcherie. Moi, la plus jolie fille de Dead Dog et probablement de tout le territoire ! Crois-tu que j'aie souhaité épouser ton père, alors que c'était un vieillard ?

Jed n'était pas dupe, mais sa mère ne lui laissa pas l'occasion de répondre.

Elle porta une main délicate à son front, poussa un soupir à fendre l'âme et se redressa.

– Bien sûr, j'ai fini par me prendre d'affection pour lui, admit-elle avec générosité, avant de pointer un index accusateur vers Jed. Jusqu'à sa mort, je me suis montrée soumise et aimante envers mon mari.

– Oui, maman.

– Et tu sais pourquoi ?

– Oui, maman.

– Je l'ai fait pour toi, dit-elle en reniflant. Mon fils au milieu des porcs ! Jamais !

Jed préférait les porcs aux cercueils, mais il se gardait de le dire.

Le père d'Amélie élevait des cochons. L'ambitieuse jeune femme, pour échapper à cet héritage, avait épousé à seize ans Jim Sparrow, le vieil entrepreneur des pompes funèbres. Bien sûr, les gens avaient jasé : il était beaucoup plus âgé qu'elle mais aussi beaucoup plus riche. Elle avait cru que mariage et argent lui apporteraient une certaine respectabilité sociale. Cette ambition avait été cruellement déçue.

N'ayant souffert de ce rejet que par procuration, Jed avait du mal à comprendre sa peine. Il ne supportait pas de l'entendre insinuer que sa vie était finie et qu'il en était en quelque sorte responsable.

– Non que je le regrette un instant, continuait Amélie avec un pauvre sourire. Je n'ai rien fait de plus que mon devoir de mère chrétienne et aimante.

– Je sais, maman, dit Jed avec une pointe de sarcasme. Vous faites toujours exactement ce qu'il faut, quand vous le voulez bien.

Amélie Sparrow, qui adorait s'écouter parler, poursuivit sans relever.

Jed admirait sa mère, mais il ne partageait pas sa vision du monde. Grandir au milieu des morts lui avait appris que riches et pauvres, analphabètes ou lettrés étaient tous de chair et d'os, et que tous retournaient à la poussière.

Les êtres humains, estimait-il, étaient tous pareils, peu importait leur position dans la société...

– J'ai donc compris qu'ils ne choisiraient jamais un chef-lieu de comté appelé Dead Dog.

Ces mots éveillèrent l'attention de Jed.

– Que dites-vous ?

– Tu n'écoutes jamais un mot de ce que je dis !

– Mais si. Je n'ai pas entendu, c'est tout.

– Je ne sais pas si je vais te le dire, lâcha-t-elle avec un reniflement hautain.

Jed s'excusa d'un haussement d'épaules.

Elle marqua une longue pause pour montrer sa désapprobation, puis se lança dans une vigoureuse explication :

– C'est la meilleure idée que j'aie jamais eue. Maimie Briggs m'en sera reconnaissante jusqu'à son dernier souffle.

– Pourquoi, après toutes ces années, vous seraitelle reconnaissante ?

Amélie poussa un soupir de satisfaction.

– Parce que je vais donner son nom à la ville.

– Quoi ?

– Je vais donner son nom à la ville. Le nom de sa famille – de *notre* famille.

– De quoi parlez-vous ?

– Briggston.

– Briggston ?

– Tu sais combien Maimie souhaite que Dead Dog devienne chef-lieu de comté, expliqua Amélie avec un sourire espiègle. Eh bien, je suis sûre qu'aucun membre du Congrès n'irait choisir pour chef-lieu de comté une ville nommée Dead Dog.

– Maman, vous ne pouvez pas changer le nom d'une ville ! protesta Jed.

– Je ne vois pas ce qui m'en empêcherait. C'est le nom le plus stupide qui puisse exister.

– Briggs, le vieux trappeur, l'a appelée ainsi en souvenir de son fidèle chien de chasse.

– Peuh ! M. Briggs aurait mieux fait de lui donner son propre nom.

– En fait, répliqua Jed avec un petit rire, ce n'est pas vraiment le vieux Briggs qui a baptisé la ville. Maimie Briggs a inventé cette histoire pour les écoliers.

Amélie parut personnellement insultée.

– Comment peux-tu insinuer une chose pareille ?

Jed sourit.

– Maman, grand-père Pratt m'a révélé la vérité, il y a des années.

– Comment l'aurait-il su ?

– Parce qu'il était déjà ici. Le vieux Briggs faisait du troc de whisky avec les Indiens dans la région. Ce jour-là, il était soûl comme une grive. Ce qui, selon grand-père Pratt, était courant chez lui.

Amélie frissonna, mais son fils poursuivit :

– D'après grand-père, Briggs était tellement soûl qu'il a trébuché sur un vieux chien endormi dans un coin. Il est tombé et s'est cassé la jambe. Sobre, il était déjà violent, mais là il s'est mis dans une telle fureur qu'il a tué le chien de cinq balles !

Jed éclata de rire.

Rajustant ses manchettes, Amélie adressa à son fils un regard consterné.

– Une bande d'Indiens qui passait dans les parages a entendu les coups de feu, poursuivit-il. Ils sont arrivés, ont soigné le vieux et l'ont transporté à la ferme de Pratt. Ce sont eux qui ont appelé l'endroit Dead Dog, à cause du malheureux animal. Et le nom est resté.

– C'est une horrible histoire, dit Amélie en gloussant.

Jed ne fit, quant à lui, aucun effort pour maîtriser son hilarité.

– Je me demande si Maimie Briggs la connaît.

Amélie blêmit.

– Pas un mot de ça ! Si Maimie se doutait que nous sommes au courant des secrets de famille, nous serions mis au ban de la société.

– Mais si vous ne comptez pas le dire à quiconque, comment obtiendrez-vous le changement de nom ?

– Inutile de laver son linge sale en public, insista Amélie. Je vais faire appel au bon sens des habitants de cette ville.

Jed arbora un air sceptique.

– Le bon sens n'est pas très répandu chez les habitants de Dead Dog.

– Tu es trop pessimiste ! De toute façon, ça ne changera pas grand-chose, une pancarte à la gare et un mot sur une carte...

– Maman, vous n'imaginez pas ce qu'exige un changement de nom !

– Eh bien, fit Amélie, haussant les épaules d'un air indifférent, tu vas te renseigner pour moi, n'est-ce pas ?

Cora Briggs posa le chapeau de paille à bord plat sur sa tête et le fixa avec deux longues épingles. Elle vérifia qu'il tenait bien et après un dernier regard au miroir, elle sortit par la porte de la cuisine.

Sa bicyclette de dame était appuyée contre la maison. Saisissant le guidon, elle franchit le portail à pied. Le cadre de la bicyclette révélait des signes de rouille et les pneus étaient abondamment rapiécés. Luther Briggs la lui avait offerte au début de leur mariage.

Luther lui avait donné ce qu'elle désirait : une maison et un mode de transport personnel. Autrement dit : la liberté et la sécurité. C'était, à l'époque, ce qu'elle désirait le plus. Elle en avait à revendre, à présent.

Elle monta sur sa bicyclette, disposant soigneusement sa jupe pour qu'elle ne se prît ni dans la chaîne ni dans les rayons.

Lentement, posément, elle parcourut la grand-rue de Dead Dog. Le dos raide, la tête haute, elle traversa la ville sans un regard ni à droite ni à gauche. Comme d'habitude, elle se sentait le point de mire de tous. Les commerçants sortaient souvent de leur magasin pour regarder passer la scandaleuse Mme Briggs, lors de sa promenade matinale.

Arrivée à la voie ferrée, elle mit pied à terre et emprunta le passage à niveau. De l'autre côté s'ouvrait le quartier de Low Town où vivaient les quelques Noirs de la ville, plusieurs familles d'Indiens et la lie de la communauté blanche. En dévalant la côte, elle prit de la vitesse. A la hauteur de la porcherie abandonnée de Moïse Pratt, elle volait presque, sa jupe tourbillonnant au vent.

Contrairement à de nombreuses femmes de l'Est, Cora n'arborait pas de culottes bouffantes au mollet, mais un costume de cycliste composé d'une longue jupe bleue, d'une blouse plissée de couleur crème et d'une veste courte bleu marine, boutonnée presque jusqu'au cou. C'était une tenue charmante, et tout à fait convenable.

Mais la voir faire du vélo scandalisait la petite ville. Certains, dont le révérend Philémon Bruder de l'unique église de Dead Dog, soupçonnaient ce sport d'éveiller chez les femmes des passions malsaines. Le pasteur avait mis en garde Luther Briggs lorsqu'il avait acheté cette bicyclette. Le goût de Cora pour le vélo n'était pas pour rien, pensait-il, dans le divorce des Briggs.

Cela amusait Cora. Pourtant, la réprobation du pasteur n'avait rien d'amusant : s'il le décidait, le révérend Bruder pouvait la faire chasser de la ville. Sans famille ni amis, Cora vivait sur la corde raide à Dead Dog. Elle ne pouvait se payer le luxe de provoquer davantage les habitants de la ville.

Aussi son plan inconsidéré ne la laissait-il pas en repos, ce matin-là. La veille, elle s'était dit qu'un simulacre de liaison avec le jeune Sparrow serait une juste revanche. L'arrogante Amélie Sparrow méritait de se faire un peu remettre à sa place. Et Jed était, semblait-il, de la même trempe. Mais ce jeu n'était pas sans risque. Si Amélie soupçonnait une liaison avec son fils, toute la ville ne tarderait pas à partager les mêmes soupçons. Philémon Bruder n'irait-il pas l'accuser de corrompre la jeunesse ?

C'était bien possible.

Sur son vélo rouillé, lancé à vive allure sur la route qui filait à travers la prairie parée de couleurs automnales, Cora envisageait son avenir.

Jed l'avait bien compris, sa situation financière devenait critique. Luther ne lui envoyait jamais un sou, et de toute façon, elle n'aurait pas accepté son aide. Elle était seule à connaître ses difficultés financières. Personne en ville ne savait que Maimie lui avait coupé les vivres. Elle n'avait pas besoin de Luther Briggs, et quant à recevoir quoi que ce fût de Jed Sparrow, il n'en était pas question.

La maison lui appartenait, mais elle se demandait parfois s'il ne serait pas plus normal que Luther en fût propriétaire. Elle chassa cette pensée. Luther était responsable de ses ennuis.

La côte qui menait sur la falaise était raide et Cora ralentit. Les derniers mètres, elle dut se mettre debout sur les pédales. Arrivée au sommet, hors d'haleine, elle mit pied à terre et vida le contenu de son panier avant de coucher délicatement la bicyclette par terre.

Point culminant de la région, cet endroit, qui dominait la rivière, était le lieu de méditation privilégié de Cora. Elle y venait chaque jour.

Elle étala une couverture usée sur l'herbe et y posa son exemplaire en lambeaux du *Guide féminin de la santé et de la plénitude* de Daisy Millenbutter. Elle ôta sa veste et son chapeau, prit un petit sac contenant des billes et le posa sur le sommet de sa tête comme un béret. Le menton haut et la tête droite, Cora se mit à marcher en lançant la pointe des pieds en avant, sans que le sac de billes bougeât de son crâne. Selon Mme Millenbutter, un bon maintien et une gymnastique quotidienne étaient la clé de la santé et du bonheur.

Cora n'en était pas sûre, mais elle aimait le grand air et l'exercice physique. Ses sorties l'aidaient à dissiper ses soucis.

Après plusieurs exercices de maintien, Cora échangea son sac de billes contre une baguette de seringat, d'environ un mètre de longueur, permettant soixante-huit mouvements différents. Elle commença par la tourner rapidement dans une main, puis la fit tournoyer devant elle, en la passant dans l'autre main. Enfin, jetant la baguette en l'air, elle pivota sur elle-même avant de la rattraper. La baguette atterrit un mètre devant elle. Les poings sur les hanches, Cora toisa le bâton en fronçant les sourcils.

– Je ne rate jamais ! lança-t-elle avant de reprendre l'exercice.

Aujourd'hui, son manque de concentration était évident.

– Si tu avais le moindre bon sens, tu renverrais ce jeune homme lorsqu'il se présentera à ta porte, se dit-elle à haute voix.

Mais elle savait qu'elle n'en ferait rien. Comment laisser passer la chance de se venger d'Amélie Sparrow ? Dès l'arrivée de Cora à Dead Dog, comme épouse de Luther Briggs, Mme Sparrow avait tout fait pour la mettre mal à l'aise. Et l'attitude de Maimie n'avait guère arrangé la situation. Maimie n'avait jamais accepté le mariage de son fils Luther. Le refus de Cora de courber l'échine devant Maimie et son installation dans le cottage à l'autre bout de la ville avaient mis le comble à sa fureur.

Par pure méchanceté, Maimie avait alors tourné son attention vers Amélie, affichant sa préférence pour sa lointaine cousine.

Puis le divorce était survenu. Maimie connaissait la vérité à l'origine de l'affreux gâchis, mais n'en avait jamais soufflé mot. Elle avait laissé Amélie Sparrow parler à sa place et débiter toutes sortes de mensonges, jusqu'à ce que les femmes de Dead Dog tournent le dos à Cora et que les hommes déclarent ouverte la chasse à sa vertu.

Cora essayait de son mieux de ne détester personne. La haine était un sentiment inutile, qui n'apportait qu'amertume et tristesse. Mais ce qu'elle éprouvait pour Amélie Sparrow était aussi éloigné que possible de l'amitié.

Cora lança le bâton sur la couverture et s'assit, jambes croisées, pour s'adonner à ses exercices respiratoires.

Selon Mme Millenbutter, se libérer de toute pensée était capital. Toutefois, les paumes ouvertes sur les genoux et les paupières fermées, Cora fut incapable de se concentrer : elle revoyait les yeux couleur d'érable de Jed Sparrow...

Elle secoua la tête.

Amélie Sparrow l'avait davantage blessée que Luther Briggs lui-même. Au moins, Luther avait ses raisons, alors qu'Amélie Sparrow l'avait blessée pour plaire à Maimie. Elle méritait une bonne leçon.

Les joues saupoudrées de farine, Cora Briggs passa presque tout l'après-midi à préparer des cookies en fredonnant un air gai. Elle n'en avait pas fait depuis au moins six ans. Mais aujourd'hui, pour une raison inexplicable, elle avait eu envie d'en faire.

Son service à thé en argent massif avait été vendu à Guthrie, deux ans auparavant, mais Cora choisit sa plus belle vaisselle et dressa la table pour un goûter de fête. La maison était impeccable et embaumait la pomme et le caramel. Sous son tablier, Cora portait une jupe rouille, plissée dans le dos. Sur la plupart des femmes, cette couleur aurait paru terne, mais elle était parfaitement assortie à ses cheveux.

« Nous prendrons simplement le thé, songea-t-elle. Et je lui dirai que j'ai changé d'avis. »

Elle se répéta la scène, tandis que l'aiguille de la pendule avançait avec une agaçante lenteur vers l'heure convenue. Elle n'en sursauta pas moins lorsque, à 16 heures précises, un coup discret fut frappé à la porte de la cuisine.

Elle retira en hâte son tablier et courut l'accueillir.

– Monsieur Sparrow ! dit-elle avec chaleur. Mais entrez donc.

Chapeau à la main, Jed pénétra dans la cuisine. Le « monsieur Sparrow » le fit tiquer. « Jed » était tellement plus intime, et il avait espéré l'entendre sur les lèvres de Cora.

– Bonjour, madame Briggs, répliqua-t-il poliment.

Il était sur son trente et un. Ses boucles blondes ondulaient de façon charmante. Il avait mis sa chemise du dimanche et une cravate en soie.

Cora était troublée. La veille, elle l'avait trouvé charmant. Aujourd'hui, il était séduisant. Ses mains tremblaient légèrement lorsqu'elle l'aida à enlever son manteau.

– Je vous en prie, asseyez-vous. J'espère que vous aimez les cookies, monsieur Sparrow.

Elle montra la table couverte de sa plus jolie nappe de dentelle, avant de lui tourner le dos.

– Jed.

– Comment ?

– Appelez-moi Jed, madame Briggs. C'est tellement plus amical.

Il sourit avec chaleur. Prochaine étape : obtenir l'autorisation de l'appeler Cora. Depuis la veille, il s'était répété son prénom une centaine de fois, et avait hâte de le prononcer tout haut.

– Très bien, Jed, dit-elle. J'espère que vous ne prenez pas de crème dans votre thé, parce que je n'en ai pas.

– Oh non, la crème n'est pas indispensable.

– Tant mieux.

Cora apporta la théière. Elle était en porcelaine de Limoges décorée d'un semis de myosotis avec une poignée soulignée d'or.

Comme Cora versait du thé dans de simples tasses en porcelaine tendre, Jed remarqua le contraste entre l'élégante théière et les tasses bon marché.

– Quelle jolie théière ! dit-il, pour meubler la conversation.

– Le cadeau de mariage de votre mère, dit Cora avec un sourire.

Elle posa le récipient entre eux, et Jed le regarda d'un air gêné.

Tout en sirotant son thé, il s'interrogea sur sa conduite. Après sa visite de la veille, sans s'être attendu à être immédiatement invité dans sa chambre, il avait espéré faire quelque progrès.

Elle était ravissante dans la lumière du jour. Il risqua un œil à sa poitrine, mais elle le remarqua aussitôt et rougit comme une jeune fille.

– Prenez un gâteau, Jed, dit-elle, lui présentant le plat.

Jed en prit trois qu'il posa sur la petite assiette blanche devant lui. Il se reprochait de l'avoir embarrassée. Dans l'espoir de reprendre le terrain perdu, il mordit avidement dans le cookie. Levant la tête pour faire un commentaire, Jed se trouva nez à nez avec la théière. Elle l'avait déplacée pour s'en faire un paravent. Il perdit instantanément l'appétit.

– Alors, Jed, commença Cora. Parlez-moi de votre travail.

– Mon travail ? fit Jed, abasourdi.

– Oui. Devant une tasse de thé, les messieurs causent en général de leur travail.

Elle devait savoir de quoi elle parlait, songea-t-il. Elle avait dû prendre le thé avec des dizaines d'hommes. Des hommes beaucoup plus distingués et raffinés que lui. Banquiers, fermiers, plombiers, même, pouvaient discuter avec esprit de leurs activités avec une jeune femme comme Mme Briggs. Mais difficile de parler service funéraire en buvant le thé.

– Je préférerais que vous me parliez de vous, madame Briggs.

Cora le regarda, éberluée. Tous les hommes voulaient parler d'eux. En fait, c'était la seule chose dont ils désiraient parler.

– Moi ? Jed, vous savez sûrement tout sur moi. Comme toute la ville, ajouta-t-elle avec amertume.

Jed se reprocha à nouveau sa maladresse. Il savait exactement quoi dire aux familles des défunts, mais comment se comporter devant une ravissante femme pleine de vie ?

Il lui arrivait de fréquenter une fille de la région. C'était surtout elle qui parlait, s'extasiant sur la dernière nouveauté ou murmurant des indiscrétions sur ses meilleures amies. Jed n'écoutait guère, ne se souciant que de mesurer le temps qu'ils restaient seuls, pour montrer qu'il faisait sa cour. S'il prenait la parole, c'était pour évoquer leurs amis communs ou les activités de la ville. Mais Mme Briggs n'avait pas d'amis, et les activités de la ville lui étaient fermées. Jed chercha désespérément un sujet de conversation.

– Je vous ai vue sur votre bicyclette, ce matin, essaya-t-il enfin.

– Ah ?

– C'est généralement l'heure où je fais ma pause. Je vous vois passer presque tous les jours.

– Ah...

Cora se savait regardée par les hommes. Qu'il fût du nombre la dérangeait.

– Où allez-vous ? demanda Jed.

– Où croyez-vous que je vais ? rétorqua-t-elle d'un ton acerbe.

– Mais... je ne sais pas, répondit Jed, étonné de son agressivité. Je n'y ai jamais songé.

Croisant le regard du jeune homme, Cora l'estima sincère. En ville, elle le savait, les rumeurs allaient bon train : pour les uns, elle vendait son corps dans le quartier de Low Town, pour d'autres, elle se livrait avec des hommes d'affaires de Guthrie à des galipettes sur le siège de leurs voitures de luxe.

– En fait, je monte sur la falaise, expliqua-t-elle.

– Si loin ?

– Ce n'est qu'à huit kilomètres.

Cora but une gorgée de thé. Elle avait soudain envie de s'épancher. Il y avait des années qu'elle n'avait pas discuté avec quiconque.

– Je crois aux bienfaits de la gymnastique.

– Oh, vraiment ? répliqua poliment Jed.

– J'ai lu la plupart des livres sur le sujet. C'est la philosophie de Mme Daisy Millenbutter qui correspond le mieux à la mienne.

Jed hocha la tête.

– Je ne connais pas Mme Millenbutter.

– Je peux peut-être vous prêter un livre. Elle a des conceptions très modernes sur le corps et l'esprit. Le corps est un mélange de matière et d'énergie qui doivent rester en parfait équilibre.

Jed leva les sourcils. Il n'imaginait pas qu'une femme pût avoir de telles pensées. Mais Cora Briggs n'était pas une femme ordinaire.

Huit ans plus tôt, c'était encore une femme convenable qui fréquentait régulièrement l'église. Elevée dans un orphelinat méthodiste et mariée au premier citoyen de la ville, personne ne se doutait qu'elle tomberait en disgrâce. Jed se la rappelait à peine à cette époque. Le mariage de Luther Briggs était passé presque inaperçu à ses yeux. Sa mère ne parlait néanmoins que de cela, se plaignant de cette « petite rien du tout » qui contrariait Maimie.

Son divorce, par contre, avait fait grand bruit. Pourtant, c'était chose courante. Grâce à ses lois avancées, Guthrie était considérée comme un havre pour des gens de toutes nations, désireux d'obtenir un divorce rapide. Toutefois, ces divorces concernaient des inconnus. Luther et Cora Briggs n'étaient pas inconnus à Dead Dog. Et la raison de leur rupture était suffisamment mystérieuse pour captiver l'imagination de tous les camarades de Jed.

– Elle prétend avoir divorcé pour abandon du domicile conjugal, avait annoncé Titus Penny. Mais il ne l'a pas quittée avant qu'elle n'ait demandé le divorce. C'est donc un mensonge.

Cette révélation – qui ne pouvait manquer d'être exacte puisque le père de Titus possédait le journal de Guthrie, distribué deux fois par semaine – avait donné lieu à de multiples conjectures.

– Mon père dit que la plupart des femmes divorcées sont des prostituées, avait déclaré Clyde Avery. Une femme convenable reste avec son mari, quoi qu'il arrive.

Jed avait tenu à voir à quoi ressemblait une « prostituée ». Le lendemain, après avoir terminé son travail, il s'était glissé jusqu'au cottage et s'était caché dans le bosquet près de la clôture. Il avait attendu ce qui lui avait semblé des heures qu'apparût Mme Briggs.

Elle était enfin sortie ramasser son linge. Jed avait tout de suite remarqué ses formes féminines et son beau profil. Lorsqu'elle avait levé les bras vers les draps, son regard avait été attiré par les rondeurs de sa poitrine.

Sa réaction avait été celle de tout garçon de son âge. Cora Briggs avait été la première femme à lui faire ressentir le désir. Et de ce jour, tous ses désirs avaient pris les traits de cette jeune femme...

– En fait, la matière est plus ou moins constante, poursuivait Cora. Mais l'énergie tend à s'accumuler à l'intérieur du système nerveux. Si cette énergie n'est pas libérée de façon régulière, elle déséquilibre la matière. Vous imaginez le résultat ?

– J'imagine, mentit Jed.

Il avait laissé ses pensées vagabonder dans le passé et avait perdu le fil de la conversation.

– Le résultat, ce sont des troubles physiques, une santé défectueuse, le dépérissement et la mort, déclara Cora d'un ton solennel.

Jed était consterné. Qu'est-ce qu'elle racontait ? Les femmes ne s'intéressaient qu'aux ragots, aux habits, aux maisons et aux hommes. Généralement dans cet ordre. Pourquoi une femme parlerait-elle d'énergie et de gymnastique ?

Jed songea soudain qu'Haywood Puser avait une philosophie semblable.

« Un homme doit avoir une femme de temps en temps, lui disait-il souvent. Le désir de l'homme s'intensifie et il lui faut à tout prix une femme. »

Jed réprima un sourire. Cora avait sûrement elle aussi des besoins qu'elle devait assouvir « à tout prix ».

– J'ai eu des idées semblables, madame Briggs, dit-il.

Il étendit négligemment la jambe gauche et, comme par accident, appuya le bout de sa chaussure contre le pied de Cora.

Celle-ci écarta instantanément son pied.

– Les choses sont claires, reprit-elle, continuant le fil de sa pensée. Si vous lisez les œuvres de Sargent ou de Gulick, cette propreté intérieure ne peut être obtenue que grâce à des stimulants extérieurs.

Jed prit cela pour une invitation.

Se levant, il saisit la théière qui se dressait entre eux et la posa sur le placard de la cuisine. Puis il déplaça sa chaise pour s'asseoir à côté de Cora.

Comme elle semblait alarmée par cette initiative, il la rassura d'un clin d'œil.

Les coudes sur la table, Jed se pencha vers elle. Son sourire était séduisant, viril.

– Il n'y a pas de doute, murmura-t-il. Cette énergie s'accumule jusqu'à ce que nous soyons obligés de l'extérioriser, n'est-ce pas ?

Cora était complètement déconcertée et plus que troublée par cette proximité et par ce sourire.

– Euh... enfin... oui, exactement, bégaya-t-elle. Je ne savais pas que vous étiez un adepte de la culture physique.

Du bout du doigt, Jed lui toucha le menton, l'obligeant à le regarder dans les yeux.

– J'avais cru, madame Briggs, avoir été clair : je suis extrêmement intéressé par toute activité physique où vous seriez impliquée.

Tournant légèrement la tête, il ferma les yeux et se pencha vers les lèvres de Cora. Le cœur battant, l'esprit engourdi, il percevait déjà sa saveur.

La chaleur de cette main sur son menton, son odeur mâle et le trouble de l'attente paralysaient Cora.

C'était si délicieux qu'elle en avait le cœur douloureux, sans en comprendre la raison.

« Il va m'embrasser ! » se dit-elle enfin, s'écartant d'un bond.

Sa chaise bascula avec fracas.

– Cora ?

Jed se précipita, mais elle s'appuya craintivement contre le mur.

– Cora, je...

– Je vous prie de m'appeler « madame Briggs » ! siffla-t-elle. Et maintenant, sortez de chez moi !

Jed était abasourdi par sa réaction. Il avança la main pour la rassurer, mais elle tressaillit.

Il écarta alors les bras en signe d'apaisement.

– S'il vous plaît, madame Briggs... commença-t-il.

– Sortez de chez moi !

Son ton était sans réplique.

– Madame Briggs, pardonnez-moi. Je vous en supplie, ne me renvoyez pas. Je veux rester.

– Je sais ce que vous voulez, Jed Sparrow. Vous me l'avez dit hier, vous voulez jeter votre gourme. Eh bien, monsieur, ce n'est pas ici que vous le ferez !

– Madame Briggs, je...

– Je ne suis pas une prostituée qu'on achète avec quelques breloques, monsieur Sparrow. J'avais raison, je le vois, de vouloir vous interdire ma porte.

– Je suis désolé, madame Briggs. J'ai cru... Enfin, peu importe ce que j'ai cru. Rien ne s'est passé, madame Briggs, et je vous promets que rien ne se passera entre nous, tant que vous ne serez pas prête.

Cora le toisa d'un air hautain.

– Tant que je ne serai pas prête ? Désolée de briser vos rêves, jeune homme, mais vous aurez une longue barbe blanche avant que je sois prête à quoi que ce soit avec vous !

Jed la fixa longuement en silence, il voyait sa poitrine se soulever et s'abaisser à un rythme désordonné. La tension entre eux était à son comble. Il la contemplait avec une telle intensité que Cora avait l'impression d'être un spécimen sous un microscope. Elle n'avait plus peur. Elle était embarrassée. Humiliée de sa propre conduite.

– Je me suis excusé, madame Briggs. Je crois que je mérite une autre chance.

Cora le regarda droit dans les yeux.

– Monsieur Sparrow, je pense sincèrement que nous devrions cesser là nos relations.

Jed croisa les bras et la considéra d'un air pensif. C'était sans aucun doute la femme la plus excitante, la plus séduisante qu'il eût jamais vue. Il s'interrogea furtivement sur la santé mentale de Luther Briggs. Si Jed avait une femme comme Cora Briggs, jamais il ne la quitterait.

Il sentit sa gorge se nouer. La femme dont il rêvait depuis si longtemps se tenait à quelques dizaines de centimètres de lui. Et elle avait besoin de lui, il en était sûr.

– Au contraire, madame Briggs, dit-il d'un ton ferme et décidé. Je crois que notre relation pourrait être d'un grand profit. Pour chacun.

– Non. C'est impossible. Je sais qu'hier je... Je vous en prie, monsieur Sparrow, essayez d'oublier hier. Je n'étais pas moi-même.

– Qui étiez-vous ?

Cora leva la tête, offusquée, mais elle aperçut son sourire amusé.

Jed fit un pas en avant et appuya une main contre le mur. Il ne la touchait pas, mais était très proche.

– S'il vous plaît, monsieur Sparrow...

– Je comprends, madame Briggs, dit-il d'un ton enjôleur. J'ai oublié les règles, c'est ça ?

– Les règles ?

Le sourire de Jed s'évanouit, et il laissa son regard errer sur le visage de Cora. Son front lisse, la courbe de ses sourcils, ses doux yeux bruns, ses joues empourprées et son ovale gracieux... Lorsqu'il s'arrêta sur ses lèvres, elles s'entrouvrirent, et il retint son souffle.

– Il ne s'agit pas de jeter sa gourme, murmura-t-il. Il a été convenu que je vous ferais la cour, n'est-ce pas, madame Briggs ?

– Il n'a rien été convenu du tout.

– Avez-vous déjà oublié ? Vous m'avez fait l'honneur de m'autoriser à vous conquérir.

– Monsieur Sparrow, je...

– Madame Briggs, j'admets être inexpérimenté, mais je crois comprendre ce que vous désirez. Je ne renonce pas.

– Que voulez-vous dire ?

– J'ai l'intention de vous donner ce que vous désirez.

– Monsieur Sparrow, répliqua Cora sur un ton d'institutrice, vous ne pouvez pas savoir ce que je veux.

– Bien sûr que si, madame Briggs, vous me l'avez dit hier. Vous voulez des fleurs et de la poésie ; de délicieux instants de paix et des regards ardents.

– Qu'est-ce que vous racontez ?

– Que je vais vous faire la cour, madame Briggs.

4

– Tu ne vas pas mettre ça ? fit Jed avec un soupir résigné.

– Qu'est-ce qui ne va pas ? demanda Haywood Puser en arrangeant la veste à carreaux gris et bruns de son costume.

Jed secoua la tête.

– Si maman te voit sans manteau de deuil pour aller dans la famille d'un disparu, elle sera furieuse.

– Je ne crains pas de mettre en rage la vieille Mellie, dit Haywood avec un large sourire qui dévoila des dents blanches et régulières au milieu de sa barbe poivre et sel. En plus, ce fichu manteau de deuil est en pure laine, et plus chaud qu'un tuyau de poêle.

– Sors par la porte de derrière, alors. Avant qu'elle ne te voie.

Jed se posta devant le miroir et, penchant légèrement la tête, il passa la main sur le sommet de son crâne, où ses cheveux étaient plus clairsemés. Après avoir évalué la situation, il sortit un gros oignon jaune du bas du placard et un couteau du tiroir. Il coupa l'oignon en deux et revint devant le miroir, une moitié à la main.

– Pouah ! se plaignit Haywood en s'éventant. Encore tes soins antichute ?

– Ça marche ! rétorqua Jed en se massant le sommet de la tête avec l'oignon. Je suis sûr que j'en ai plus qu'hier.

– Tu as encore plein de cheveux, mais aucun oignon n'arrêtera la marche du temps.

– Bon. Si tu as besoin de moi, je serai au sous-sol. Je vais voir l'état des fleurs.

Haywood regarda s'éloigner le jeune homme. Entré dans les Pompes funèbres Sparrow peu après la mort du père de Jed, il trouvait que Mellie avait bien de la chance. Si le fils d'Haywood avait vécu, il aurait voulu qu'il fût comme Jed.

Haywood rassembla son matériel. La fille aînée de Needa Willoughby, Nadine, était morte la nuit précédente. Haywood poussa un soupir compatissant. La mort faisait partie de la vie, mais cela ne rendait pas plus facile la perte d'une jeune fille à la fleur de l'âge.

Jed rencontrerait la famille pour l'organisation des funérailles et la décoration de la maison. Il remplissait ce rôle sans trop de problèmes. Il était gentil avec les gens. Les aimait. Mais il détestait le métier de croque-mort. Haywood le comprenait. Malheureusement, il fallait bien que quelqu'un s'en occupât.

– Où est M. Sparrow ? demanda de la porte une voix perçante.

Haywood leva les yeux d'un air nonchalant.

– Oh ! Bonjour, Mellie, dit-il avec un sourire ironique.

Amélie Sparrow était en vêtements de deuil, mais la coûteuse soie noire était coupée de façon à mettre en valeur sa généreuse poitrine.

– Belle journée pour un enterrement, qu'en dites-vous ?

Amélie Sparrow ignora sa bonne humeur.

– Où est mon fils, monsieur Puser ?

– Jed ? Oh, il est au sous-sol à inspecter les fleurs.

– Parfait. Au moins, il s'est attaqué à l'enterrement Willoughby.

Haywood haussa les épaules. C'était bien d'elle, pensa-t-il, de surveiller son fils comme s'il était incapable de se prendre en main. Elle le menait par le bout du nez, mais il avait du caractère.

– Je m'y rends dans quelques minutes pour m'occuper du corps, dit-il.

Amélie croisa les bras et toisa l'employé de son fils avec mépris.

– Needa Willoughby est une grande amie, monsieur Puser, rétorqua-t-elle d'un ton sévère. C'est mon fils qui s'occupera de l'embaumement.

Haywood leva un visage inexpressif.

– Je n'ai pas reçu d'ordre à ce sujet. Désolé...

Comme il prenait congé avant d'y avoir été invité, Amélie serra les dents. Elle le suivit et le regarda, avec une fureur croissante, charger le chariot noir.

– Vous n'êtes pas en habits de deuil, monsieur Puser. Quand vous aurez préparé le chariot, Jed le prendra.

Haywood continua à charger son matériel.

– C'est moi qui fais le travail, répondit-il.

– Je ne pense pas.

Haywood respira profondément et s'exhorta à la patience.

– Jed préfère que je le fasse, et je vais le faire. Je suis très bon.

– Je ne doute pas de votre aptitude. Toutefois, en tant qu'ami de la famille, Jed a le devoir de faire le travail lui-même.

– Jed n'a aucun devoir vis-à-vis de personne. Il déteste embaumer et si vous aviez le moindre bon sens, vous vous en rendriez compte, Mellie.

Suffoquée, Amélie le foudroya du regard.

– Ce n'est pas moi qui manque de bon sens, rétorqua-t-elle. Vous oubliez, monsieur Puser, que je suis votre employeur et j'entends être appelée *madame Sparrow* !

Haywood chargea précautionneusement le coffre au fond du chariot et ferma la porte.

– Je sais qui vous êtes, et pour qui je travaille, répliqua-t-il avec un sourire glacé. Vous feriez mieux d'en discuter avec votre fils, Mellie. Il affirme que je travaille pour lui.

Sur ce, Haywood contourna Amélie et se dirigea vers l'avant du chariot.

Furieuse, elle le suivit.

– Monsieur Puser, je vous interdis de vous en aller quand je vous parle.

Se retournant, Haywood leva les sourcils dans un geste d'innocence feinte, puis monta sur le siège du conducteur. Il jeta un regard à Amélie et remarqua son teint coloré. Pour tout homme, Mellie Sparrow était une belle femme. Mais, en colère, ce qui lui arrivait souvent, elle était ravissante.

– Au revoir, Mellie !

Avec un grand rire, il claqua les rênes et le véhicule s'ébranla à vive allure, laissant Amélie Sparrow seule et furibonde.

Mme Briggs désirait des fleurs, Jed allait lui en offrir. En tant que directeur de pompes funèbres, il était l'un des seuls à pouvoir s'en procurer pendant l'automne.

Tandis que la plupart des sous-sols étaient remplis de pots de confitures et de réserves de pommes de terre, dans le sien s'entrecroisaient des milliers de mètres de fil, auxquels étaient attachées, tête en bas, par de simples pinces à linge, toutes sortes de fleurs de printemps et d'été. Dans l'obscurité du sous-sol les fleurs séchaient naturellement, ne perdant qu'un peu de leur éclat.

Jed parcourut lentement les rangées, admirant son œuvre. Les Pompes funèbres Sparrow étaient connues jusqu'à Kingfisher pour avoir des fleurs à tous les services, hiver comme été. C'était la principale contribution de Jed à l'entreprise. Sa seule contribution, en fait. Pendant des années, il avait cherché un secteur où il excellât, quelque chose qui lui fût propre et qui lui donnât satisfaction.

Il avait pris l'idée dans des revues et l'avait soumise à son père. Les traditionnels crêpes noirs et rubans de deuil étaient par trop sinistres, avait-il expliqué. Les gens étaient suffisamment attristés par la mort, ils avaient besoin qu'on leur rappelât la vie. Sans être vraiment intéressé, Jim Sparrow n'avait pas découragé son fils. Cherchant à l'impressionner, Jed avait disposé une superbe couronne de fleurs à côté du cercueil de Walter Patrick. Son père s'était contenté de hausser les épaules.

Mais le destin, en la personne du révérend Philémon Bruder, avait joué en faveur de Jed. Quand le révérend était arrivé, il s'était montré scandalisé et avait ordonné avec une gravité apocalyptique de débarrasser la maison de « ce symbole païen ».

Jim Sparrow s'était alors rebiffé comme une bourrique devant un passage à niveau.

Jed sourit à ce souvenir. Ce jour-là, pour la première et unique fois, il s'était senti proche de son père.

– Mon garçon a mis ces fleurs, avait-il décrété. Je les trouve tout à fait jolies.

Même dans les dernières années, le vieux Jim Sparrow était imposant. S'il se laissait dominer par sa femme, elle était bien la seule à oser le faire.

– Si vous ne les aimez pas, Philémon, ne vous croyez pas obligé de rester. La porte est là.

Malgré sa fureur, le révérend avait gardé son calme. Jim Sparrow apportait beaucoup de réconfort aux affligés. Si on leur avait laissé le choix, la plupart auraient préféré sa présence à celle du pasteur. A partir de ce jour, Philémon Bruder avait donc autorisé les fleurs aux services funèbres...

Le parfum entêtant des roses séchées détourna l'attention de Jed, qui s'arrêta pour examiner les fleurs. Les roses tenaient bien, de même que les œillets. Les lis, les plus prisés, se fanaient très vite. Sa mère avait voulu des lis pour l'enterrement de son père. Mais en plein hiver, il avait été impossible d'en trouver. Jed avait donc enterré son père avec un bouquet d'immortelles.

Jed esquissa une grimace. Des immortelles pour une dame ? Ce n'était pas ce qu'il fallait.

– Oui, les roses seront parfaites.

Au son de la voix de sa mère, Jed sursauta, comme pris en faute.

– Maman ?

– Pour une jeune femme, ce sont les roses qui conviendront le mieux, affirma Amélie.

Jed pâlit. Comment l'avait-elle découvert ? Juste Ciel, sa mère le faisait-elle suivre par un détective ? Il se dressa de toute sa hauteur et prit un air résolu.

– Cela ne vous regarde pas, maman, dit-il d'un ton sévère. Je fais ce que j'ai à faire et je n'entends pas rester dans vos jupons.

– Ce n'était qu'une suggestion, fit Amélie, stupéfaite. Si tu préfères les résédas, libre à toi de décider.

– Vous me prenez pour un imbécile, maman ? Je sais bien que nous ne parlons pas de fleurs.

Amélie parut déconcertée.

– Je suppose, dit-elle avec une jolie moue, que tu m'as entendue discuter avec cet abominable M. Puser.

Tournant le dos à Jed, elle croisa les bras.

– Cet homme n'a aucune manière, ajouta-t-elle. Je ne comprends pas pourquoi tu le gardes. Tu sais ce qu'il m'a dit ? demanda-t-elle en se retournant, indignée, vers Jed. Que c'était *ton* entreprise, comme si je n'étais qu'une parente pauvre abusant de ta bonté !

Amélie se mit à faire les cent pas.

– Comme si je n'étais pas celle qui t'a donné la vie, celle qui a sacrifié son bonheur pour assurer le tien ! Cet homme n'a aucun respect pour ma position. Tu sais comment il m'appelle ? Ni veuve Sparrow, ni madame Sparrow, ni même... (elle s'arrêta pour reprendre son souffle)... ni même Amélie. Cet individu répugnant m'appelle Mellie ! acheva-t-elle dans un miaulement.

Lorsque, se retournant, elle surprit un large sourire sur le visage de son fils, sa fureur ne connut plus de bornes.

– Pourquoi souris-tu ? siffla-t-elle.

Jed essaya de retrouver une expression neutre. Au soulagement avait succédé un certain amusement. Personne n'avait comme Haywood le don d'irriter Amélie. C'était un des aspects de sa personnalité qui enchantait Jed.

– Allons, maman, ne le prenez pas mal. Vous savez qu'Haywood est de l'Arkansas, on ne peut pas s'attendre qu'il ait des manières.

– Et tu envoies ce rustaud mal dégrossi nous représenter auprès de la famille d'une de mes plus chères amies ?

– J'irai un peu plus tard chez les Willoughby. J'ai l'intention de conduire moi-même les funérailles.

– Mais tu le laisses faire l'embaumement ?

– Oui.

– Oui ?

– Oui !

– C'est ton dernier mot ? demanda Amélie, ivre de

rage. Tu te trouves trop délicat pour faire le travail que t'a appris ton père, et tu prends quelqu'un pour le faire à ta place ! Un homme mal élevé, grossier et totalement dépourvu de sensibilité. Et je suis supposée accepter ça ? Qu'il ruine la maison, tu t'en moques, mais pas moi. Si ton entreprise périclite, qui me fera vivre quand je serai vieille ? En serai-je réduite à ramasser des chiffons ? Ou préférerais-tu que je mendie dans les rues ?

Jed sentit sa colère monter.

– Je m'occuperai de vous, maman.

– Comme l'a fait mon père ? Ah ça, tu es bien son petit-fils. Absolument rien de moi ni de Jim Sparrow !

– Maman... commença Jed d'un ton froid.

– Je n'ai pas le temps d'en discuter avec toi, l'interrompit sa mère. Pauvre petite Nadine Willoughby, il faut que j'aille consoler ma chère amie Needa. De toute façon, je suis la seule dans cette famille à avoir le sens du devoir.

Avec un soupir outré, la veuve Sparrow tourna le dos à son incorrigible fils et se dirigea vers la porte.

– Je devrai y aller à pied, je suppose, dit-elle.

– Je vous conduirai, prononça-t-il entre ses dents.

– Je serai prête dans un quart d'heure.

Cora enfila son manteau en frissonnant et prit le seau pour se rendre à la pompe qui se trouvait à l'extérieur. Elle soupira. La pompe de la cuisine ayant gelé l'hiver précédent, elle avait espéré tout l'été avoir un peu d'argent pour l'arranger.

– Les femmes ont vécu pendant des milliers d'années sans eau courante dans la maison, s'admonesta-t-elle.

S'armant de courage, elle sortit dans la cour. L'herbe givrée craquait sous ses pieds. Encore partiellement verte, elle brillait au soleil du matin. Cora leva la tête vers le pacanier, chargé de grappes de noix. Elle les cueillerait avant la fin de la semaine.

Elle traversa la petite cour et le jardin, maintenant endormi pour l'hiver, puis se dirigea vers l'abreuvoir que Luther utilisait autrefois pour ses chevaux.

Luther adorait les beaux chevaux. Il avait une paire de bais pour le cabriolet et un autre pour la monte. Le souvenir de Luther menant un attelage ou partant au triple galop parvenait encore à faire sourire Cora. C'était un bel homme...

Il n'y avait plus de chevaux aujourd'hui, et l'abreuvoir abandonné était couvert de mousse. Comme Cora activait la pompe, la fine couche de glace recouvrant l'abreuvoir se craquela.

Cora souleva la poignée à deux mains et, s'aidant de tout son poids, l'abaissa. Elle la laissa ensuite remonter en la retenant d'une main légère. Contrairement à la pompe de la cuisine, celle de la cour exigeait des épaules d'homme et des bras musclés. Il fallut à Cora une demi-douzaine de tractions pour que l'eau glacée se mît à couler. L'effort l'avait réchauffée. De fines gouttes de sueur perlaient même sur son front.

Son seau plein, Cora s'arrêta devant le tas de bois à côté de l'écurie vide et prit une brassée de pin. C'était du bois vert – le moins cher qu'elle eût trouvé. Attentive à ne pas s'éclabousser, elle regagna à pas lents la porte de la cuisine.

Une fois entrée, elle laissa tomber avec fracas les bûches dans le coffre à bois, puis, prenant le seau par le fond, elle le versa presque entièrement dans le réservoir métallique accolé au fourneau.

Elle garda un peu d'eau pour le thé, puis suspendit le seau à son crochet.

Cora se débarrassa de son manteau avant de charger le foyer de charbon, souhaitant faire chauffer de l'eau pour sa toilette. Elle remarqua avec consternation que le seau de cendres était de nouveau presque plein. La dernière fois qu'elle l'avait vidé, elle avait tout renversé sur le sol de la cuisine, et il avait fallu près d'une semaine pour débarrasser la maison de la fine pellicule grise qui avait tout recouvert.

Peut-être pourrait-elle utiliser la brouette ? Depuis le temps qu'elle vivait seule, elle avait appris à innover. Elle s'était d'ailleurs toujours débrouillée seule...

Chassés du Missouri par la misère, ses parents avaient suivi la ruée vers l'Oklahoma. Sa mère était encore affaiblie par son dernier accouchement, un autre bébé mort-né. Cora ne se rappelait pas le nombre de frères et de sœurs qu'elle avait aidé à enterrer. Mais il lui paraissait que sa mère en perdait un par an. Finalement, sa mère était morte, de fatigue et de chagrin.

La jeune Cora avait alors dû la remplacer. Utilisant le balai et la planche à laver, repassant les draps, remplissant les bocaux.

Désespéré par la mort de sa femme et par de mauvaises récoltes, son père s'était mis à boire et à jouer. Un soir, il avait perdu la ferme au profit d'un tricheur de Kansas City. Ils avaient passé l'hiver sous une tente, son père faisant de petits travaux et buvant de l'alcool de maïs.

Bien que le feu rougeoyât dans l'âtre, Cora frissonna au souvenir du froid. Parfois, lorsqu'elle avait le cœur lourd, elle se remémorait ce dernier hiver avec son père. A côté, ses ennuis présents lui paraissaient bien peu de chose.

Il était mort de pleurésie. Tout s'était passé si vite que Cora n'avait même pas songé à appeler un médecin. Des étrangers étaient venus l'aider ; des étrangers avaient conduit son père à son dernier repos. Et des étrangers l'avaient envoyée vivre au foyer méthodiste de Muskogee, avec d'autres étrangers.

Celui-ci n'avait de foyer que le nom. Les gens avaient essayé d'être gentils ; Cora n'avait rien à leur reprocher. Mais elle savait que sa vie recommencerait plus tard, ailleurs. Elle avait travaillé, prié, obéi. Et attendu. Elle ignorait pourquoi, mais elle était sûre qu'on viendrait un jour la chercher.

On était venu...

L'eau frémissait dans le chaudron. Cora s'assura que tous les stores étaient tirés. Se laver dans la cuisine était pour une femme le summum de l'indécence. Mais après huit ans de vie solitaire, Cora n'éprouvait plus le besoin de respecter certaines conventions.

Elle descendit sa chemise de nuit jusqu'à la taille, plongea un chiffon de coton propre dans l'eau chaude de la cuvette et le savonna légèrement avec un peu de lessive maison. Mme Millenbutter recommandait les douches tièdes. Il était impératif, prétendait-elle, de se débarrasser une fois par semaine des impuretés. Cora n'avait pas de douche et préférait les ablutions quotidiennes.

Après s'être rincé et essuyé le ventre et les seins avec une serviette usée, la jeune femme enfila une chemisette et la boutonna entièrement avant d'enlever sa chemise de nuit et de continuer sa toilette. Mme Millenbutter avait des idées modernes sur les vertus de la nudité, mais Cora était trop imprégnée des leçons du foyer méthodiste. Là-bas, on lui avait appris qu'une femme ne devait jamais se dévêtir complètement.

Le foyer méthodiste était rigoureux avec les jeunes filles. Le mariage était le couronnement d'une vie exemplaire. Luther Briggs lui avait apporté cette satisfaction. Puis il avait tout gâché.

Cora chassa ses sombres pensées et enfila sa

culotte. Elle avait voulu une maison et Luther la lui avait donnée. Le petit cottage blanc nécessitait des réparations, mais pour Cora Briggs, c'était un foyer.

Avec un peu de peinture et quelques menus travaux, il serait comme neuf, se disait-elle. Mais comment payer peinture et travaux ? C'était une question qu'elle refusait habituellement de se poser.

Difficile pour une femme seule de gagner de l'argent. Elle pouvait à la rigueur tenir une boutique de modiste ou une pâtisserie. La plupart faisaient des travaux d'aiguille chez elles. Sa situation de femme divorcée excluait ce genre d'occupations. Si Cora s'était lancée dans le commerce, la bonne société de Dead Dog aurait évité son magasin comme la peste.

– Merci à Titus Penny, murmura-t-elle, ramenant ses cheveux en chignon sur le sommet de sa tête.

Titus lui achetait des gelées et des confitures et même du sirop de kaki, pour les vendre dans son échoppe. Il disait aux habitants de Dead Dog que c'était la veuve Martin qui les préparait. La brave veuve vendait aussi ses produits au magasin, mais elle était vieille et fragile, et ne pouvait produire autant que Cora.

En outre, les produits de la veuve étaient plus chers. Titus Penny, qui n'était pas un saint, offrait à Cora le tiers de ce qu'il payait à Mme Martin.

– Je vous rends un service, Cora, lui avait-il dit avec son sourire mielleux. Si je ne vous l'achète pas, personne ne le fera.

Silencieuse, Cora l'avait regardé tortiller les extrémités de sa moustache rousse.

– Alors, Cora ma douce ? avait-il demandé. Un peu d'argent ou pas du tout ?

Elle aurait voulu sortir la tête haute de son magasin, mais il avait raison. Elle n'avait nulle part ailleurs où aller, et ce qu'il lui proposait était toujours mieux que rien.

Le chapeau sur la tête, Cora examina ses provisions. Il ne restait pas grand-chose à vendre. Il n'y avait pas eu beaucoup de fruits rouges, l'été dernier, et la sécheresse avait ravagé son jardin. Elle plaça les trois derniers pots de cornichons dans son panier et les cacha sous un torchon.

– Je dois mentir à ma propre femme, lui avait souvent dit Titus. Si on savait que je vous aide, mon commerce serait ruiné.

Cora se fichait pas mal du commerce de Penny. Mais il était sa seule source de revenu.

Elle couvrit le feu et alla chercher sa bicyclette. Elle avait besoin de farine de blé et de maïs. Du sucre serait nécessaire, mais elle pouvait toujours le remplacer par de la mélasse, alors que rien ne remplaçait le pain.

L'air matinal était vif. Avec un lourd panier accroché au guidon, Cora devait faire attention au verglas et aux trous. Mieux valait ne pas casser ses derniers pots.

Comme d'habitude, elle fixait le milieu de la route. Mais en passant devant les Pompes funèbres Sparrow, elle ne put empêcher son regard de s'attarder sur l'énorme bâtiment en brique rouge avec sa large véranda blanche.

Ces deux derniers jours, elle avait essayé, sans grand succès, de ne pas penser à Jed Sparrow. Mais pour quelqu'un dont la seule distraction consistait à se demander quand la pauvreté se transformerait en misère, l'irruption du jeune Sparrow dans sa vie avait une réelle importance.

La prochaine fois, elle le renverrait, se promit-elle.

Elle fut tellement distraite par sa décision qu'elle

en oublia de vérifier s'il y avait des clients dans le magasin de Penny. Elle avait déjà ouvert la porte quand elle vit deux femmes.

Debout au milieu du magasin, Fanny, l'épouse de Titus, discutait avec Mme Amélie Sparrow.

5

Cora fixait les deux femmes sans savoir quoi faire. Egalement surprises, Fanny et Amélie la dévisagèrent à leur tour. Fanny portait une vaste robe en calicot, censée dissimuler une grossesse de près de six mois. Ne pouvant fermer son manteau, elle le laissait ouvert. Par contraste, la robe de deuil d'Amélie en soie grise, bordée de dentelle noire, était d'une élégance parfaite et faisait ressortir son teint clair et ses cheveux blond cendré.

Cora était sur le point de s'excuser lorsqu'elle se rappela avoir autant que quiconque le droit de venir en ville et d'entrer dans un magasin.

Elle leur adressa un bref salut de la tête.

Fanny Penny tressaillit d'horreur – cette femme leur avait pratiquement adressé la parole ! – et jeta un regard inquiet à Amélie.

– Que fait-elle ? susurra Amélie, suffisamment fort pour que Cora entendît.

Celle-ci tourna son attention vers les pots dans un angle du magasin. Son cœur battait comme si elle venait d'effectuer l'ascension de la falaise à bicyclette. Elle essaya de se calmer et d'ignorer les deux autres.

– Elle vient parfois se ravitailler ici, admit Fanny avec embarras. J'ai dit à Titus de ne jamais lui faire crédit, s'empressa-t-elle d'ajouter. Il prétend qu'elle paie toujours comptant.

– Comptant ? répéta Amélie, les sourcils froncés. Dieu seul sait comment elle se procure l'argent !

Cora gardait les yeux rivés sur les pots. L'expérience lui avait appris que lorsqu'on ne souffle pas sur les flammes, le feu s'éteigne.

– Cette chère Maimie Briggs supporte un si lourd fardeau, soupira Amélie avec emphase.

Les deux femmes jetèrent un regard en direction de Cora.

– Oui, la pauvre, approuva Fanny.

– Savoir son fils unique si loin d'elle, et essayer d'étouffer le scandale ! renchérit Amélie.

Fanny approuva d'un hochement de tête.

– J'estime que cette femme est une sainte.

– Une sainte, répéta Fanny.

– Avec tout ce qu'elle a enduré, je pense que la ville devrait faire quelque chose pour elle. Quelque chose pour lui remonter le moral. Quelque chose pour lui prouver qu'aucun de nous ne la tient pour responsable des péchés des autres. Quelque chose pour lui montrer combien la ville l'aime.

– Vous avez une idée ? demanda Fanny.

Amélie sourit, fière de la manière ingénieuse dont elle avait abordé le sujet qui lui tenait à cœur.

– Nous devrions donner son nom à la ville.

– Son nom à la ville ? Mais la ville a déjà un nom !

– Pas un très beau nom.

– Sans doute, admit Fanny.

– En tout cas, pas un nom de chef-lieu de comté.

– Oui, bien sûr, fit Fanny, enthousiasmée à cette idée.

Le commerce des Penny avait tout intérêt à ce que la ville s'agrandît. Et devenir chef-lieu de comté était le moyen le plus sûr d'y parvenir.

– C'est vrai, la ville tirerait avantage d'un nom plus prestigieux.

– J'estime que la ville devrait porter le nom de sa première et meilleure famille. Nous devrions l'appeler Briggston, acheva Amélie avec un soupir de satisfaction.

Oubliant son attitude indifférente, Cora Briggs se retourna, horrifiée, vers Mme Sparrow.

Celle-ci lui lança un regard menaçant.

– Ceux qui écoutent aux portes ont souvent de mauvaises surprises, dit-elle d'une voix mielleuse.

Cora devint rouge de fureur. *Briggston !* Non, elle ne pouvait le croire. Il était déjà assez pénible d'être rejetée par ses concitoyens, mais que ceux-ci donnent à leur ville le nom de la vieille bique qui avait ruiné sa vie, c'en était trop. Elle avait envie de crier, de hurler, de tout casser.

Mais l'apparition d'une petite fille au fond du magasin l'empêcha de donner libre cours à sa fureur.

– J'en veux un rouge ! J'en veux un rouge !

L'enfant, âgée d'environ cinq ans, coiffée d'un bonnet de coton, se rua vers le comptoir, sur lequel étaient alignés de grands bocaux de bonbons aux vives couleurs. Elle sautait sur place d'excitation, ses épaisses boucles blondes dansant autour de sa tête.

– Un rouge ! Un rouge ! répétait-elle.

– Maybelle ! s'exclama Fanny en croisant les bras avec impatience. Je t'ai dit : pas de bonbons avant le déjeuner.

La petite fille regarda sa mère d'un air de défi.

– Papa a dit oui, rétorqua-t-elle avant de se remettre à sautiller joyeusement sur place. Un rouge ! Un rouge !

– Titus ? s'écria Fanny à l'adresse de son mari qui débouchait sans hâte de la réserve.

Le propriétaire de l'épicerie écarta l'objection de sa femme.

– Oh, laisse-la prendre un bonbon, dit-il, se glissant derrière le comptoir et dévissant le couvercle d'un bocal. Elle a été gentille, ce matin.

– Tu la gâtes trop.

Titus ne prit même pas la peine de lever la tête.

– Une si jolie petite mérite d'être gâtée. Lequel veux-tu, Maybelle chérie ? Le rouge ou le blanc ?

– Je veux les deux !

– Titus... gronda Fanny d'un ton menaçant, qui laissa son mari de marbre.

– Eh bien, tu auras les deux, approuva son père. Un pour maintenant et un pour plus tard.

Tandis que Titus Penny mettait un bonbon dans chacune des petites mains potelées de sa fille, Fanny se tourna vers Amélie en secouant la tête d'un air désapprobateur.

– Je ne sais pas quoi faire avec Titus. Il idolâtre Maybelle.

Habitué à entendre sa femme parler de lui comme s'il était absent, Titus parut ne pas écouter la conversation des femmes. Mais il n'en perdit pas un mot.

– Les hommes ignorent comment on élève les enfants, décréta Amélie. Si je n'y avais pas mis le holà, le cher M. Sparrow – que Dieu ait son âme ! – aurait laissé Jed suivre sa nature. Les pères n'ont pas, comme les mères, une claire vision de l'avenir de leurs enfants.

Amélie regarda la petite fille qui mâchonnait son bonbon.

– M. Penny ne songe qu'à faire plaisir à Maybelle. Il ne lui vient pas à l'esprit qu'elle aura du mal à trouver un mari si elle devient laide et gourmande.

– Elle n'a pas besoin de se marier, intervint Titus. Elle peut rester à travailler ici dans le magasin.

Se tournant vers Maybelle, Titus prit une voix enfantine :

– Hein, que tu veux rester à la maison pour t'occuper de ton papa, quand tu seras grande ?

La bouche pleine, Maybelle répondit par un hochement de tête enthousiaste.

Fanny et Amélie échangèrent un regard entendu.

– Je ferais mieux de rentrer à la maison, soupira Fanny, prenant sa fille par la main. Ô mon Dieu, tu as toujours les mains collantes !

Maybelle haussa les épaules avec indifférence et se laissa emmener.

Titus Penny regarda sa femme et sa fille disparaître, puis se tourna vers Amélie.

– Peut-être voudriez-vous aussi un bonbon, madame ?

Amélie n'en avait aucune envie. Sa mauvaise dent lui faisait mal, et elle savait d'expérience que les boissons chaudes et le sucre pouvaient exacerber la douleur au point de l'expédier au lit.

– Non, merci, monsieur Penny. Je ne suis pas une enfant qu'on achète avec des bonbons.

Penny se le tint pour dit.

– Voici le rouleau d'étamine blanche que vous vouliez.

Amélie s'approcha du comptoir et toucha le tissu. Un mouvement à l'autre bout de la pièce attira l'attention de Penny. A la vue de Cora Briggs, il sursauta.

Amélie le considéra avec curiosité.

– Fanny prétend que vous l'autorisez à se ravitailler ici, chuchota-t-elle, de manière à n'être entendue de personne d'autre.

Titus devint écarlate.

– Je suis le seul épicier de la ville. Je ne peux pas la laisser mourir de faim.

– Si elle ne pouvait pas s'acheter de nourriture, elle partirait peut-être ailleurs.

Titus parut sceptique.

– Où irait-elle, madame Sparrow ? Elle n'a pas de famille, pas d'argent.

Amélie lui jeta un regard soupçonneux.

– Elle doit avoir de l'argent, sinon elle ne pourrait pas se ravitailler ici.

– Je ne lui fais pas un sou de crédit, s'empressa-t-il de dire, rouge de confusion.

– Ça vaut mieux pour vous, répliqua Amélie d'un ton faussement suave. Je vais prendre ce rouleau, monsieur Penny, et une demi-douzaine d'aiguilles, s'il vous plaît.

Titus enveloppa hâtivement les achats d'Amélie. Il lança plusieurs regards noirs en direction de Cora, qui continuait à baguenauder dans le magasin avec une indifférence feinte. Une fois les paquets de Mme Sparrow ficelés, il l'accompagna galamment jusqu'à la porte qu'il referma derrière elle.

Puis il se tourna vers Cora d'un air sévère.

– Je vous ai dit de ne pas entrer quand elle est là.

– Je ne suis pas une criminelle, monsieur Penny, répliqua Cora d'un ton calme. Je peux aller et venir dans cette ville, comme bon me semble. J'essaie cependant d'éviter Amélie Sparrow. Pas parce que je le *dois*, mais parce que je le *veux*.

Titus Penny acquiesça vigoureusement de la tête.

– Oui, oui, fit-il. Cette femme peut être un vrai poison, quand elle le décide.

– Ce n'est pas à moi qu'il faut dire ça, répondit Cora, encore sous le choc de ce qu'elle venait d'apprendre.

Si pour Cora, Amélie était le venin de la ville, c'était Maimie Briggs qui était la tête du serpent. Alors, donner son nom à la ville...

– Je veux bien le croire, grommela Titus Penny.

Après un regard coupable vers la porte d'entrée, il fit signe à Cora de le suivre.

– Allons derrière, proposa-t-il. Je ne voudrais pas que nous soyons interrompus par d'autres clients.

Cora le suivit dans l'arrière-boutique, bourrée de marchandises. Un petit bureau occupait un angle de la pièce à côté d'une fenêtre dont la vitre jaunâtre ne laissait filtrer qu'une maigre lumière. Empilés sur la planche qui lui servait de bureau, des livres de comptes et des factures. Le siège voisin était également encombré de papiers. Titus les balaya d'un geste et s'assit. Il redressa sa moustache et s'éclaircit la voix avant de se renverser dans son siège.

– Alors, qu'avez-vous pour moi, Cora ma douce ? demanda-t-il avec un sourire.

Ignorant le terme affectueux, la jeune femme croisa son regard.

– J'ai mes derniers cornichons. J'aurais besoin de certaines choses aujourd'hui, mais je pense pouvoir attendre pour acheter mes provisions d'hiver d'avoir ramassé les noix de pécan.

Son ton était calme, professionnel.

– J'ai examiné mon meilleur arbre ce matin, monsieur Penny, ajouta-t-elle. Il est plein de noix.

– Les noix de pécan, c'est bien, Cora, mais je peux m'en procurer des quantités auprès des fermiers des environs, et pour une misère.

– Mais les fermiers vous les apportent-ils décortiquées, intactes et propres ? demanda-t-elle avec un sourire forcé. Elles se sont très bien vendues l'année dernière, si vous vous rappelez.

Titus haussa les épaules.

– Chaque année est différente, Cora ma douce. D'accord, je vous les achèterai, mais je ne promets pas que cela vous laissera de quoi vous fournir en farine pour l'hiver.

Malgré sa nervosité, elle continua à sourire.

– Je suis sûre que vous ferez de votre mieux pour moi, monsieur Penny.

Titus posa un doigt sur sa tempe et la considéra d'un air pensif.

Cora était habituée à marchander avec lui ; elle savait qu'il ne lui donnerait pas un sou de plus que nécessaire. Mais elle était sûre de son produit. L'année précédente, les dames de la ville s'étaient arraché ses noix de pécan. Les noix de la région étaient de loin les meilleures, mais aussi les plus difficiles à décortiquer et à préparer.

Finalement, comme s'il avait pris sa décision, Penny se pencha vers Cora avec un sourire charmeur.

– Comme je l'ai dit, chaque année est différente, Cora ma douce. Je ne sais pas combien je pourrai vous donner, cette année, pour vos noix de pécan.

Avec une désinvolture étudiée, il saisit le bas du costume cycliste de Cora. Tâtant le tissu comme pour juger de sa qualité, il leva vers elle des yeux assombris.

– L'année a été dure pour les fermiers, Cora ma douce. Elle a été dure pour moi.

– J'en suis désolée, répliqua Cora en reculant dans l'espoir qu'il lâchât sa jupe.

Il n'en fit rien.

– Comprenez-moi bien, reprit-il, captant son regard. Les affaires ont bien marché. J'ai de la chance. Mais... (il hésita et détourna les yeux) ...vous avez vu ma femme, dit-il enfin en secouant la tête. Grosse comme une vache et encore à trois mois de son terme.

Cora se sentit blêmir.

– La plupart du temps, elle prétend être mal à son aise, et elle s'est mise à dormir avec Maybelle.

Ses yeux se portèrent vers le tissu qu'il continuait à caresser et s'y attardèrent longuement. Puis il regarda fixement la jeune femme.

– Quand une femme attend un enfant, son mari se sent parfois bien seul. Mon grand lit est bien froid, la nuit...

Pas un son ne sortit de la gorge de Cora. Elle était tiraillée entre la peur, le dégoût et la pitié. Elle aurait voulu partir pour ne plus jamais revenir. Elle aurait voulu gifler Titus Penny, lui crier qu'elle était divorcée, mais pas débauchée. Mais elle ne pouvait rien faire de tout cela.

Lentement, elle reprit le contrôle de ses émotions. Elle avait besoin de Titus Penny et n'éprouvait pas d'aversion pour lui. Ce n'était pas un méchant homme : il était juste importun et stupide. Elle l'avait souvent trouvé gentil. Mais pas aujourd'hui.

Avec une froide détermination, elle recula.

– Je vois très bien ce que vous voulez dire, monsieur Penny, dit-elle avec un calme impressionnant. Vivant moi-même seule, je sais combien les nuits peuvent être longues et froides.

Penny parut abasourdi par sa réponse.

– Vous savez ce que vous devriez faire ? dit-elle sans lui laisser le temps de réagir. Vous devriez demander à Mme Penny de vous coudre un épais édredon en duvet. Je vous promets qu'il n'y a rien de tel en hiver que de bonnes couvertures. C'est en tout cas tout ce dont j'ai besoin.

Elle sortit de son panier les bocaux de cornichons et les posa sur le bureau devant lui.

– Je suis en retard, monsieur Penny. Pourrais-je

prendre un peu de farine de blé et de maïs, si cela ne vous dérange pas ?

Titus Penny était écarlate, mais il suivit Cora dans le magasin et lui donna ses provisions, y ajoutant un peu de sucre.

Lorsque Cora arriva devant son portail, elle était aussi essoufflée que si elle avait couru vingt kilomètres et aussi fatiguée que si elle avait passé la journée à cueillir du coton. Après son étrange conversation avec Titus Penny, elle avait traversé la ville à une allure vertigineuse et avait gravi la falaise sans presque ralentir. Elle avait lancé son bâton plus haut et plus vite que jamais, et avait réussi des prouesses encore jamais tentées.

Pourtant, elle ne parvenait pas à oublier les événements de la matinée. Elle était encore furieuse, gênée et malheureuse. L'injustice dont elle était victime était aussi cuisante aujourd'hui que le jour de son divorce. Souvent, elle essayait de se convaincre que sa situation s'arrangeait, qu'elle n'y attachait d'ailleurs plus d'importance. Parfois elle y croyait. Puis, Amélie Sparrow ou Titus Penny ou quelqu'un d'autre lui rappelait qu'elle n'avait droit ni à l'anonymat ni au bonheur...

Elle était sur la première marche du perron lorsqu'elle vit, dans l'angle de la porte, un bouquet de fleurs séchées... Cora ouvrit de grands yeux. De minuscules brins de myrte entouraient trois roses, dont les pétales d'un rouge profond étaient encore lisses et parfaits. Le bouquet était enveloppé dans un morceau de tissu blanc et entouré d'un ruban de satin bleu. Glissé dans le ruban, un papier plié.

Cora ramassa le bouquet comme s'il s'agissait d'un nouveau-né et le contempla avec un mélange de confusion et de plaisir. Elle s'empressa de déplier le papier. L'écriture n'était pas parfaite ; c'était plutôt un large griffonnage masculin.

Tu es aussi douce et parfumée que le myrte
Et belle comme la rose.
Je suis peut-être plus romantique
Que tu ne le supposes.

A la vue de cet étrange poème, Cora sentit les désagréments de la matinée fondre comme neige au soleil. Quelques instants plus tard, appuyée contre la porte, elle riait aux larmes. Elle riait comme elle ne l'avait plus fait depuis des années.

– Cher Jed, cher, cher Jed, murmura-t-elle.

Sans doute estimait-il qu'histoire d'amour et poésie allaient de pair. Mais on aurait dû lui suggérer, se dit-elle en souriant, de recopier des vers de lord Byron.

Sans se départir de son sourire, Cora pénétra dans la maison. Laissant son manteau et son chapeau sur le portemanteau, elle emporta son bouquet dans le salon et le disposa avec soin sur la table à thé.

Reculant d'un pas pour juger de l'effet, elle se demanda quel vase conviendrait aux fleurs, mais décida qu'aucun de ceux qu'elle possédait n'était assez bien. Les fleurs étaient ravissantes dans leur emballage, autant les laisser ainsi. Elle les déplaça légèrement sur la gauche, sourit de nouveau, puis vaqua à ses affaires. Il était midi passé, et Mme Millenbutter estimait que les repas devaient être pris à heure fixe.

Cora gagna en chantonnant la cuisine, non sans jeter de temps à autre un regard vers son cadeau inattendu.

Il y avait longtemps qu'on ne lui avait offert des

fleurs. La dernière fois... elle ne se rappelait pas très bien. Puis soudain, elle se souvint : la dernière fois, c'était le jour de son mariage...

– Voilà votre bouquet, ma Cory, avait annoncé Luther avec chaleur, en l'aidant à monter dans le buggy devant le palais de justice fédéral de Muskogee.

Le juge venait de les déclarer mari et femme, et Cora avait serré nerveusement les fleurs dans sa main.

– Je les ai choisies moi-même, avait-il expliqué. Maman m'a dit que les lis ne convenaient pas pour une noce, mais comme elle n'a pas pu être là, j'ai pensé qu'elles vous iraient.

Le cœur plein de joie, Cora avait admiré le bouquet en souriant.

– Elles sont ravissantes, monsieur Briggs.

Cora avait jeté un regard à son nouvel époux. Il lui avait fait quatre visites. Mais jamais elle ne se serait attendue qu'il la demandât en mariage. Pas si vite, en tout cas.

Luther lui avait souri et Cora avait poussé un soupir. Son sourire éclatant rehaussait le bleu profond de ses yeux. Ses cheveux noirs étaient épais et bouclés et une mèche rebelle s'obstinait à lui barrer le front. Sa mâchoire virile était adoucie par les fossettes de ses joues.

Cora en avait eu le cœur serré. C'était le plus bel homme qu'elle eût jamais vu. Elle était sa femme. Et elle l'aimait.

– Elles sont très belles, mais il ne fallait pas, monsieur Briggs, lui avait-elle dit timidement. Je ne veux pas que vous gaspilliez votre argent pour moi.

Luther avait ri et lui avait tapoté le menton.

– Allons, madame Briggs. Je vous achèterai ce qu'il me plaît. Je veux que vous soyez la femme la plus heureuse de ce territoire.

– Je le suis.

Il l'avait considérée longuement, l'air gêné.

– Bien, avait-il dit enfin d'un ton mal assuré. Maman va vous aimer, j'en suis sûr.

– Je l'espère, monsieur Briggs. Je promets en tout cas d'être aussi gentille avec elle que si elle était ma propre mère.

Luther avait émis un sifflement et l'attelage s'était ébranlé.

– Ne vous inquiétez pas. Quand maman vous aura vue et aura parlé avec vous, elle sera aussi heureuse que si vous étiez sa fille disparue.

Les rues de Muskogee étaient encombrées de charrettes de laitiers, de cabriolets, de chariots de livraison. Bien que Cora eût vécu à Muskogee depuis la mort de son père, elle n'avait pas souvent eu l'occasion de quitter l'orphelinat.

– Je suis sûre que j'adorerai vivre en ville, avait-elle murmuré, tout excitée par le vacarme environnant.

– Nous ne vivrons pas ici, avait-il répondu du ton qu'il aurait pris pour annoncer la pluie.

– Nous ne vivrons pas ici ?

– Non, j'ai décidé d'aller à Dead Dog, dans l'Oklahoma. Ma mère vieillit et a besoin de ma présence.

Cora avait acquiescé, mais les questions se bousculaient dans sa tête.

– Je croyais que vos affaires étaient ici, à Muskogee ?

– C'est vrai, avait répondu Luther, évitant son regard. J'ai quelqu'un de compétent pour gérer les affaires courantes, et il me faudra bien sûr revenir souvent. Mais je crois préférable que nous vivions avec maman.

– Ah bon... Mais n'avez-vous pas votre maison ici ? avait demandé Cora, prise d'un étrange pressentiment.

– Je la loue.

La curiosité de Cora avait été immédiatement éveillée. La plupart des logements loués de Muskogee étaient surpeuplés et misérables.

– A qui donc la louez-vous ?

Il s'était tourné vers elle, la mâchoire serrée.

– Qu'importe ? Si nous décidons de vivre à Dead Dog, nous n'aurons pas besoin de la maison. A condition, bien sûr, avait-il précisé en lui adressant son sourire le plus irrésistible, que ce plan convienne à ma jeune épouse.

Rougissante, Cora avait baissé les yeux. Il lui faudrait un certain temps pour comprendre son nouveau mari, avait-elle songé. Mais ils avaient toute la vie devant eux.

– Votre épouse acceptera avec joie le plan que vous jugerez bon, monsieur Briggs.

Luther avait ri et lui avait tapoté le genou.

– C'est bien ce que je pensais, Cory. Et pourquoi ne m'appelez-vous pas simplement Luther ?

– C'est permis ?

Luther avait éclaté de rire.

– Oh oui, madame ! Suivez mon exemple. Pour ce qui est permis ou ne l'est pas, vous pouvez faire confiance à votre mari.

Tout en riant avec lui, Cora avait vérifié que son chignon tenait toujours.

– Eh bien, dites-moi, Luther, qu'est-il maintenant permis à un couple marié de faire ?

Luther avait levé un sourcil.

– Réserver une chambre à l'hôtel *Williams*. Il ne va pas tarder à faire nuit.

Cora avait regardé son mari, horrifiée, mais, se reprenant, elle avait réussi à lui sourire.

– Oh oui... bien sûr.

Luther lui avait pris la main et l'avait serrée pour l'encourager.

– Allons, pas de panique, chérie, avait-il dit avec un sourire. Tout se passera bien. Faites-moi confiance, Cory.

Elle lui avait fait confiance.

Huit ans après, retournant une fournée de pain de maïs pour son déjeuner solitaire, elle regrettait encore cette confiance.

6

Cora fut réveillée en sursaut par des bruits. Il y avait quelqu'un dehors. Son cœur cognait furieusement dans sa poitrine. Des assassins armés de haches, des Indiens sauvages et de farouches hors-la-loi défilèrent dans son esprit. Une femme seule était une proie facile. Une femme seule devait se protéger. S'agrippant aux couvertures et s'obligeant à respirer profondément, elle essaya de se calmer.

– Je vais bien, chuchota-t-elle. Je suis forte et indépendante. Je peux me débrouiller.

Elle n'y croyait pas vraiment, mais cela l'aidait.

Lentement, sans faire de bruit, elle repoussa l'édredon et descendit de son lit. La lune brillait et ses rayons éclairaient la chambre.

Le bruit était de plus en plus fort. On entendait comme des coups de marteau. Quelqu'un essayait-il d'enfoncer la clôture ? Absurde. Autant passer par le portail qui n'avait pas de verrou. Ou l'escalader. Il avait moins d'un mètre de haut !

Arrivée à la fenêtre, elle se plaqua sur le côté et d'une main tremblante, tira le rideau de dentelle. Un vieux corbillard était garé sur l'herbe le long de la clôture. Avant d'avoir le temps de comprendre, son regard fut attiré par une chevelure blonde brillant au clair de lune : un grand type aux larges épaules arrachait un piquet à moitié pourri de sa clôture.

Elle ouvrit la fenêtre.

– Jed Sparrow, que faites-vous ?

Il se tourna vers elle, souriant jusqu'aux oreilles.

– Bonsoir, madame Briggs. Je ne voulais pas vous réveiller.

– Que faites-vous ici ?

Le jeune homme se passa la main dans les cheveux.

– C'est que, madame...

– Chut ! l'interrompit Cora, prenant conscience du silence de la nuit. Ne faites pas tant de bruit, on va vous entendre.

Jed regarda autour de lui avec une moue sceptique, puis acquiesça.

– Bien, madame, chuchota-t-il. Je...

Pas facile de crier tout bas. Il considéra la maison d'un air pensif et, à la surprise de Cora, vint se planter sous sa fenêtre. Avant qu'elle ne pût l'arrêter, il avait un pied sur le rebord de la fenêtre du salon et commença à grimper.

– Que faites-vous ? s'exclama Cora, horrifiée.

Un instant plus tard, deux puissantes mains s'agrippaient à l'appui devant elle. Désirant impressionner la jeune femme, Jed se souleva à la force des bras.

– Oh, Ciel ! Vous allez vous tuer ! s'exclama-t-elle.

Jed s'appuya sur un coude pour assurer sa position.

– Non, si vous ne me poussez pas.

– Entrez tout de suite ! ordonna-t-elle.

Jed essaya de se hisser dans la pièce.

– Je ne suis pas sûr que Roméo ait opéré de la sorte, dit-il, les jambes battant l'air.

Plus il se tortillait, plus elle était certaine que le jeune homme allait tomber d'une seconde à l'autre.

Encouragé par Cora, Jed réussit à se hisser sur le

rebord de la fenêtre. Il était sur le point de prendre appui sur le genou, lorsqu'elle perdit patience.

Se penchant en avant, elle agrippa le postérieur du jeune homme et le tira vers elle.

– Doucement ! s'écria-t-il.

Il atterrit par terre, entraînant Cora dans sa chute, et tomba sur elle. Ils restèrent un moment étourdis.

Se soulevant sur les coudes, Jed contempla son visage blême et effrayé sous lui. C'était la première fois qu'il sentait la chaleur de son corps, et cette sensation était divinement agréable...

– Madame Briggs, je...

– Ça par exemple ! s'exclama Cora, essayant de se dégager.

Avec un soupir de regret, il roula de côté.

L'un et l'autre s'assirent brusquement sur leur séant et rajustèrent leurs vêtements.

– Je ne voulais pas vous faire tomber, s'empressa d'ajouter Jed. Vous ne vous êtes pas fait mal, madame Briggs ?

Encore troublée par le poids de son corps sur le sien, Cora bégaya qu'elle allait tout à fait bien. Petit à petit, l'absurdité de la situation la frappa et elle se mit à rire.

Jed fronça les sourcils. Se moquait-elle de lui, de son inexpérience avec les femmes ?

– Qu'y a-t-il de si drôle ? demanda-t-il.

Incapable de se contrôler, Cora s'esclaffa de plus belle.

– J'ai cru que vous... essaya-t-elle d'expliquer. Et vos jambes... et je vous ai saisi... et nous sommes tombés et...

Son hilarité était contagieuse. Oubliant son embarras, Jed se représenta la scène à la fenêtre : ses jambes s'agitant furieusement dans le vide, Mme Briggs le hissant à l'intérieur par le fond du pantalon, et lui-même s'effondrant sur elle. Ce n'était pas là une situation particulièrement romantique !

Jed éclata d'un rire de baryton, qui fit redoubler celui de Cora et, assis l'un à côté de l'autre dans les rayons argentés de la lune, ils rirent aux larmes.

Prenant conscience qu'elle était en chemise de nuit avec un homme dans sa chambre, Cora retrouva soudain son sang-froid. Son vêtement était pourtant bien pudique. Seule une mince dentelle en ornait le col montant, et les manches étaient boutonnées aux poignets. Elle ramena les genoux contre sa poitrine et coinça la flanelle de sa chemise sous ses pieds, de façon à être entièrement couverte.

– Vous ne devriez pas être ici, dit-elle à mi-voix.

– En fait, je n'avais pas l'intention d'entrer, madame Briggs. Je voulais juste m'approcher de votre fenêtre, pour que nous n'ayons pas à crier.

Jed faisait de son mieux pour ne pas regarder cette ravissante femme. Il avait envie de lui enlacer la taille et d'enfouir son visage entre ses seins.

– Mais que faisiez-vous dans la cour ? questionna-t-elle.

– J'arrange votre clôture, répondit-il comme si c'était la chose la plus naturelle au monde. C'est la pleine lune, madame Briggs. C'est l'occasion ou jamais. Je pensais qu'il ne serait pas très discret que je le fasse en plein jour.

– Je ne vous ai pas demandé d'arranger ma clôture.

– Je sais, madame Briggs. Vous avez juste demandé un peu de romantisme. Je fais ce que je peux, madame, je vous assure, mais je suis sans doute meilleur pour réparer les clôtures.

Cette confession révélait une telle sincérité que Cora en resta coite.

– Vous avez eu mes fleurs ?

– Oui, répliqua-t-elle avec un grand sourire, et votre ravissant poème. Il m'a beaucoup plu.

– Vous l'avez vraiment aimé ? gloussa Jed. Eh bien, il y a un progrès par rapport à ma première version.

– Votre première version ?

– J'en ai écrit un autre. Il était encore pire que celui que je vous ai envoyé.

– J'ai adoré celui que vous m'avez envoyé ! insista Cora.

Jed secoua la tête, incrédule.

– Je veux entendre votre première version.

– Oh, madame Briggs, c'est très mauvais !

– Sûrement pas, je veux l'entendre.

– Il est vraiment mauvais, je vous assure. Vous êtes certaine que vous voulez l'entendre ?

– Absolument, monsieur Sparrow. Je suis sûre qu'il est très joli, quoi que vous disiez.

Jed n'en était pas convaincu, mais il s'éclaircit la voix et, levant le menton, commença à réciter :

Il était une jeune femme au bout du chemin,
Dont le soupirant était aussi niais qu'un marcassin
Jamais il n'avait eu la chance
D'apprendre une romance
Aussi resta-t-il comme un gland sur une bûche de
[pin.

Cora garda un visage impassible.

– C'est joli, murmura-t-elle. C'est... enfin, c'est... enfin, je préfère l'autre.

– C'est le dernier vers, dit gravement Jed. Pas terrible.

– Oui, peut-être...

– Vous imaginez comme il est difficile de trouver quelque chose qui rime avec chemin et marcassin ?

– J'avoue n'y avoir jamais pensé.

– Je veux bien le croire.

Ils restèrent un moment silencieux, puis Cora émit un petit gloussement.

– Pourquoi ce soupirant est-il aussi niais qu'un marcassin ? demanda-t-elle.

– Parce qu'il est tombé par la fenêtre de votre chambre, fit Jed en riant.

– Etes-vous tombé ? Ou vous a-t-on tiré ?

– Un peu des deux, je pense.

– Etes-vous mon soupirant ?

Jed se pencha et lui prit la main.

– Je pense avoir prouvé, madame Briggs, que je serais heureux d'être votre soupirant, dit-il dans un murmure.

Cora le regarda en face. Le clair de lune obscurcissait ses yeux et adoucissait son profil.

– Vous ne devriez pas être ici, répéta-t-elle.

– Sans doute...

Il la sentait tendue. Pensait-elle qu'il allait la prendre dans ses bras ? D'autres hommes auraient essayé de profiter de la situation, mais pas lui, bien qu'il en brûlât d'envie.

Cora était nerveuse. Mais pas plus que lui. Si certains hommes étaient capables de se jeter sur une femme pour l'embrasser, jamais Jed ne le ferait. Elle devrait au moins faire la moitié du chemin.

– J'aimerais beaucoup vous embrasser, madame Briggs, dit-il.

Cora se redressa. Elle savait qu'un baiser ne serait qu'un début. Si elle l'autorisait, avant qu'elle n'eût le temps de dire ouf, Jed Sparrow roulerait sur elle, tout comme Luther autrefois. Elle ne voulait pas qu'il en fût ainsi !

Elle rejeta nerveusement en arrière sa somptueuse chevelure et s'efforça de prendre un air réprobateur.

– Je ne pense pas, Jed, qu'une telle démarche soit tout à fait convenable.

Sans lâcher sa main, Jed hocha gravement la tête. Il la sentait trembler.

– C'est la première fois que je me retrouve dans la chambre d'une dame, dit-il. Il est normal que je ne connaisse pas les usages.

Cora ouvrit de grands yeux. Etait-il sincère ou plaisantait-il ?

Portant à ses lèvres la main de Cora, il déposa un baiser sur les jointures de ses doigts. Puis, avec hésitation, presque avec respect, il lui embrassa la joue.

– Oh... s'exclama-t-elle.

Cora frissonna, et Jed devina que ce n'était pas de froid.

Malgré sa réputation, Cora Briggs n'était pas une marie-couche-toi-là. C'était une femme ravissante que Jed avait envie d'embrasser et de caresser. Mais il ne voulait pas l'effrayer. Il craignait, par hâte et par maladresse, de compromettre ses chances. Il devait la mettre en confiance. L'amener à le désirer. La faire rire.

– Je pense que vous avez raison, madame Briggs.

– A quel sujet ?

– Je crois que j'ai été tiré. Je sens encore vos ongles sur mes fesses.

Cora poussa un petit cri d'horreur, tandis que Jed se levait.

– Bien, madame Briggs. Je retourne au travail...

Avant qu'elle n'eût le temps de réagir, il avait jeté une jambe par-dessus l'appui de la fenêtre et se laissait glisser le long du mur avec beaucoup plus d'agilité qu'en entrant. Cora se précipita, à temps pour le voir toucher le sol.

– Jed, appela-t-elle.

Levant les yeux, il la salua et se remit à réparer la clôture, comme s'il faisait grand jour.

L'air nocturne était glacé, et Cora courut à son lit chercher son édredon. S'en enveloppant, elle s'assit de nouveau près de la fenêtre et le regarda travailler.

« Il est drôle et gentil, se dit-elle. Un travailleur et un homme de principes. L'heureuse élue trouvera en lui un bon mari. »

Elle n'aurait pas dû le recevoir dans sa chambre, c'était inconvenant. Que penseraient les gens de la ville s'ils l'apprenaient ? Un bel homme dans la chambre de la scandaleuse Mme Briggs. Il y avait de quoi s'indigner.

Les coups de marteau étaient réguliers, réconfortants. Cora bâilla, appuya la tête contre l'appui de la fenêtre et ferma les yeux. Au fond, c'est quelqu'un de bien, songea-t-elle en s'endormant...

– Allez, Cory, c'est ça, allez...

Cora entendait les mots de Luther contre son oreille.

– C'est ça, Cory, bouge en même temps que moi.

Cora était toute tendue. Elle avait la chair de poule, comme s'il faisait froid, ou chaud, ou les deux.

– Qu'y a-t-il, Luther ? murmura-t-elle. Que se passe-t-il ?

– Bouge en même temps que moi, Cory. Prends ton plaisir...

Cora remuait contre lui. Elle entendait le bois du lit cogner contre le mur. Elle était enveloppée par l'odeur brute, âcre de Luther Briggs. Ouvrant les yeux, elle le vit au-dessus d'elle. Sa sombre beauté était obscurcie par une grimace. Il avait les dents serrées. De rage, semblait-il. Il plongea de nouveau avec force en elle.

– Désolé, gémit-il ensuite, alors qu'il avait été le seul à éprouver du plaisir...

Amélie Sparrow fredonnait en gravissant les marches du perron. La matinée s'était aussi bien passée que possible. Elle avait réussi à parler aux épouses de tous les hommes d'affaires de la ville. « Briggston » était déjà une réalité, et Maimie lui en serait éternellement reconnaissante...

Une fois dans le vestibule, elle posa son parapluie contre le portemanteau et retira ses gants en veillant à ne pas les salir. Même après vingt ans de relative fortune, les jolies choses étaient trop précieuses pour ne pas être traitées avec respect.

– Jed ! appela-t-elle à mi-voix.

A force de vivre dans un salon funéraire, elle s'était habituée à parler bas.

– Jed, répéta-t-elle plus haut.

Entendant du bruit dans la salle d'exposition des cercueils, Amélie s'approcha de la porte.

– Jed ?

– Ce n'est que moi, Mellie, répondit Haywood avec un large sourire plein de sous-entendus.

Debout au fond de la pièce, il examinait une charnière abîmée sur un cercueil neuf. C'était une pièce coûteuse avec un hublot de verre. Comme à l'accoutumée, Haywood Puser ne portait pas de vêtements convenant à sa fonction. Sa blouse à rayures lui donnait plus l'air d'un fermier que d'un croque-mort. Son mépris des convenances exaspérait Amélie. Pourquoi ne rasait-il pas cette barbe hirsute afin qu'on vît son visage ? Comment faire confiance à un homme qui se masquait derrière des poils ? Quelque chose chez Haywood Puser mettait Amélie mal à l'aise.

Machinalement, elle porta les mains à ses cheveux

pour remettre de l'ordre dans une coiffure qui n'en avait nul besoin.

– Où est M. Sparrow ? demanda-t-elle sèchement.

Haywood haussa les épaules.

– Pour autant que je le sache, il n'a même pas encore bougé de son lit, ce matin.

– C'est ridicule, rétorqua Amélie. Mon fils n'est peut-être pas aussi ambitieux qu'il devrait l'être, mais ce n'est pas une limace.

– Non, bien sûr, Mellie. Et pour moi, il est assez ambitieux comme ça, si vous me demandez mon avis.

– Justement, je ne vous le demande pas.

Haywood leva un sourcil moqueur, puis haussa les épaules en contournant le cercueil pour continuer son inspection.

– Vous savez qu'il est rentré à l'aube ?

– Quoi ?

Jed était allé se coucher tôt, la nuit précédente, sous prétexte qu'il était fatigué.

– C'est absurde, dit-elle. Mon fils était au lit avant 21 heures.

– Peut-être, répliqua Haywood avant d'émettre entre ses dents un tss-tss réprobateur. Mais j'avais une crampe à la jambe, la nuit dernière, et je me suis levé plusieurs fois pour marcher un peu. Au moment où la lune se couchait, voilà mon Jed qui arrive dans le vieux corbillard. Il semblait aussi fatigué que s'il venait de faire une journée de travail.

– Je ne vous crois pas.

– Pourquoi mentirais-je ?

– Où diable a-t-il pu aller ?

– Je n'en ai pas la moindre idée. Et je ne lui ai pas demandé.

S'approchant d'Amélie, il la regarda dans les yeux. Elle se crut obligée de reculer d'un pas.

– Jed est grand, Mellie, il n'a pas à rendre compte de ses faits et gestes.

– Voilà autre chose ! Il...

« C'est de la provocation », se dit-elle soudain. Haywood Puser désapprouvait la façon dont elle manœuvrait Jed et il faisait tout pour essayer de se mettre entre eux. Mais Jed était son fils et personne ne le connaissait mieux qu'elle.

Bien sûr, Haywood l'aimait comme un ami. Mais pour Amélie, Jed était sa vie. Où diable avait-il pu passer la nuit ?

Amélie regarda Haywood. Il attendait, prêt au combat. Mais elle n'avait pas envie de se disputer, et surtout pas à propos de son fils.

Elle changea adroitement de sujet.

– A quoi travaillez-vous ? demanda-t-elle.

Haywood fut à la fois surpris et déçu par son manque de combativité.

– Ce maudit cercueil transparent de Groillers, répondit-il.

– Oh ! s'exclama Amélie en s'approchant, les yeux brillants d'excitation. C'est celui que mon fils a commandé pour Maimie Briggs ?

Haywood la dévisagea d'un air sceptique.

– Jed prétend que c'est vous qui avez tenu à avoir ce cercueil pour le montrer à Mlle Maimie.

– J'ai peut-être suggéré...

– Parce que si c'était une idée de Jed, je n'aurais pas mis longtemps à l'en dissuader.

– Pourquoi ? Je sais que c'est cher, mais nos clients...

– Ce n'est pas une question d'argent, la coupa Haywood. Mais ce genre d'article est ridicule et inutile.

– Ce n'est pas inutile, c'est superbe. Monsieur Puser, l'époque est révolue où les funérailles étaient synonymes de crêpe noir et de terreur. Aujourd'hui, le deuil doit se vivre dans la paix et la sérénité.

Haywood s'appuya contre le mur et adressa à Mme Sparrow un regard indulgent.

– Je lis moi aussi la *Revue funèbre moderne*, Mellie, dit-il d'un ton calme. Je ne parle pas de l'aspect philosophique, mais de l'aspect pratique. Regardez cet objet, fit-il en montrant le cercueil étincelant.

Amélie s'approcha et caressa le métal peint en vert foncé. Elle pensait déjà à la soie vert menthe qu'elle comptait proposer à Maimie comme tentures funéraires. Ce serait à la fois esthétique et à la dernière mode.

– C'est ravissant, dit-elle.

– D'accord. Le cercueil est de belle qualité. Groillers est un maître qui sait faire des lignes parfaites.

Amélie ne le connaissait pas si conciliant.

– Mais qu'est-ce que c'est que ça ? demanda-t-il en désignant avec dégoût l'ovale de verre pratiqué dans le couvercle.

– Monsieur Puser, dit Amélie d'un ton condescendant, grâce à ce verre, les familles peuvent voir leurs chers disparus.

– Si elles veulent *voir*, pourquoi ne pas simplement laisser le cercueil ouvert pendant le service ? rétorqua Haywood en croisant les bras avec obstination.

– Oui, bien sûr. Mais cela leur accorde un dernier réconfort au moment où le corps est descendu en terre. J'ai enterré mon mari, vous savez, soupira-t-elle.

– C'est vrai, acquiesça Haywood. Mais ce n'est pas suffisant.

– Que voulez-vous dire ?

– On ne peut pas sceller le verre, Mellie. Quoi qu'on fasse, l'air entrera. Et avec l'air, corruption et suintement. Ce qui signifie maladie. Un dernier regard justifie-t-il de risquer d'introduire le choléra et la typhoïde dans le puits de quelque fermier ?

– Bien sûr que non, mais...

– C'est pour les vivants que nous travaillons, Mellie. Tout ceci, dit-il en montrant les ornements noirs et violets, tout ceci est pour les vivants. Pour consoler ceux qui restent. Mais nous devons aussi penser à leur santé.

– Bien sûr, mais...

– Comme embaumeur diplômé, poursuivit Haywood, je connais le développement des maladies et les lois de la contagion.

Il regarda le couvercle transparent et hocha la tête d'un air désapprobateur.

– Cela est dangereux pour ma santé, pour votre santé et celle de tous, hommes, femmes et enfants de Dead Dog. Je ne pense pas qu'il faille prendre de risque pour la vanité d'une vieille femme.

Amélie ouvrit la bouche pour protester, mais ne trouva rien à répondre. Un souvenir lui traversa l'esprit. Il était arrivé au vieux Jim d'être tout aussi obstiné, mais uniquement lorsqu'il était sûr d'avoir raison.

– Bien sûr, c'est tout à fait juste, dit-elle d'une voix lointaine. Renvoyez-le à Groillers par le prochain train.

Elle tourna les talons et s'en alla, laissant Haywood stupéfait. Jamais il n'aurait cru que cette tête de mule de Mellie pût être aussi raisonnable.

Cora se réveilla, frissonnante. Le soleil matinal caressait son visage, mais le vent était froid. Elle fut étonnée de se trouver assise par terre à côté de la fenêtre ouverte. La mémoire lui revenant, elle s'agenouilla pour regarder dehors ; ses muscles raidis lui arrachèrent une grimace.

La clôture cassée qui entourait son triste petit cottage se dressait maintenant, fière et solide. Elle étincelait au soleil, toute blanche, non de chaux mais de vraie peinture.

Comme c'était ravissant ! Mais comment s'y était-il pris ?

– Jed a dû travailler toute la nuit, murmura-t-elle, fermant les yeux pour se remémorer son visage, son sourire éclatant, ses mèches folles qui balayaient son front.

Un délicieux parfum lui chatouilla les narines. Intriguée, elle ouvrit les yeux.

Une branche de genévrier avait été glissée dans le volet.

– Jed, soupira-t-elle.

Avait-il grimpé une deuxième fois le long de la maison, risquant de nouveau sa vie ou au moins une jambe, pour lui laisser un souvenir ?

Cora retira doucement le genévrier. La branche était parsemée de minuscules baies violettes. Un morceau de papier était lié à la base de la tige.

Cora le déplia, sûre de ce qu'elle allait trouver : le dernier poème de Jed.

Ce ne sont évidemment ni des diamants,
Ni des perles.
Une clôture nouvelle
Plaira-t-elle à la bien-aimée du soupirant ?

7

Maimie Briggs n'assistait plus aux services dominicaux. Son grand âge, estimait-elle, la dispensait d'aller à l'église.

Après que mère et fils eurent, comme tous les dimanches, expédié leur déjeuner, Jed conduisit sa mère chez les Briggs. Entourée d'un jardin à l'anglaise, la demeure s'élevait solitaire au bout de la rue Luther, large artère coupant la Grand-Rue. La rue Luther était la seule de la ville qui possédât une plaque. Pendant des années, elle s'était simplement appelée la « rue de la maison », jusqu'à ce que Mlle Maimie, pour les dix-huit ans de son fils, l'eût rebaptisée.

– Comment suis-je ? demanda Amélie tandis qu'ils arrivaient en vue de la maison. Cette robe n'est-elle pas trop voyante ?

– Elle est parfaite, la rassura Jed après un bref coup d'œil.

Il étouffa un bâillement ; il ne s'était pas encore remis de sa nuit de travail, deux jours auparavant.

Sa mère avait fait irruption dans sa chambre pour savoir pourquoi il était encore au lit en pleine matinée. Bien qu'elle parût s'inquiéter de sa santé, Jed n'avait pas été dupe. Haywood l'avait vu rentrer au lever du jour, et Jed le soupçonnait d'avoir fait passer le message.

S'étant levé à contrecœur, il était resté presque toute la journée à la disposition de sa mère. Elle l'avait vaguement interrogé sur ses rendez-vous nocturnes, mais il n'avait pas répondu. Si elle lui avait demandé des précisions, il lui aurait carrément déclaré que cela ne la regardait pas. Ne voulant apparemment pas s'attirer ce genre de réponse, sa mère n'avait plus posé de questions.

Jed laissa son esprit vagabonder. Il composait mentalement d'autres vers, songeait à des cadeaux qui pourraient faire plaisir à Cora : bonbons, pièces de soie, ou même pneus pour sa bicyclette. Et il rêvait de leur prochaine rencontre. Il serait brillant, drôle, sa conversation serait spirituelle... Puis il la regarderait au fond des yeux et elle se jetterait dans ses bras. Elle le supplierait de la serrer contre lui, de l'embrasser, de...

Jed soupira de plaisir.

– Ça suffit, maintenant ! lança sa mère d'un ton aigre, le ramenant à la réalité. Je ne veux pas t'entendre gémir à cause de cette visite. J'ai pratiquement gagné Mlle Maimie à notre cause, et je ne veux pas que cela soit compromis par tes manières égoïstes et grossières.

Jed ne chercha pas à se défendre.

– Je me conduirai bien, maman, promit-il. Si quelqu'un craque et étrangle Mlle Maimie, je vous assure que ce ne sera pas moi.

– Tout le monde aime Mlle Maimie !

– Bien sûr, maman, répondit Jed en lui jetant un regard dubitatif.

L'allée était déjà encombrée de véhicules de tout genre, depuis le cabriolet à rayures bleues et blanches de Titus Penny jusqu'au boghei du révérend Bruder. Jed s'arrêta sous un arbre assez loin de la maison.

– Nous aurions peut-être pu nous garer plus près, suggéra sèchement Amélie en voyant la distance qui la séparait de la maison.

– Quand il sera l'heure de partir, expliqua Jed, je tiens à être le premier à m'élancer sur la route.

Il bloqua le frein, y fixa les guides, puis sauta à terre et contourna le cabriolet pour aider sa mère à descendre.

– Bon, si Maimie t'interroge sur ton travail, dis-lui simplement que tu reprends petit à petit les rênes et que tu n'as plus d'ennuis digestifs.

– Deux mensonges, maman.

– Tu reprends les commandes. C'est ce que tu veux, j'en suis sûre. Et tu n'as pas eu de nausées depuis des semaines.

Ils se dirigèrent vers la demeure des Briggs d'un pas tranquille.

– Je n'ai pas fait d'embaumement depuis des semaines. Voilà le secret de ma guérison, maman.

– Tu es presque un homme, soupira Amélie, exaspérée. Essaie de te rappeler que les hommes ne souffrent pas de vapeurs.

– Je suis un homme, maman. Mais embaumer me rend malade, je n'y peux rien.

– Il faut que tu surmontes cela. Tu es entrepreneur de pompes funèbres, que diable, et l'embaumement fait partie de tes attributions.

– Je ne sais que vous dire, maman, répliqua Jed avec humeur. Vous semblez croire que je le fais exprès pour vous contrarier. Vous me dites : « Surmonte cela. » Ne croyez-vous pas que j'ai essayé ? Ça fait vingt ans que j'essaie.

Frappée par l'air accablé de son fils, Amélie tenta de le réconforter en lui tapotant le bras.

– Je sais que tu fais de ton mieux, James Edwin. Et je ne doute pas que tu y arriveras, dit-elle avec ce sourire radieux qui lui avait autrefois valu les hommages de tous les galants de Dead Dog. N'y pensons plus, conclut-elle tandis qu'ils gravissaient les marches du perron, si nous ne voulons pas gâcher notre après-midi.

– Si nous ne voulions pas le gâcher, il ne fallait pas venir voir Mlle Maimie, rétorqua Jed avec une grimace.

Conrad Ruggy, dont les cheveux jadis noirs étaient maintenant d'un blanc parfait, ouvrit la porte avant que Jed n'ait eu le temps de frapper.

– Bonjour, monsieur Jed, bonjour, madame Sparrow, les accueilla-t-il en s'inclinant poliment. Belle journée, n'est-ce pas ?

– C'est vrai, Conrad, répliqua Jed. Frais le matin, agréable à midi, on ne peut pas rêver d'un plus bel automne. Comment va votre mère ?

– Elle va beaucoup mieux, répondit gaiement Conrad. Je crois que vos tarifs pour les enterrements la maintiennent en vie.

– Tant mieux. Et comment se porte Mlle Maimie ? Aurai-je bientôt à prendre ses mesures pour un cercueil ? chuchota Jed en se penchant avec un air de conspirateur.

Conrad rit de bon cœur.

– Vous êtes vilain, monsieur Jed. Cette vieille-là nous enterrera tous les deux.

– Je n'en doute pas. On dit que ce sont toujours les meilleurs qui s'en vont les premiers...

Jed entra ensuite dans le grand salon. Tout le gratin de Dead Dog était présent, et ceux qui aspiraient à en être. Se frayant un passage à travers la foule, Mattie, la femme de Conrad, et leur fille Maud passaient des coupes d'un punch aux pommes aigres qui constituait toute l'hospitalité de Maimie Briggs.

Levant les yeux, Jed aperçut devant lui sa mère, qui lui adressa un regard exaspéré ; elle était irritée d'avoir à l'attendre.

– Je suis juste derrière vous, la rassura Jed, tandis qu'ils fendaient la foule en distribuant sourires et salutations.

Mlle Maimie trônait au milieu de la pièce dans un fauteuil à haut dossier, telle une reine. La poignée d'une canne en cuivre ouvragé était accrochée au bras du fauteuil. C'était une toute petite femme, rétrécie par l'âge. Ses cheveux d'un blanc immaculé, encore épais et bouclés, étaient enroulés sur sa tête en une couronne nattée.

– Mademoiselle Maimie ! s'exclama Amélie comme si elle ne l'avait pas vue depuis un siècle. Comment allez-vous, ma chère ?

Amélie tendit une main que la vieille femme prit entre les siennes.

– Ma chère Amélie, répondit Mlle Maimie, un sourire aux lèvres. Je me sens aussi en forme qu'une demoiselle... C'est une nouvelle robe que vous avez là ?

Amélie rougit de plaisir.

– Oui. Vous l'aimez ?

Maimie hocha la tête, sans se départir de son sourire.

– C'est une couleur et un tissu peu communs. Elle a dû coûter cher.

– Je l'ai fait venir du Kansas, avoua Amélie.

Tout en caressant la main d'Amélie, Maimie poussa un soupir, puis s'adressa aux dames sur sa droite :

– Quel amour, cette Amélie...

– Merci, mademoiselle Maimie.

– Etant donné vos origines, on ne peut pas vous en

vouloir de votre manque de goût, chère Amélie, continua la vieille dame. Soyez malgré tout assurée de notre estime.

Tandis qu'Amélie reculait pour se perdre dans la foule, elle et sa robe de mauvais goût, Jed fut contraint de s'avancer. Se penchant en avant, il embrassa respectueusement la joue flétrie de la vieille femme.

– Bonjour, mademoiselle Maimie.

– Cher Jed, vous embellissez à vue d'œil. Et votre digestion ?

– Ça va, merci, mademoiselle.

– Dure épreuve qu'une mauvaise santé ! Surtout pour un homme. Mon cher mari, que Dieu ait son âme, n'a jamais été malade de sa vie. Il était fort comme un bœuf.

Approuvant d'un hochement de tête, Jed esquissa un sourire.

– Oui, mademoiselle, c'était un homme plein de santé. Jusqu'au jour où il est tombé raide, à quarante et un ans.

– Euh... oui, fit Maimie, interloquée. Mattie, donnez-moi du punch. J'ai la gorge sèche comme un carré de coton au mois d'août.

La vieille Noire s'empressa d'apporter un verre que sa maîtresse prit sans un remerciement. Maimie Barlow Briggs avait grandi dans les plantations de coton du Sud. Elle prétendait avoir connu une vie opulente et raffinée. Or Jed avait appris de son grand-père que le père de Maimie était un pauvre Blanc de l'Alabama qui cultivait en tout et pour tout dix hectares de coton. Cela n'empêchait pas Maimie Briggs de se targuer d'ancêtres haut placés qu'elle n'avait jamais eus.

– Oh, ça m'a fait du bien ! déclara-t-elle à son cercle d'admirateurs, avant de s'adresser de nouveau à Jed. Qui voyez-vous, ces temps-ci, jeune homme ?

Jed rougit, comme pris en faute.

– Voyez-vous ça, il rougit ! gloussa Maimie en regardant autour d'elle. Ce jeune homme courtise une femme en cachette !

– Non, mademoiselle Maimie, rétorqua Jed. Je suis beaucoup trop occupé pour cela.

Maimie secoua la tête et agita le doigt dans sa direction.

– Je n'ai jamais entendu parler d'un homme trop occupé pour avoir une belle.

Tous, amis et parents, approuvèrent par un concert de rires.

– Vous feriez mieux d'arrêter votre choix, suggéra-t-elle. Vous ne rajeunissez pas, vous savez.

– Je n'ai que vingt-quatre ans, mademoiselle Maimie.

– Que vingt-quatre, juste Ciel ! Et vous perdez déjà vos cheveux ! s'exclama-t-elle avec un air de commisération. Ne vous tracassez pas, il n'y a rien à faire. C'est le lot des blonds. Ils deviennent chauves très vite. En revanche, mon fils Luther a la plus belle chevelure noire qui puisse exister.

– Oui, mademoiselle, répondit Jed en ravalant un commentaire acerbe. Je vous prie de m'excuser, je crois que j'ai moi aussi besoin d'un petit rafraîchissement.

Armé d'un sourire de composition, Jed se perdit dans la foule, plaisantant et parlant avec les uns et les autres.

– Bonjour, Titus, fit-il à l'adresse de l'épicier. Tu as commencé la chasse ?

– J'ai tué quelques cailles, oui.

– J'ai vu Fanny en entrant, continua Jed. Encore trois mois avant l'heureux événement ?

Titus donna une bourrade à son ami.

– Cette fois, j'espère que ce sera un fils, dit-il.

– Un fils serait bien. Mais à ce que j'ai vu, tu es fou de ta fille.

Jed lança un regard à la petite Maybelle aux boucles blondes qui gambadait dans les couloirs, sans se soucier des adultes.

– D'ici à quelques années, tu chasseras les garçons à coups de bâton.

A cet instant, Maybelle glissa sur un tapis du vestibule. Tombant sur les genoux, l'enfant poussa un hurlement qui attira l'attention de tous.

Titus se précipita aussitôt et la prit dans ses bras, lui promettant un gâteau pour calmer ses pleurs.

– Cette enfant est trop gâtée, chuchota une voix pincée derrière Jed.

Se retournant, il aperçut Constance Bruder, la femme du révérend, qui parlait à sa mère.

Amélie acquiesça d'un petit rire.

– Comme vous avez raison ! L'autre jour, dans le magasin, j'ai assisté à pire. Fanny fait de son mieux, vous savez. Mais quand un homme est décidé à pourrir son enfant, la mère ne peut rien faire.

Jed leur tourna le dos, l'air dubitatif. Si quelqu'un savait se mettre entre un père et son enfant, c'était bien Amélie Sparrow.

– En effet, approuva Constance Bruder. C'est comme pour moi et ma Tulsa May.

Amélie hocha la tête avec compassion.

– Il est assez triste qu'elle soit... enfin, si désavantagée par la nature, poursuivit Constance. Mais le révérend s'ingénie à lui remplir le crâne de stupidités. Imaginez qu'ils se sont mis en tête d'apprendre le grec.

– Non !

– Vous avez déjà entendu pareille bêtise ?

– Oh, ma pauvre !

– Quand Tulsa May n'a pas le nez dans un livre,

elle a la tête dans les nuages. Elle peut rester une demi-journée à regarder par la fenêtre.

– A quoi peut-elle bien penser ?

– Dieu seul le sait ! s'exclama Constance Bruder en poussant un soupir désespéré. Je ne sais vraiment pas quoi faire. Je lui ai dit honnêtement qu'elle n'est pas jolie, et que si elle veut trouver un mari, elle doit savoir mieux que personne faire le ménage et la cuisine.

– Qu'a-t-elle répondu ? demanda Amélie.

– Rien. Pas un traître mot. Elle est juste partie, comme si je n'avais pas ouvert la bouche.

– Madame Sparrow ? appela alors une voix.

Jed ne chercha pas à voir qui s'était adressé à sa mère. Il se dirigea vers l'autre bout de la pièce, sans but précis.

De la fenêtre, il aperçut un groupe d'hommes qui fumaient. Bien qu'il n'aimât pas le tabac, il se dit qu'un changement de compagnie et un peu d'air frais ne lui feraient pas de mal.

En pénétrant dans le vestibule, une forme orange et rose attira son attention. Une jeune fille d'environ quatorze ans était assise seule dans l'angle du petit salon de Mlle Maimie. Bien qu'elle fût plus grande que la majorité des femmes, elle était habillée comme une petite fille. La robe était assez jolie, mais jurait avec sa coiffure raide et ses cheveux carotte.

– Bonjour ! lança-t-il en entrant dans la pièce.

Elle tourna vers lui des yeux bruns et brillants d'intelligence. A la vue de Jed, la jeune fille parut ravie.

– Bonjour, monsieur Sparrow, dit-elle avec un sourire chaleureux, mais ingrat.

Ses deux dents de devant étaient tellement écartées qu'on avait l'impression qu'il lui en manquait une.

– Que faites-vous seule ici, Tulsa May ? Je parie que tous ceux de votre âge sont dans le jardin à jouer.

– Je n'ai pas très envie de jouer, répondit-elle avec un haussement d'épaules. Je regardais les arbres.

Jed s'accroupit à côté de son siège et regarda par la fenêtre pour voir ce qui la passionnait tant. Le sol était recouvert d'un tapis de feuilles mortes et les arbres étaient presque nus.

– Ils sont plutôt tristes, à cette époque de l'année, dit Jed.

– Je les aime comme ça. L'hiver est ma saison préférée.

– L'hiver ?

– Je sais que c'est ridicule. Tout le monde aime la splendeur du printemps, la chaleur de l'été ou les couleurs de l'automne. Moi, je préfère l'hiver.

– L'hiver est beau, concéda Jed. Surtout quand il y a de la neige.

– Je n'aime pas la neige. J'aime les arbres en hiver. Je les aime sans feuilles avec leurs branches noires et leurs troncs gris.

Tulsa May se tordit les mains, comme si elle s'était trahie.

– Pourquoi ? demanda Jed.

Elle le considéra longuement, comme pour le juger, puis se tourna vers la fenêtre.

– La plus grande partie de l'année, on ne voit pas les arbres, expliqua-t-elle. On voit les feuilles et les fleurs et l'herbe qui pousse autour. En hiver, on voit la vérité. Tout l'habillage a disparu. Il ne reste que la vérité.

Elle leva timidement les yeux vers lui, paraissant s'attendre à y trouver de l'amusement ou du mépris.

Mais aucune trace de dérision dans le sourire de Jed. Il regarda les arbres un long moment avant de se tourner vers la jeune fille.

– Vous avez raison, chuchota-t-il.

Elle poussa un soupir de soulagement, puis ils rirent de concert comme deux conspirateurs.

– Tulsa May, vous êtes une poétesse !

– N'en dites rien à ma mère, supplia-t-elle, un doigt sur ses lèvres. Elle ferait une crise de rage. Un poète à Dead Dog, quelle honte !

– Il y en a peut-être deux, répliqua Jed en riant. J'ai moi-même écrit des vers !

Près d'une heure s'écoula encore, avant que Jed ne gagnât le perron. Il restait encore un petit cercle d'admirateurs autour de Mlle Maimie, mais la plupart des gens avaient déjà présenté leurs hommages et en avaient terminé avec leur corvée.

A quelques mètres de la maison, sous un arbre, se tenaient un groupe d'hommes que Jed prit pour des fumeurs. Jusqu'à ce qu'il aperçût le révérend Bruder, en présence de qui aucun homme n'osait allumer de cigarette, de peur de s'attirer ses foudres.

Percevant des rires, Jed s'approcha de la joyeuse compagnie. Une minute plus tard, sa bonne humeur s'évanouissait. S'il n'avait craint de se faire remarquer, il aurait tourné les talons et se serait éloigné discrètement. Plusieurs hommes le saluèrent de la tête, mais la conversation n'en continua pas moins.

– Je n'en crois rien, déclara le révérend Bruder, indigné. Mais je saurai le fin mot de cette histoire et j'y mettrai bon ordre, je vous le promets.

– Ecoutez, révérend, dit Clyde Avery, essayant de l'apaiser. Il n'existe aucune loi, humaine ou divine, qui empêche de réparer et de peindre une clôture.

Jed blêmit et s'étrangla avec son horrible punch aux pommes aigres. Humley lui tapa aimablement le dos jusqu'à ce qu'il eût retrouvé sa respiration.

– Il ne s'agit pas de peinture, insista le révérend.

Ce que nous voulons savoir, c'est par qui cette clôture a été peinte, et pourquoi.

Des murmures parcoururent le petit cercle. Jed regarda les visages qui l'entouraient. Les hommes trouvaient manifestement le sujet plus amusant qu'horrifiant.

– Peut-être Mme Briggs a-t-elle engagé quelqu'un pour réparer sa clôture, suggéra Clyde.

– Mais où trouverait-elle l'argent ? demanda Titus Penny. Cela coûte très cher.

Le révérend Bruder le dévisagea avec curiosité.

– Vous dites toujours qu'elle a beaucoup d'argent et paie comptant.

– Je... C'est vrai ! bredouilla Titus. Je... Elle paie comptant et j'ignore totalement où elle trouve l'argent.

– Nous n'avons pas à savoir où elle le trouve, intervint Clyde.

– Justement si ! trancha le pasteur. Allons-nous laisser cette Jézabel transformer notre ville en Sodome et Gomorrhe ?

– Ça ne risque pas, soupira Humley.

Plusieurs hommes éclatèrent de rire.

– Mort Humley ! gronda le révérend. Qu'est-ce que j'entends ?

A cet instant, Jed décida d'intervenir :

– Révérend Bruder, il me semble que vous tirez des conclusions hâtives. Qu'est-ce qui vous fait croire que le travail réalisé chez Mme Briggs est blâmable ?

Levant le menton, le révérend mesura son auditoire, puis se tourna lentement vers Ebner Wyse.

– Monsieur Wyse, quand avez-vous remarqué les réparations chez Mme Briggs ?

Le vieil homme toussota et se gratta la barbe.

– Eh bien... vendredi matin, révérend, hésita-t-il.

Oui, c'était vendredi. Je l'ai remarqué de loin en emmenant Vieux Gray se faire ferrer.

Il adressa un regard à Kirby Maitland, le maréchal-ferrant.

– C'est vendredi que j'ai amené mon cheval, n'est-ce pas ? demanda-t-il.

– Oui, confirma Kirby. Vendredi, de bon matin.

Le révérend Bruder hocha la tête.

– John Auslander, demanda-t-il, n'êtes-vous pas rentré, jeudi soir, après avoir vu le dernier bébé de votre fille ?

– Oui, acquiesça l'homme. Et c'est un sacré bambin, annonça-t-il fièrement à la cantonade. Il n'a que quatre mois et il essaie déjà de se mettre debout.

Des murmures de félicitations parcoururent l'assemblée.

– Vous êtes passé à côté du cottage de Cora Briggs, reprit le révérend. Avez-vous remarqué de la peinture fraîche ou des réparations sur la clôture ?

L'homme fit une grimace et secoua la tête.

– Non, mais je ne me rappelle pas avoir regardé.

– Eh bien moi, j'ai regardé ! déclara le révérend Bruder. En passant devant, j'ai regardé sa maison. Et personne n'avait touché à la clôture.

Les hommes gardèrent le silence.

– Et alors ? finit par demander Jed.

– Et alors ? Vous ne trouvez pas bizarre que Cora Briggs ait fait réparer sa clôture ? déclara le pasteur en promenant le regard sur son auditoire pour s'assurer que tout le monde le suivait. S'il n'y a rien d'extraordinaire, dites-moi donc, monsieur Sparrow, pourquoi elle a été réparée et peinte entre jeudi soir et vendredi matin... c'est-à-dire en plein milieu de la nuit ?

8

A la tombée de la nuit, Jed frappa discrètement à la porte de la cuisine.

– Madame Briggs, murmura-t-il en regardant nerveusement autour de lui pour s'assurer qu'il n'était pas surveillé, c'est moi, Jed. Pouvez-vous me laisser entrer ?

Ayant laissé son attelage à la maison, il avait quitté la ville à pied par le sud, puis avait fait un grand détour vers le nord pour gagner le cottage de Cora.

Le visage rouge de plaisir, la jeune femme ouvrit la porte. Mais comme Jed la bousculait pour entrer, son sourire s'évanouit. Sans un mot de salutation, il se rua dans le salon et se mit à descendre les stores.

– Que se passe-t-il ? demanda Cora, stupéfaite.

– On surveille votre maison, répondit Jed sans se retourner.

– Ma maison ?

– Allons dans la cuisine, proposa-t-il, la prenant par le bras. C'est ma faute.

– Qu'est-ce qui est votre faute ? De quoi parlez-vous, Jed ?

Il l'installa à la table de la cuisine et se tourna vers le fourneau.

– Je vais faire du thé, dit-il, prenant la bouilloire pour la remplir à la pompe.

Cora ouvrit de grands yeux. Elle n'avait jamais rencontré un homme qui sût faire le thé.

– La pompe a gelé. Il y a de l'eau potable dans le réservoir.

Jed hocha la tête et ouvrit la cuve émaillée accolée au fourneau. Décrochant la louche, il écopa de quoi remplir la bouilloire. Après un rapide coup d'œil au foyer, il tisonna les braises, puis se tourna vers Cora.

– Vous faites le thé ? s'étonna-t-elle.

– Je suivais ma mère comme son ombre quand j'étais petit. Je sais faire pas mal de tâches ménagères. Mais ne le répétez à personne, on se moquerait de moi.

Cora sourit, ravie qu'il admît aussi facilement ce que la plupart des hommes auraient cherché à cacher.

– Vous aimiez donc travailler avec votre mère ?

Jed haussa les épaules et secoua la tête.

– Ce n'est pas que j'aimais travailler avec elle, mais plutôt que je détestais travailler avec mon père.

– Vous ne vous entendiez pas avec votre père ?

– Nous nous entendions très bien. J'admirais cet homme...

Un instant, Jed parut plongé dans un souvenir lointain.

– Je voulais qu'il soit fier de moi, ajouta-t-il.

– C'est normal. Je suis sûre qu'il l'était.

Levant les yeux vers elle, Jed la regarda longuement avant de secouer la tête.

– Non, dit-il. J'ai toujours déçu mon père.

Comme si cette déclaration mettait un terme à la discussion, il tourna le dos à Cora et se mit à explorer les placards de la cuisine.

– Où sont les tasses à thé ? demanda-t-il.

La jeune femme se leva.

– Je vais les chercher. C'est encore ma cuisine, que je sache, monsieur Sparrow. Asseyez-vous, pendant que je fais le thé.

Jed s'exécuta. C'était un plaisir que de regarder Cora se déplacer. Quand elle avait le dos tourné, il admirait la finesse de sa taille et l'ampleur de ses hanches.

– J'étais chez Penny, la semaine dernière, et j'ai entendu votre mère dire qu'elle allait faire rebaptiser la ville.

Tout à ses pensées lascives, il fallut une bonne minute à Jed pour comprendre ce qu'elle disait.

– Oui, répondit-il enfin. Elle est décidée à changer le nom en Briggston.

Posant le service à thé au milieu de la table, Cora lui lança un regard curieux.

– Elle a dit à Fanny Penny que la ville aurait ainsi plus de chances de devenir chef-lieu de comté.

– Peut-être, mais ce n'est pas pour ça qu'elle le fait.

– Pourquoi alors ?

– Pour faire plaisir à Mlle Maimie. Ma mère a un but dans la vie : devenir aussi mondaine que Mlle Maimie.

Jed émit un petit rire, mais Cora ne trouvait rien de drôle à ça.

– Je crois que le thé est prêt, dit-elle, prenant la théière.

Elle remplit les tasses et poussa le sucrier vers lui.

– Je pensais que l'affection de Mlle Maimie était déjà acquise à votre mère.

– Oh non, madame Briggs. Mlle Maimie tiendra maman en haleine jusqu'à la dernière minute. Elle n'accorde pas facilement ses faveurs.

– Je sais.

Le ton irrité de Cora rappela à Jed la position de celle-ci dans la famille Briggs. Il n'était peut-être pas très délicat d'évoquer les caprices de Maimie Briggs devant son ex-belle-fille.

Il s'établit entre eux un silence gêné que Jed rompit en posant la question qui le tracassait :

– Je sais que Mlle Maimie et vous ne vous aimez pas. C'est Mlle Maimie qui a brisé votre ménage ?

Cora eut un petit rire et secoua la tête avec mépris.

– Oh non, Mlle Maimie n'a rien brisé. Dans un sens, on peut dire que c'est elle qui nous a mariés. Et si nous l'avions écoutée, Luther et moi vivrions toujours ensemble.

Jed, qui avait cru Mme Briggs satisfaite de sa vie, fut surpris de l'amertume que trahissait sa voix.

– Vous voulez dire que Luther vous a quittée ?

– C'est moi qui ai demandé le divorce, dit Cora en levant vivement la tête.

– Pour abandon du domicile conjugal.

– Non. Pour incompatibilité. C'est ce que dit l'acte de divorce. De la sorte, nous n'avons pas eu à témoigner devant le tribunal.

– Il s'est dit en ville que vous aviez demandé le divorce pour abandon du domicile conjugal.

– Je sais, répliqua Cora avec un sourire. C'est votre mère qui a fait courir ce bruit.

Elle posa le menton sur ses mains croisées et regarda Jed d'un air de défi.

– Ce n'est pas parce que votre mère l'a dit que c'est vrai, ajouta-t-elle.

– Je suis sûr que ma mère ne mentirait pas intentionnellement...

– Elle a fait ce que Maimie lui a dit de faire, l'interrompit Cora. Si elle avait son libre arbitre, je pourrais lui en vouloir.

Un instant silencieux, Jed dévisagea la femme qui lui faisait face. Un sourire effleura soudain ses lèvres.

– Je vois que vous essayez d'entamer une dispute, madame Briggs.

– Et je vais y réussir ?

– Non, je ne crois pas. J'adore ma mère et je la défendrai jusqu'à la mort, s'il le faut. Mais elle est loin d'être parfaite, je le sais mieux que personne.

Cora hocha la tête d'un air entendu.

– Votre thé refroidit, dit-elle.

Jed en but une gorgée, sous le regard perplexe de Cora. D'après son expérience, les hommes agissaient avant de réfléchir. Jed Sparrow était au contraire un jeune homme calme et posé, qui savait utiliser son intelligence.

– Je ne vois pas ce qui peut vous faire penser que votre père n'était pas fier de vous, reprit-elle.

Jed sursauta et leva les yeux de son thé. Le regard de Cora était troublant.

– Je ne suis pas un bon entrepreneur de pompes funèbres, avoua-t-il.

– Pourquoi dites-vous ça ? Je n'ai jamais entendu un mot contre vous.

– C'est que vous ne parlez pas aux bonnes personnes, madame Briggs. Je suis si mauvais que j'ai dû engager Haywood Puser pour faire mon travail.

Cora ne savait trop que penser.

– Mais c'est vous qui faites tout le travail, non ? A ce que j'ai compris, M. Puser ne s'occupe que des embaumements.

– C'est justement ce que mon père voulait faire de moi, un embaumeur diplômé. J'ai mon diplôme, mais je ne peux pas embaumer.

– Pourquoi ?

Soudain gêné d'avoir à révéler sa faiblesse, Jed écarta la question.

– Peu importe, madame Briggs. C'est une longue

et vieille histoire. Inquiétez-vous plutôt de vous. Savez-vous qu'on surveille votre maison ?

Secouant la tête avec humeur, Cora posa la théière sur la table.

– Cela fait des années que ça dure, dit-elle avec un sourire. Mais j'ai assez d'éducation pour ne pas regarder moi aussi les gens.

– Si, auparavant, ils se contentaient de vous regarder, maintenant ils vous surveillent. Ils soupçonnent quelque chose.

– Ils soupçonnent toujours quelque chose, vous savez.

– C'est la clôture, précisa Jed. Ils pensent avoir une preuve contre vous à cause de la clôture.

Le sourire de Cora s'évanouit.

– Le révérend Bruder a calculé que la clôture a été peinte pendant la nuit, poursuivit-il. Il est évident que personne ne réparerait une clôture de nuit, à moins d'avoir quelque chose à cacher.

La jeune femme croisa les mains sous son menton et considéra Jed d'un air pensif.

– Je voulais vous faire plaisir, madame Briggs, dit-il à mi-voix. Mais je vois que j'ai lancé la meute à vos trousses.

– La meute a toujours été à mes trousses, répondit Cora, balayant l'objection d'un geste de la main. Et je suis ravie d'avoir ma clôture en bon état.

– Je jure que si j'avais su que mon imprudence pouvait vous causer des ennuis, je...

– Jamais vous ne vous seriez présenté à ma porte avec votre proposition malhonnête ?

– Jamais je n'aurais peint votre clôture, dit Jed avec un sourire charmeur.

Cora ne put s'empêcher de rire.

– Décidément, Jed, j'admire votre honnêteté !

– Pour la clôture... commença-t-il.

– N'en parlons plus. C'était bien sûr une erreur. Il nous faudra simplement être plus discrets à l'avenir.

– A l'avenir ? répéta Jed, les yeux ronds. Vous acceptez donc de... Vous...

– Mon cher Jed, pourquoi trébuchez-vous toujours sur les mots ? J'accepte de vous laisser me rendre visite, discrètement. Et si vous promettez de ne plus réparer ma clôture, ajouta-t-elle, amusée.

Il ne put que lui rendre son sourire.

– Madame Briggs, je...

Jed se perdit dans son regard qui brillait de malice. Jour et nuit, il avait revécu cet instant passé seul avec elle dans sa chambre. Etait-elle nue, ce soir-là, sous sa chemise ? L'avait-elle vraiment empoigné pour le tirer sur elle ?

Avançant le bras au-dessus de la table, il prit sa main dans la sienne. Il avait besoin de la toucher, simplement de la toucher, se promit-il.

Il avait manifestement l'intention de déposer un chaste baiser sur ses doigts, comme il l'avait fait l'autre nuit. Effrayée par le trouble que provoquait son contact, Cora retira sa main.

– Croyez-vous pouvoir arranger ma pompe, Jed ?

– Votre pompe ?

– Oui, celle de la cuisine. Elle a gelé.

Il la regarda un moment, l'air stupide. Il y avait loin de ses folles rêveries à la réalité de la cuisine de Mme Briggs.

– Ah, la pompe ! dit-il enfin. Bien sûr, bien sûr.

Se levant trop hâtivement, il renversa la chaise et faillit trébucher dessus en essayant de la remettre sur ses pieds.

– La pompe... mais oui, la pompe...

Jed se dirigea vers l'évier en fonte et examina les fixations de la poignée.

– Vous avez des outils ? demanda-t-il.

Cora se précipita dans la remise pour revenir quelques secondes plus tard avec un vieux sac qu'elle traîna dans un fracas métallique.

Jed s'accroupit et ouvrit le sac qui contenait divers outils rouillés. Il sortit une patte de harnais, plusieurs pièces d'un vérin de voiture, un pied-de-biche cassé et un brunissoir en cuivre.

Levant les yeux, il vit que Cora le regardait avec anxiété.

– Vous pensez pouvoir l'arranger ?

Il sourit avec confiance.

– Avez-vous d'autres outils, madame Briggs ? Peut-être une clé ou des pinces ?

Cora secoua pensivement la tête.

– J'ai des outils de jardinage. Une paire de râteaux et une houe.

Jed la regarda, incrédule, puis lui parla avec douceur, de peur de trahir de l'agacement ou de la condescendance :

– Je ne crois pas que je pourrai la réparer avec un râteau, madame Briggs.

Evidemment qu'il ne peut la réparer avec un râteau ! se dit Cora, irritée par sa propre bêtise. Le problème, c'est qu'elle ignorait comment la réparer, sinon elle l'aurait fait depuis longtemps.

– Oh, j'ai une idée ! s'exclama-t-elle en se ruant vers un tiroir.

Fouillant parmi les fourchettes et les cuillères, Cora trouva ce qu'elle cherchait.

– Le voilà ! dit-elle en brandissant, tout excitée, un étrange instrument en fer forgé.

Jed l'examina.

– Ça fait à la fois pince, cisaille, casse-noix, ouvre-boîtes, aiguisoir et tire-bouchon, annonça Cora. Je l'ai acheté avant mon mariage à un colporteur, il m'a dit que toute femme devait avoir cet outil chez elle.

Jed hocha vaguement la tête et lui adressa un sourire encourageant, puis il ouvrit l'engin avec l'intention de retirer les boulons du bras de la pompe. Les pinces ouvertes à leur maximum, le tire-bouchon se planta dans la paume de Jed. Le sang gicla, mais c'était plus spectaculaire que douloureux.

– Vous êtes blessé ! s'écria Cora, se précipitant vers lui.

Elle s'accroupit à son côté et, lui saisissant la main, elle la porta à ses lèvres pour arrêter le saignement.

S'il retint son souffle, ce fut davantage à cause du contact de ses lèvres que de la douleur provoquée par le tire-bouchon.

– Ça doit faire mal, dit Cora, remarquant sa grimace.

– Ce n'est rien, s'empressa-t-il de la rassurer.

Cora prit dans le meuble derrière elle un chiffon propre avec lequel elle entreprit de bander la blessure.

A la vue de cette tête sombre tendrement penchée sur sa main, Jed fut envahi par une étrange chaleur. Elle ne s'était pas moquée de sa maladresse et pansait sa blessure avec une douceur qui le désarmait.

– Ce n'est rien, dit-il enfin d'un ton bourru. Inutile de faire tant d'histoires.

– Je veux être sûre que ce n'est pas grave, répliqua-t-elle en le regardant, inquiète.

Les yeux de Jed furent attirés par ses lèvres, puis par sa gorge, visible au-dessus de son col. « Voilà une femme capable d'apaiser bien des maux », se dit-il.

Comme si elle avait lu dans ses pensées, Cora lui lâcha la main et se leva brusquement.

– Je pense que ça va aller, Jed. La blessure n'est pas profonde, mais vous aurez peut-être mal pendant un jour ou deux.

Il haussa les épaules avec insouciance.

– La seule chose, c'est que je ne pourrai sans doute pas arranger la pompe. Une autre fois peut-être.

– Ça ne fait rien. Voilà presque un an que je m'en accommode. Merci d'avoir essayé.

Il était agenouillé devant elle dans une attitude de soumission, mais devant ces intenses yeux bruns qui la contemplaient, elle se mit à trembler, troublée, et sa respiration s'accéléra. Il y avait si longtemps... Elle avait besoin de le toucher, de sentir la chaleur d'un autre être humain. Elle avait besoin qu'il la prît dans ses bras. Un peu d'intimité, était-ce trop demander de la vie ? Pourquoi se refuser le réconfort qui s'offrait à elle ? Comme elle écartait les lèvres et avançait la main vers lui, elle vit ses yeux s'agrandir de plaisir anticipé.

Se reprenant, Cora retira vivement la main et détourna les yeux.

Comme si de rien n'était, Jed remit calmement dans le sac les morceaux de métal rouillés.

– J'apporterai des outils demain, dit-il.

– Ce n'est pas la peine.

– J'y tiens, insista Jed avec un grand sourire, pour vous faire plaisir.

Cora s'approcha de la table et se mit à empiler nerveusement les tasses.

– Vous n'avez pas à me faire plaisir, Jed.

– Vraiment ? Je croyais que c'était cela, l'amour courtois.

– Vous devriez arrêter de parler d'amour courtois, lança-t-elle, agacée. Je sais parfaitement que ce n'est pas ça qui vous intéresse.

– Quoi donc alors ?

Il se tenait debout à côté d'elle, les poings sur les hanches. Cora leva brusquement la tête.

– Vous voulez de la passion et des sensations fortes et... et des relations hors mariage.

– Non, madame Briggs, murmura-t-il avec une désinvolture qui faillit lui valoir une paire de gifles. Ce dont j'aurais vraiment envie maintenant, c'est d'un baiser.

– Un baiser ? fit Cora en secouant la tête, sceptique. Vous ne voulez qu'un baiser, Jed ? Je ne vous crois pas.

– Je veux seulement un baiser.

– La ville est pleine de filles prêtes à vous accorder un baiser. Beaucoup ont d'ailleurs déjà dû le faire.

– J'en ai embrassé quelques-unes, admit-il.

– Vous voyez.

– Mais je n'en ai jamais embrassé une comme je le voudrais. Comme je voudrais vous embrasser...

Il avança d'un pas et Cora recula d'un pas. Se heurtant à la chaise, elle s'assit. Elle pensait qu'il allait s'asseoir aussi, par politesse. Il n'en fit rien. Au lieu de cela, Cora se retrouva à la hauteur des boutons de son pantalon.

Terriblement gênée, elle essaya de se relever, mais de puissants bras l'en empêchèrent.

Elle leva les yeux, effrayée. Il arrivait que les hommes perdent le contrôle d'eux-mêmes. Celui-ci était plus grand et plus fort qu'elle, et pouvait par la contrainte obtenir ce qu'il voulait. D'où les règles s'appliquant aux couples non mariés. Les règles sociales avaient leur utilité, se dit-elle. Mais Cora était une femme déchue, une divorcée. Les règles ne la concernaient plus.

– Jed, ne me faites pas mal.

Les yeux bruns de Jed s'assombrirent, et il secoua lentement la tête.

– Vous faire mal ? répéta-t-il, s'accroupissant à côté de sa chaise. Jamais je ne vous ferais mal, madame Briggs. J'espérais que vous le saviez.

Le visage du jeune homme maintenant à la hauteur

de ses yeux, Cora se détendit un peu. Elle n'y lisait ni haine ni perversion.

Il se rapprocha d'elle. Sa peur se raviva.

– Permettez-moi de vous embrasser, madame Briggs, murmura-t-il à quelques centimètres de ses lèvres. Je ne suis pas un expert, mais je vous promets que je ne vous ferai aucun mal.

Cora ne répondit pas. Mais elle ne s'écarta pas non plus. Lentement, avec hésitation, Jed approcha sa bouche de la sienne.

Le contact de ses lèvres était chaud et léger comme un murmure, mais Cora posa immédiatement la main sur sa joue et le repoussa doucement.

– Vous devez fermer les yeux, chuchota-t-elle.

Il pressa la joue contre sa paume.

– Si je ferme les yeux, madame Briggs, je ne pourrai pas vous voir. Et vous regarder est un des plus exquis plaisirs que je connaisse.

Cora sourit. Sa gentillesse et la sincérité qu'elle lisait dans son regard la troublaient plus que ne l'aurait fait le plus beau des poèmes.

– Fermez les yeux, Jed. Et ouvrez la bouche. N'est-ce pas ainsi que vous voulez m'embrasser ?

Jed ne se donna pas la peine de répondre. Un rideau de cils blonds s'abaissa sur ses yeux et ses lèvres s'écartèrent, impatientes de la goûter.

Cora accueillit son baiser avec plus de cœur qu'elle ne l'aurait souhaité. C'était délicieux. Elle enfouit sa main dans les cheveux de Jed et émit un soupir de plaisir. Il y avait si longtemps...

Il répondit à son soupir par un gémissement de désir et l'enveloppa de ses bras, intensifiant son baiser. Sa bouche était chaude et exigeante. Il y avait de la tendresse, mais il y avait autre chose... Quelque chose d'ardent qui la terrifiait...

Avec un petit cri craintif, Cora s'écarta. Jed la tenait

toujours dans ses bras, mais son expression apeurée lui fit lâcher prise.

– Ce n'était pas bien, madame Briggs ?

– Non, répliqua-t-elle sans réfléchir. Enfin si, c'était parfait, ajouta-t-elle, le voyant déconcerté.

Pouvait-elle dire à ce jeune homme que son baiser était trop passionné ? Sans doute pas. Elle n'avait embrassé que Luther Briggs durant sa vie. Les baisers de Luther étaient toujours de respectueux préludes à l'exercice de ses droits matrimoniaux. Jamais ils ne l'avaient rendue aussi nerveuse que celui de Jed. Jamais ils ne lui avaient laissé les lèvres brûlantes comme à présent.

« Un homme n'embrasse pas son épouse comme il embrasserait une femme de réputation douteuse, se dit-elle. La déchéance a au moins cet avantage... »

– Ça allait ou pas ? demanda Jed. Pour moi, c'était merveilleux, mais je veux que vous soyez contente.

– Oh oui, s'empressa de répondre Cora. C'était même plutôt bien. Vous ne vous débrouillez pas mal du tout.

Jed la regarda d'un air étonné, puis secoua la tête.

– Vous parlez comme si je venais de faire un bon coup de croquet.

Cora rougit et baissa les yeux.

– C'était un baiser très agréable, monsieur Sparrow. Vous cherchez des compliments ?

– Non, pas nécessairement, répliqua Jed en haussant les épaules. Mais j'aimerais bien un autre baiser...

Elle leva la tête, prête à accepter, puis se ravisa car elle avait peur de céder à son ardeur s'ils recommençaient.

– Je crois que nous avons eu assez de romantisme pour ce soir.

– Romantisme, madame Briggs ? Ou passion ? la taquina Jed.

Avant que Cora ne pût répondre, Jed s'était levé et lui prenait la main. Cora pensa qu'il allait la baiser, mais il n'en fit rien. Il se contenta de la presser dans la sienne avant de la relâcher.

Il prit son chapeau et son manteau, comme s'il était chez lui – ce qui n'était pas plus mal, car Cora était un peu perdue.

Jed enfila son manteau, ferma le bouton du haut, avant de lisser ses cheveux et de mettre son chapeau. Il ne quittait pas des yeux Cora, qui semblait clouée sur place. Il lui sourit et posa la main sur la poignée de la porte.

– J'essaierai de venir demain et d'apporter des outils pour réparer votre pompe, dit-il.

– Vous n'êtes pas obligé de le faire.

– Je sais, madame Briggs. Mais ce sera une bonne excuse pour une nouvelle leçon de baisers.

Pour lui ou pour elle ? se demanda-t-elle.

9

L'air furieux, Amélie Sparrow entra dans la salle d'embaumement. Elle se frotta distraitement la mâchoire, comme pour en calmer la douleur.

– Jed n'est pas ici, Mellie, annonça Haywood sans lever les yeux de la table. Je pensais que vous aviez fini par vous le mettre dans la tête.

Amélie s'approcha et regarda le jeune homme pâle et immobile sur la table.

– Qui est-ce ? demanda-t-elle.

Haywood leva la tête.

– Il s'appelle Whitlow. C'est tout ce que je sais. Personne ne peut dire d'où il vient ou s'il a de la famille. Il a vécu dans le quartier de Low Town pendant près de six mois. Ross Crenshaw essaie de trouver des gens qui l'ont connu.

– Comment est-il mort ?

– Le Dr Perkins prétend que c'est l'asthme, répondit-il en hochant tristement la tête. Moi je dis que c'est la diphtérie !

– La diphtérie !

– Oui, il y a une épidémie dans le territoire indien, paraît-il.

– La diphtérie, répéta avec crainte Amélie. Comment pouvez-vous être sûr ?

– Je ne suis pas *sûr*. Mais j'ai bien regardé dans sa bouche. Il a un voile gris sur la gorge. Je n'ai jamais entendu parler d'asthme qui provoque cela.

Convaincue, Mme Sparrow hocha la tête.

– On aurait dû juste l'enterrer. Jamais nous ne récupérerons un sou pour l'embaumement, se plaignit-elle.

Haywood lui adressa un regard furieux.

– Le liquide d'embaumement ne coûte pas cher et j'offre mon temps.

– Vous auriez sûrement autre chose de mieux à faire.

– Mais, bon sang, Mellie, regardez-le ! Il doit avoir à peu près l'âge de Jed !

Amélie se calma instantanément et s'approcha pour examiner les traits pâles et raidis du jeune homme.

– Quel dommage ! dit Haywood. Il est mort avant d'avoir commencé à vivre.

Amélie arrangea une boucle cuivrée sur le front du jeune homme.

– Il paraît avoir à peu près la taille de Jed. Nous devrions peut-être lui enfiler ce vieux costume gris qu'il ne porte plus.

De ses yeux bleu profond, Haywood étudia un moment Amélie.

– Ce serait drôlement gentil à vous, Mellie, acquiesça-t-il enfin.

Amélie se sentit envahie par un étrange sentiment de fierté, qu'elle s'empressa de chasser. Elle vit Haywood pratiquer une petite incision dans le bras du cadavre.

– Ça ne vous dérange pas de me regarder faire ? demanda-t-il soudain.

– Bien sûr que non. Je ne suis pas aussi délicate que James Edwin.

– Je trouve tout à fait naturel d'être perturbé par

la vue de la mort, répondit-il avec impatience. Tout le monde ne peut pas être croque-mort.

– Encore à essayer d'excuser ce garçon, soupira Amélie. Il n'a aucune excuse. Dès qu'il a su marcher, M. Sparrow l'a emmené ici et a essayé de lui apprendre le métier. Il ne voulait rien apprendre. Il passait son temps à tousser et à se ruer vers la porte pour rendre son petit déjeuner.

– Il déteste l'odeur du formol. Ce n'est pas une odeur agréable. Ça rend beaucoup de gens malades.

– Il n'y a pas beaucoup de gens qui possèdent une entreprise mortuaire ! Ça me dépasse ! Je l'ai grondé jusqu'à ce qu'il soit assez âgé pour me tenir tête ; je lui ai dit que son père ne le lui pardonnerait jamais ; mais rien n'y a fait. Il n'a jamais apporté la moindre aide à son père.

Toute à sa déception, Amélie s'éloigna de la table et passa distraitement en revue le contenu des armoires.

– J'étais si fière quand il a passé son examen d'embaumement, poursuivit-elle. Il a eu la meilleure note de tous les candidats, cette année-là. J'avais hâte de l'annoncer à M. Sparrow. Il a été très heureux, lui aussi.

Elle ferma une armoire à portes vitrées et se retourna vers Haywood.

– Puis la vieille Addie Macon est morte, et M. Sparrow a demandé à Jed de la préparer.

– Et ?

Croisant les bras, Amélie revint vers la table.

– Je l'ai entendu de la fenêtre du haut, dit-elle. Il avait des haut-le-cœur et vomissait comme un ivrogne après une mauvaise cuite. Ça a failli tuer son père. Il n'avait qu'une idée : laisser son entreprise à son fils, qui ne voulait rien entendre.

– Son père a fini par lui pardonner ?

– Oh, j'imagine. Il ne lui a plus guère demandé de travailler dans la salle d'embaumement. Et il a paru être content que Jed s'intéresse aux fleurs.

– Je suis sûr que votre mari lui a pardonné.

– Pourquoi pensez-vous cela ? questionna Amélie, étonnée. Vous ne l'avez même pas connu.

– Parce que c'était, je pense, un croque-mort dans mon genre.

– Et les entrepreneurs de pompes funèbres ne veulent pas que leurs fils prennent leur suite ?

Haywood secoua la tête.

– Tout le monde ne peut pas s'occuper des morts, Mellie. C'est comme être pasteur. Il s'agit davantage d'une vocation que d'une profession. Votre mari l'a sûrement compris. Je ne crois pas qu'il aurait blâmé son fils pour quelque chose qui n'était pas dans sa nature.

– Je ne suis pas d'accord avec vous. Si on vous laisse une entreprise de pompes funèbres, vous devez vous en occuper. J'ai dit à M. Sparrow que c'était un enfantillage et que ça passerait. Mais je me suis vite aperçue, à ma grande tristesse, que je m'étais trompée.

– Quelle différence cela fait-il, Mellie ?

– Quelle différence ? répéta-t-elle en le regardant comme s'il était idiot. La différence, ce sont vos gages, monsieur Puser. Si Jed assumait ses responsabilités, nous n'aurions pas à payer un étranger pour faire le travail.

Au grand déplaisir d'Amélie, Haywood trouva cela très drôle et s'esclaffa de bon cœur.

– Allons, Mellie ! dit-il en lavant les instruments chirurgicaux. Vous ne me payez pas assez pour que cela puisse vous inquiéter.

– Le seul fait que j'aie à vous payer est vexant. Jed

devrait faire le travail. Vous ne savez pas tout ce que j'ai sacrifié pour lui. Et voilà comment il me remercie...

Haywood posa avec fracas un bistouri sur le plateau.

– Assez, Mellie ! Vous n'êtes qu'une sacrée égoïste qui mériterait une bonne fessée !

Amélie devint rouge comme une pivoine.

– Comment osez-vous me parler de la sorte !

– Comment j'ose ? Il est grand temps que quelqu'un l'ose. Vous aimez Jed, non ?

– Oui, bien sûr ! Quelle question !

– C'est pourtant le genre de question que vous devriez vous poser.

– J'ai sacrifié toute ma vie à ce garçon.

– Vous l'avez déjà dit, au moins un million de fois. Et ce n'est pas un garçon, c'est un homme. Si vous aviez oublié de vous « sacrifier » et l'aviez laissé un peu vivre, ça irait beaucoup mieux pour vous deux.

– Vous ne savez pas de quoi vous parlez, monsieur.

– Je le sais beaucoup mieux que vous, parce que vous refusez de regarder la réalité en face.

– Je veux ce qui est le mieux pour Jed.

– Et vous croyez savoir ce qui est le mieux ?

– Certainement. Nous avons tous nos démons, monsieur Puser. Pour les vaincre, il faut les attaquer de front. C'est ce que je fais et c'est ce que ferait mon fils s'il n'était pas aussi lâche.

– Lâche ! s'écria Haywood. Lâche ? répéta-t-il sur un ton plus calme.

– Oui. Pourquoi ne pas dire les choses carrément ?

– Lâche... fit Haywood en secouant la tête. Vous rappelez-vous, Mellie, quand votre mari est mort ?

Déroutée par le brusque changement de sujet, Amélie hésita.

– Mais... oui, bien sûr, je me rappelle. La mort d'un mari, ça ne s'oublie pas.

– Vous souvenez-vous de l'enterrement ?

– Oui, bien sûr.

– Que vous rappelez-vous ?

– Tout. Où voulez-vous en venir ? Croyez-vous savoir quelque chose que j'ignore ? Vous n'étiez même pas en ville à cette époque.

– Votre mari a-t-il été embaumé pour l'enterrement ?

– Quoi ?

– Votre mari a-t-il été embaumé ?

– Mais... oui, je crois. Enfin... bien sûr.

– Et qui l'a embaumé, Mellie ?

Il y eut un silence.

– J'imagine que c'est Jed, finit-elle par dire.

– Oui, c'est bien ce que je pense.

Amélie regarda le jeune homme sur la table. Elle ne le connaissait pas, mais il offrait un triste spectacle.

– Vous imaginez ce que ça a dû être, Mellie ? demanda Haywood d'une voix douce et triste. Dès que Jed entre dans cette pièce, ses mains se mettent à trembler. Vous imaginez le jour où c'était son père qui gisait sur cette table ?

– Je ne veux pas en parler.

– A peine la porte franchie, l'odeur a dû lui retourner l'estomac.

– Monsieur Puser, je vous en prie...

– Voyez-vous les larmes qui coulent le long de ses joues, tandis qu'il demande pardon de ne pas être à la hauteur des espérances de son père ? Vous rendez-vous compte, Mellie ? Et pouvez-vous encore le traiter de lâche ?

– Assez !

Amélie ferma les yeux et se détourna pour cacher ses larmes, une main sur la bouche. Empli de tristesse, Haywood se remit à son travail.

Le silence se prolongea et Haywood regretta ses paroles. Il admirait malgré tout Mellie. Alors pourquoi la faire souffrir ? Il voulait seulement la convaincre que son fils était un type bien.

– Vous avez raison, monsieur Puser. Mon fils n'est pas un lâche, prononça-t-elle d'une voix calme.

Surpris, il se tourna vers Amélie, qui risqua un pauvre sourire.

– Mon père m'a toujours dit que je n'étais pas faite pour être mère.

– Je ne vous qualifierais pas de mauvaise mère, Mellie. Vous avez fait de votre fils un homme formidable.

– Merci.

– Il y a vingt ans, j'enterrais mon fils, dit Haywood d'une voix monocorde. S'il avait vécu, j'espère qu'il serait devenu comme Jed.

– Vous aviez un fils ? demanda Amélie, stupéfaite.

– Oui, madame. Ainsi qu'une jolie petite fille.

Il se pencha en avant, comme pour dévoiler un secret effrayant.

– J'ai même eu une femme à plein temps, ajouta-t-il.

Son ton moqueur détendit l'atmosphère, mais la curiosité d'Amélie avait été éveillée.

– Que leur est-il arrivé ?

– Le choléra, répondit-il simplement.

– Je suis désolée. Je ne savais pas. Je...

– Vous ne le saviez pas parce que je n'avais aucune raison de vous le dire. C'est une vieille histoire. Abby me manque parfois. Je pense à elle et aux enfants. Mais je ne suis pas homme à m'appesantir sur ma peine. A travailler avec les morts, on apprend que la vie est pour les vivants.

– Oui, bien sûr, vous avez raison.

– Qu'avez-vous à la mâchoire ? demanda soudain Haywood.

– La mâchoire ? fit Amélie, consciente qu'elle venait de se masser la joue. Rien. J'ai simplement mal à une dent.

Se tournant vers la cuvette, Haywood se mit à se laver les mains.

– Vous voulez que je regarde ? proposa-t-il. Je m'y connais un peu en soins dentaires.

– Sûrement pas ! s'exclama-t-elle, horrifiée à cette idée.

Haywood s'esclaffa joyeusement.

– Je vous proposais de regarder dans votre bouche, Mellie, pas sous vos jupes !

Cora rata de nouveau la baguette. Avec un regard mauvais, elle la jeta sur la nappe du pique-nique, puis s'assit à côté, l'air dégoûté. Concentration. Voilà ce qui était indispensable à une bonne gymnastique. Et une bonne gymnastique était nécessaire à la plénitude spirituelle. L'une et l'autre faisaient, ce matin, défaut à Cora.

Elle prit consciencieusement le livre de Mme Millenbutter et le feuilleta, essayant de trouver un passage apaisant. Mme Millenbutter semblait attacher une grande importance à la détente. Elle avait sûrement un remède à la tension dont souffrait Cora depuis que Jed Sparrow l'avait embrassée, la nuit précédente, dans sa cuisine.

Jamais elle n'aurait dû lui permettre de lui faire la cour. Les sentiments de vengeance qu'elle avait nourris à l'encontre d'Amélie n'étaient rien à côté du trouble qui l'habitait à présent.

Cora ferma le livre et le lança à côté de la baguette. Mme Millenbutter était apparemment aussi ignorante qu'elle-même sur les habitudes des femmes de mauvaise vie.

Avec incrédulité, elle passa la main sur ses lèvres. Elle avait craint que même un homme bien élevé pût perdre le contrôle de lui-même. Elle avait craint que Jed Sparrow ne fût pas un homme bien élevé. Mais jamais elle n'avait pensé le désirer. Vivre sans homme avait été si facile...

– Allez derrière le paravent et mettez votre chemise de nuit, lui avait dit Luther, cette première nuit à l'hôtel *Williams*. Je vous attends dans le lit.

Des années plus tard, Cora rougissait encore de l'embarras qu'elle avait éprouvé, cette première nuit de leur mariage.

– Eteignez la lumière, monsieur Briggs, avait-elle demandé quelques instants plus tard, de derrière le paravent. Je ne sortirai pas d'ici avant que la lumière ne soit éteinte.

– Appelez-moi Luther, ma Cory. Appelez-moi Luther, et j'éteindrai.

– S'il vous plaît, Luther, éteignez la lumière, avait balbutié Cora d'une voix tremblante.

Elle l'avait entendu descendre du lit, puis la chambre s'était trouvé plongée dans l'obscurité.

S'armant de courage, Cora était sortie de derrière le paravent... pour se cogner contre la poitrine de Luther.

– Oh !

– Je suis venu vous chercher, avait-il dit. J'avais peur que vous ne heurtiez quelque chose dans le noir.

– Merci.

Il ne portait que son caleçon et Cora se félicitait que l'obscurité lui cachât ce qui semblait être une gigantesque masse de poils.

Luther avait glissé un bras autour de sa taille et l'avait conduite jusqu'au lit.

– Il n'y a pas de raison d'avoir peur, Cory. Toutes les femmes que vous connaissez et qui ont eu un bébé sont passées par là, ainsi que beaucoup qui n'en ont pas eu.

– Je n'ai pas peur, avait-elle dit bravement.

Il avait tiré les couvertures. Cora s'était assise et s'était pelotonnée à l'autre bout du lit. Luther s'était serré contre elle.

– Ça fait un peu mal, la première fois, avait-il expliqué. Je ne veux pas vous mentir. Mais seulement la première fois. Après, ce n'est pas du tout désagréable, vous verrez.

Cora avait hoché la tête en signe d'acquiescement.

– Certaines femmes y prennent même du plaisir, avait poursuivi Luther. J'admets avoir quelque expérience en la matière et je ferai de mon mieux pour que cela vous soit agréable.

S'approchant d'elle, il l'avait prise dans ses bras.

– Mais si ça ne vous plaît pas, Cory, ce n'est pas grave. J'ai promis aujourd'hui de vous aimer pour le meilleur et pour le pire. Alors, quoi qu'il arrive, je serai là.

– Moi aussi, je serai là, Luther, avait répliqué timidement Cora. Je sais qu'une femme doit faire son devoir et je suis prête à le faire.

Plongeant les doigts dans ses cheveux, il l'avait contemplée dans la quasi-obscurité.

– Vous êtes une bonne fille, Cory. A dire vrai, je ne suis peut-être pas le meilleur des maris, mais je ferai de mon mieux.

C'est alors qu'il l'avait embrassée. Baiser d'amant, baiser d'expert qui l'avait distraite, tandis qu'il remontait sa chemise de nuit. Baiser interminable, pendant lequel il avait exploré ses seins et l'intérieur de ses cuisses. Baiser entremêlé de mots tendres. Baiser qui ne s'était terminé que lorsqu'il s'était enfoncé pour la première fois en elle.

Mais contrairement à celui de Jed, le baiser de Luther ne lui avait pas brûlé les lèvres, ni ôté le sommeil...

Cora sauta sur ses pieds et empoigna la baguette, qu'elle fit tournoyer d'une main en s'approchant du bord de la falaise, d'où elle regarda la rivière.

La couche nuptiale n'avait été ni un devoir pénible ni une humiliation. Luther l'avait toujours traitée avec gentillesse et elle en était venue à aimer ces instants d'intimité, où leurs corps s'unissaient.

Mais elle n'avait jamais songé à retrouver ces émotions. Elle ne s'était jamais imaginée dans les bras d'un autre homme. C'était contraire aux règles. Elle avait promis de n'appartenir qu'à Luther Briggs. Bien que son mariage eût tourné au mensonge et à la parodie, elle avait fait vœu de fidélité et n'avait pas eu de mal, durant toutes ces années, à tenir parole.

Aujourd'hui, cette vertu n'était plus qu'un souvenir. La tentation était un sentiment nouveau et excitant. Et elle trouvait Jed Sparrow vraiment séduisant.

Où était le mal ? Sa réputation était déjà ruinée, et le jeune homme allait de toute façon jeter sa gourme. Une brève et discrète aventure ne dérangerait personne et pourrait briser la monotonie de sa vie...

– Aïe ! cria Cora qui s'était malencontreusement donnée un bon coup de baguette dans le tibia.

Grimaçant de douleur, elle sauta à cloche-pied en se massant la jambe.

– Gracieuse Cora, ironisa-t-elle. Oh oui, une petite liaison avec ce jeune homme ne te fera pas de mal. Tu es si maladroite que tu te débrouilleras probablement pour tomber enceinte au premier essai !

En soupirant, Cora se mit à rassembler ses affaires. Mme Millenbutter n'aurait pas été fière d'elle aujourd'hui. Mais Mme Millenbutter n'avait sans doute jamais été tentée par une liaison illicite.

Cora l'était, elle devait l'admettre. Elle désirait Jed Sparrow comme elle n'avait encore jamais désiré un autre homme. Un bébé était, bien sûr, une possibilité, se rappela-t-elle en chargeant ses affaires sur sa bicyclette. Cette éventualité l'inquiétait moins qu'elle ne l'aurait dû. Elle s'était mille fois félicitée de ne pas avoir eu d'enfant de Luther. Elle avait cependant toujours rêvé d'être mère. Huit ans plus tôt, elle avait écarté ce rêve.

– Ne compte pas sur lui pour venir te proposer le mariage, se prévint-elle.

Si elle tombait enceinte, elle serait probablement chassée de la ville. Jamais Amélie Sparrow ne laisserait un petit-enfant illégitime grandir dans son ombre. Et Cora se retrouverait seule et démunie avec un bébé.

Elle pourrait vendre sa maison. Ce n'était pas la première fois qu'elle y songeait. L'envie de recommencer de zéro l'avait plus d'une fois séduite. Dans un endroit où personne ne la connaissait, elle pourrait se faire passer pour veuve et, à condition de ne pas faire de vagues, personne ne soupçonnerait la vérité.

Et l'enfant ? Elle avait déjà du mal à survivre seule, comment payer un loyer et nourrir un bébé ? En outre, viendrait un jour où elle devrait lui dire : « Oh, ton père n'était qu'un beau jeune homme qui jetait sa gourme ! » Et à ce pauvre Jed, que dirait-elle ? « Merci, monsieur, pour cette agréable diversion. J'emporte votre chair et votre sang et vous ne devrez jamais penser à nous, ni essayer de nous retrouver. »

Cora secoua la tête d'un air désapprobateur et engagea sa bicyclette dans la descente.

– Pas question de bébé ! s'exhorta-t-elle.

Elle avait vécu près d'un an avec Luther sans être enceinte. Une liaison non consacrée avec le jeune Sparrow ne ferait pas d'elle une fille mère.

10

Cora posa la noix de pécan, pointe en l'air, sur la pierre plate, puis éleva le marteau à trente centimètres au-dessus. Elle visa et, d'un mouvement rapide, ouvrit la noix en deux. Posant le marteau, elle retira les moitiés des noix intactes et les frotta grossièrement pour en retirer toute trace de coquille, avant de les jeter dans la bassine à côté d'elle.

– Vous faites ça très bien.

Cora sursauta.

– Vous m'avez fait la peur de ma vie, Jed Sparrow ! J'aurais pu en mourir !

– C'est mon boulot, madame. Comment voulez-vous que mes affaires marchent si je ne fais rien pour abréger la vie des gens ?

Il portait une salopette et une chemise en calicot bleu pâle, tenue qui changeait de ses habituels vêtements sombres. Ses boucles blondes caressaient négligemment son col et la couleur de sa chemise mettait en valeur son teint hâlé. « Il est vraiment beau », pensa Cora.

Jed s'approcha et posa son tablier de mécanicien sur le banc à côté d'elle, puis, s'accroupissant, il sortit un marteau de sa poche et le lui tendit.

– Ce sera plus facile avec ça, dit-il.

Cora prit le lourd marteau. Il n'était pas neuf, mais ne comportait aucune trace de rouille ou d'éclat de métal. Elle caressa le manche en noyer poli. L'empoignant, elle en éprouva l'équilibre et adressa un sourire approbateur à Jed.

– Ça me faciliterait un peu la tâche, dit-elle. Puis-je l'emprunter ?

Jed lui reprit le marteau et le regarda un instant avant de sourire. Le lui tendant à nouveau comme une offrande, il parodia un personnage de mélodrame romantique :

– Ma chère, des fleurs pâliraient à côté de votre beauté et des bonbons seraient moins doux que vos lèvres roses. Acceptez donc ce marteau en présent... et quand votre regard se posera dessus, vous vous souviendrez de mes baisers.

Cora le lui arracha des mains.

– J'ai envie de vous en flanquer un coup sur la tête.

– Gardez-le, madame Briggs, dit-il en riant. En échange, j'exige une tourte aux noix de pécan.

– Marché conclu. Mais que faites-vous ici en plein jour, jeune homme ? Essayez-vous de ruiner ma réputation ?

Jed hésita avant de répondre.

– J'ai promis de réparer votre pompe. Les gens sont probablement moins curieux le jour que la nuit de ce qui se passe dans votre maison. J'ai décidé que ma présence ici ne présentait aucun danger.

– Vous avez raison, acquiesça Cora.

Jed prit son tablier et noua les attaches autour de sa taille.

– Ne bougez pas, madame Briggs. Restez ici à décortiquer de quoi me faire une tourte aux noix, pendant que j'essaie de gagner le droit de la manger.

Comme il se tournait vers la porte de la cuisine, Cora l'interpella :

– Ne mettez pas de désordre dans ma cuisine, sinon vous pourrez toujours attendre votre tourte.

– Oui, madame, dit Jed en ouvrant la porte.

Il lui semblait étrange d'entrer chez elle comme chez lui. Quelques semaines plus tôt, il rêvait d'y entrer, et maintenant il allait et venait en habitué.

Non, pas en habitué. En amant caché. Cette pensée le fit sourire.

Cora avait fermé la porte, mais Jed la laissa volontairement ouverte. Si elle trouvait à y redire, il répliquerait que le travail lui donnait chaud. En fait, il voulait l'entendre et même lui jeter de temps en temps un regard. Il voulait être proche d'elle. Sa pensée ne le quittait pas. Quoi qu'il fît, quelle que fût la personne à qui il s'adressât, c'était Cora qu'il voyait devant lui, c'était Cora dont il entendait la voix.

Il sourit et secoua la tête. Ce devait être un genre de folie. Une folie qui enchantait Jed.

Il ajusta, en sifflant, la clé universelle sur la tête de la pompe. Ensuite, il se mit à inspecter l'intérieur. Son sifflement se mua alors en fredonnement, mais il n'en prit conscience qu'au son du puissant soprano qui, de la cour, montait à l'unisson.

Bonjour, mon bébé, bonjour, ma chérie,
Bonjour, ma fougueuse amie...

Jed fut amusé de chanter en chœur avec Cora.

– Madame Briggs ! dit-il d'un ton sévère en passant la tête par la porte. J'estime que cette musique de cabaret est tout à fait déplacée dans notre petite ville. Un tel laisser-aller, poursuivit-il, imitant le révérend Philémon Bruder, ne peut mener qu'au laxisme, à l'indécence et au péché.

Cora tourna vers lui un regard faussement coupable.

– Pensez-vous que cela mènera au péché ?

– Oh, je l'espère bien !

Cora montra la pompe en pouffant et se remit à décortiquer ses noix.

Pendant plus d'une demi-heure, ils travaillèrent chacun de leur côté, puis Jed ramassa des morceaux de la pompe et s'approcha du banc. Il s'assit sur l'herbe devant elle.

– Vous avez arrangé la pompe ?

– Pas encore. Mais je peux le faire. C'est votre clapet qui est cassé, dit-il en brandissant un morceau de métal. L'eau redescend dans le corps de pompe. Faute de pression constante, cette pompe ne peut pas pomper.

– Mais vous pouvez arranger ça.

– Il me faut un nouveau clapet. En attendant, je pourrais remplacer les cuirs.

– Les cuirs ?

Il lui en montra un.

– Ce sont de petits godets de cuir qui recueillent l'eau et la montent, expliqua-t-il. Ils sont trop secs et sur le point de craquer. Je vais donc les remplacer.

– Ça coûtera combien ?

– Que diriez-vous d'un baiser ?

– Que diriez-vous d'une deuxième tourte ? fit-elle en levant un sourcil réprobateur.

Jed sourit et regarda la bassine qui s'était considérablement remplie depuis tout à l'heure.

– Je ne sais combien je pourrai en manger, madame Briggs.

– Vous n'en aurez pas d'autre, monsieur. C'est mon gagne-pain.

– Votre gagne-pain ?

Cora rougit, regrettant sa réponse irréfléchie.

– Vous ne devez pas en dire un mot, le prévint-elle. Titus Penny m'achète mes noix pour son magasin.

– Il raconte à tout le monde qu'elles viennent de la veuve Martin ! s'étonna Jed.

Il la considéra longuement, puis éclata de rire.

– Et moi qui croyais que la vieille aveugle se tuait à la tâche !

– N'en dites surtout rien. Si Fanny découvre la vérité, je suis sûre qu'elle empêchera Titus de me les acheter, et j'ai vraiment besoin de cet argent.

– Je n'en soufflerai mot, la rassura Jed. Que lui vendez-vous d'autre ?

– Ce que je peux. L'été, j'ai un grand potager. Ce que je ne vends pas frais, je le mets en conserve pour le vendre en hiver.

S'appuyant sur les coudes, Jed croisa ses longues jambes et se mit à rire.

– Maintenant, je comprends pourquoi ce pauvre Titus est resté muet quand le pasteur lui a demandé si vous payiez toujours comptant !

Jed, qui continuait à rire, remarqua que Cora le regardait avec une étrange expression.

– Qu'y a-t-il ? demanda-t-il.

Elle haussa les épaules et secoua la tête.

– Rien... Enfin... vous êtes très différent de ce que je pensais.

– De quelle façon ? questionna-t-il, intéressé.

Cora rassembla ses idées.

– Eh bien... j'ai toujours pensé que vous étiez un jeune homme réservé. Mais quand vous souriez... hésita-t-elle, rougissante. Quand vous souriez, vous êtes très beau.

– C'est la beauté du diable, répliqua Jed en prenant un air théâtral.

– Ça aussi, gloussa Cora.

– Quoi ?

– Je ne m'attendais pas que vous soyez drôle. Que

vous fassicz des plaisanteries. Ce n'est pas ainsi que je me figurais Jed Sparrow.

Le jeune homme haussa les épaules, mais il était clair, à son expression, qu'il prenait ccs observations au sérieux.

– Je suis croque-mort, madame Briggs. Je ne peux pas me permettre de faire le pitre ou de rire tout le temps.

– Sans doute. Mais il me semble que sourire vous soit plus naturel.

– C'est nouveau, admit-il. C'est vous qui me faites sourire, madame Briggs. Je pense à vous tout le temps et je me surprends à sourire.

– Ah ? fit Cora, reprenant sa tâche.

Jed se pencha en avant, amusé par l'embarras de la jeune femme.

– Vous aussi, vous êtes différente de ce à quoi je m'attendais, dit-il.

– Vraiment ?

Elle sourit, puis se rembrunit brusquement.

– Vous me preniez pour une dévergondée, n'est-ce pas ?

– Madame Briggs ! s'exclama Jed. Ce n'est pas du tout ce que je pensais.

Cora releva la tête. Ayant affronté la curiosité et les critiques de toute la ville, elle était prête à affronter les siennes.

Mais dans ses yeux bruns qui lui étaient devenus si familiers, elle ne lut aucune malice.

– Vous êtes sûr ? demanda-t-elle, dubitative.

– Je ne vous ai jamais prise pour une prostituée, madame Briggs.

Jed la regarda droit dans les yeux. Regard plein de chaleur, où elle décela une émotion qu'elle ne put définir.

Comme elle hochait le menton en signe d'acquiescement, Jed eut un sourire taquin.

– Mais j'espérais que vous seriez un peu plus coquine que vous ne l'êtes, précisa-t-il.

Cora le dévisagea, stupéfaite.

– Pourquoi, vous... vous...

Incapable de garder plus longtemps son sérieux, Jed s'esclaffa.

– Si vous pouviez voir votre tête... commença-t-il.

– Comment osez-vous vous moquer de moi ! s'écria Cora, outrée.

Ce qui mit le comble à l'hilarité de Jed.

– Oh, vous êtes un... un...

Mais les mots lui manquèrent. Saisissant alors le seau de noix non décortiquées, elle le renversa sur lui.

La pluie de noix amusa beaucoup Jed, mais son rire se calma lorsqu'elle lui lança aussi le seau.

– Madame Briggs ! s'exclama-t-il, se protégeant la tête de ses mains. Ne me tuez pas ! Ne me tuez pas !

Comme si sa supplication lui avait donné une idée, elle empoigna le marteau. Il sourit, scrutant son expression. Etait-elle vraiment en colère ? Il n'aurait su le dire, mais, dans le doute, il recula.

– C'était une plaisanterie, madame Briggs, dit-il. Ce n'était qu'une plaisanterie.

Elle bondit à son tour sur ses pieds, brandissant le marteau telle une hache de guerre.

Jed se mit à courir, Cora sur ses talons.

– C'était une plaisanterie ! brailla-t-il en contournant l'arbre.

Il se retrouva de l'autre côté de la maison, mais elle ne le lâchait pas d'une semelle.

– Je n'ai pas voulu dire ça ! cria-t-il, stupéfait de la rapidité de la jeune femme. Je jure que je ne plaisanterai plus ! promit-il, franchissant d'un bond le banc sur lequel elle avait passé l'après-midi.

Il contourna de nouveau l'arbre par la droite. Il avait pour lui la résistance, mais avait sous-estimé son adversaire : Mme Briggs était rusée. Cora contourna l'arbre par la gauche et se retrouva nez à nez avec Jed, marteau brandi.

Pris au piège, il leva les mains comme un criminel.

– S'il vous plaît, madame Briggs ! Je sais que vous êtes en colère. Je vous assure que ce n'était qu'une taquinerie et que je ne recommencerai pas.

Il recula, mais elle le suivit pas à pas.

Bien que Jed eût facilement pu lui arracher son arme en lui tordant le bras, il se refusait à utiliser la force contre une dame.

– Voyons, madame, dit-il d'une voix calme et mesurée. Vous pourriez me faire mal avec ce marteau et je sais que vous le regretteriez. Je me suis excusé de ma petite plaisanterie. Je n'avais pas l'intention de vous blesser.

Jed fit un pas en avant.

– Je vous en supplie, madame Briggs, ne lancez pas ce marteau !

Silence.

Lentement, Cora abaissa le marteau et le fixa, puis levant les yeux vers Jed, elle dit d'une voix aussi froide que douce :

– Si ça me plaît, je lancerai ce marteau.

– Non ! brailla Jed.

Le marteau monta dans le ciel. Jed le regarda tournoyer une demi-douzaine de fois. Stupéfait, il vit Cora pivoter sur elle-même avec la grâce d'une danseuse, avant de lever la main droite pour saisir le manche en noyer poli.

Le jeune homme en resta bouche bée. Cora sourit, présenta le marteau et s'inclina gracieusement.

– Pensiez-vous vraiment que je risquerais de casser mon marteau sur votre crâne ? demanda-t-elle d'un ton doucereux.

Il parut si abasourdi que Cora éclata de rire.

– Si vous pouviez voir votre tête ! lança-t-elle gaiement.

La paralysie de Jed fut brève. Dès qu'il remua, Cora poussa un petit cri, laissa tomber le marteau et se mit à courir. Il se précipita à sa suite, reprenant le même chemin que précédemment. Cette fois, cependant, ils riaient à perdre le souffle.

Cora traversa la véranda, se rua dans la cour et se retrouva devant le mur sud de la maison, Jed sur ses talons. Devant le banc, elle hésita une fraction de seconde. Elle n'avait pas sauté en hauteur depuis des années. « Tu le peux », s'exhorta-t-elle. Mais il était trop tard. Son hésitation lui avait été fatale. Jed passa un bras autour de sa taille et la souleva de terre en riant.

– Vous êtes une diablesse ! s'exclama-t-il.

Cora continuait à rire tout en se débattant. Jed la fit pivoter et la pressa contre lui.

– Je préférerais voir votre visage, madame Briggs, murmura-t-il.

Se penchant vers elle, il posa les lèvres sur sa tempe.

Soudain consciente de la situation, Cora cessa brusquement de rire. Elle était dans les bras d'un beau garçon, dont l'expression n'était plus du tout à la plaisanterie. Comme il la serrait doucement contre lui, elle sentit son désir tout contre elle.

Cora ouvrit de grands yeux.

– Jed ! murmura-t-elle, scandalisée. Il fait grand jour !

– Madame ?

Lui saisissant les poignets, elle écarta ses mains.

– Il fait grand jour, répéta-t-elle en reculant d'un pas.

– Oui, madame Briggs, je le vois.

Elle fit encore un pas en arrière, incapable de croiser son regard. Jed se racla la gorge, ne sachant pas non plus où poser les yeux.

Cet embarras se prolongea quelques secondes. Jed regarda Cora. Elle se tapotait les cheveux et essayait nerveusement de se recoiffer.

Du coin de l'œil, Jed repéra le marteau et alla le ramasser d'un air dégagé. Secouant la tête, il s'étonna de la façon dont elle l'avait fait tournoyer en l'air avant de le rattraper comme une artiste de cirque. Cette femme était vraiment surprenante.

– Tenez, madame Briggs, dit-il en lui tendant le marteau.

– Merci, répondit-elle, manifestement gênée.

– Vous feriez mieux de ne pas vous en séparer, lui conseilla Jed. On ne sait jamais, un soupirant pourrait essayer de vous embrasser en plein jour.

Cora le dévisagea avec une moue sceptique.

– Embrasser ? Vous vouliez seulement m'embrasser ?

– Oui, répondit Jed en levant un sourcil interrogateur. C'était tout ce que je demandais, madame Briggs. Juste un baiser.

Cora rougit. Comment aurait-elle pu savoir qu'il ne voulait qu'un baiser ?

– Je... commença-t-elle.

Mais elle s'arrêta. Elle n'allait tout de même pas s'excuser. Prestement, sans se donner le temps de réfléchir, Cora se dressa sur la pointe des pieds et déposa un chaste baiser sur les lèvres de Jed.

– Si vous voulez un baiser, Jed, dit-elle d'un ton mondain, il suffit de le demander.

Elle tourna les talons et s'éloigna.

Jed en resta stupéfait. *S'il voulait un baiser, il lui suffisait de le demander ?*

Cora récupéra son seau et se mit à ramasser les noix éparpillées dans l'herbe. Jed la regarda faire un moment, avant de se décider à l'aider. En fouillant les hautes herbes, ils échangèrent des regards timides. Lorsque le seau devint lourd, Jed le prit sans un mot des mains de la jeune femme.

– C'est vraiment votre gagne-pain ?

– Je vends ce que je peux. Si les noix de pécan rapportent, je vends des noix de pécan.

– Vous savez qu'il y en a encore beaucoup là-haut ? dit-il comme ils finissaient leur ramassage.

Cora leva les yeux. Les plus hautes branches croulaient sous des grappes de noix, dans leurs enveloppes vert sombre.

– Il y en a encore beaucoup là-haut, admit-elle. Mais elles sont là-haut et nous sommes en bas. Il faut attendre qu'elles tombent.

– Les écureuils ne se gêneront pas pour se servir.

– C'est inévitable.

Jed resta quelques instants à regarder le sommet de l'arbre.

– Ne m'avez-vous pas dit que vous aviez un râteau dans la remise ?

– Oui.

– Donnez-le-moi.

Il comptait sans doute se servir du râteau pour secouer l'arbre plus haut qu'elle n'avait pu le faire. L'idée était bonne. Il avait près d'une tête de plus qu'elle et parviendrait presque à mi-hauteur avec le râteau.

Cora décrocha l'outil de son clou et revint dans la cour, mais Jed avait disparu.

Etait-il entré dans la maison ? Il n'était sûrement

pas parti comme ça. Elle tournait la tête de tous côtés lorsqu'elle l'entendit appeler :

– Madame Briggs !

Levant les yeux, Cora poussa une exclamation de surprise.

– Que faites-vous là-haut ?

Jed se tenait debout sur la deuxième branche du pacanier.

– Vous allez vous rompre le cou !

Répondant par un sourire confiant, Jed tendit une main vers elle.

– Donnez-moi le râteau, madame.

– Faites attention, supplia Cora en le lui tendant.

Râteau en main, Jed s'appuya contre le tronc et s'attaqua à une branche éloignée. Capturant un bouquet de rameaux dans les dents du râteau, il tira avec des mouvements saccadés. Des noix tombèrent, crépitant sur le sol comme des grêlons.

– Elles étaient sur le point de tomber, cria Jed. Une bonne bourrasque et vous les auriez eues.

Cora se félicitait de ne pas avoir eu à attendre le vent, mais continuait à regarder d'un œil inquiet Jed passer les branches au peigne fin.

– C'est magnifique, s'écria-t-elle, voyant qu'il avait écumé toutes les branches à portée du râteau. Mais les pauvres écureuils vont mourir de faim, cet hiver.

– Il y en a encore plein là-haut. Il n'y a aucune raison de les laisser.

Posant son outil dans une fourche au-dessus de lui, il se remit à grimper.

– Faites attention, Jed, répéta Cora, la gorge nouée.

Sans prêter attention à ses recommandations, il continua à monter.

– Jed ! protesta-t-elle.

S'arrêtant sur la branche la plus élevée, il la rassura d'un sourire.

– Autant cueillir toutes celles qui sont mûres, expliqua-t-il, reprenant le râteau.

Cora écouta, pendant dix bonnes minutes, le bruissement des feuilles et la chute des noix, puis la pluie de fruits diminua.

– Reculez-vous ! cria-t-il, avant de laisser tomber le râteau que Cora ramassa et rapporta à la remise.

Avec ses noix de pécan, elle gagnerait sûrement de quoi tenir tout l'hiver. Et Jed avait réussi à ne pas se briser le cou.

A peine cette pensée lui avait-elle traversé l'esprit qu'elle entendit une branche se casser dans un craquement sinistre. Elle eut le temps de voir un brusque froissement de feuilles, puis Jed Sparrow se retrouva allongé par terre sur le dos.

– Jed !

Cora traversa la cour d'un bond pour s'agenouiller à côté de lui. Il avait les yeux fermés et gémissait.

– Jed ? Oh, Jed, où avez-vous mal ?

Elle passa nerveusement ses mains sur son corps, craignant de découvrir une blessure ou une fracture. Ses bras et ses côtes semblaient intacts, ses jambes également.

– Jed, parlez-moi. Dites-moi quelque chose !

Il ouvrit les yeux et croisa son regard.

– C'est vous, Cora ?

– C'est moi, Jed. Où avez-vous mal ? Que puis-je faire ?

Il murmura un mot, péniblement, comme si le fait de parler était douloureux. De nouveau, Cora passa les mains sur sa poitrine, pour s'assurer qu'il n'avait pas de côte cassée.

– Qu'y a-t-il ? Qu'y a-t-il, mon chéri ? supplia-t-elle.

– Plus près.

– Que puis-je faire, Jed ? chuchota-t-elle, tout près de son visage.

– Embrassez-moi, dit-il d'une voix haletante.

– Quoi ?

– Vous avez dit qu'il me suffisait de demander...

Cora le regarda, intriguée. Il avait de nouveau les yeux fermés. Se croyait-il mourant ?

– Bien sûr, mon chéri, dit-elle, approchant sa bouche de la sienne, chaude et ouverte.

Son absence de réaction effraya Cora. Etait-il plus près de la fin qu'elle ne le pensait ? Doucement, tendrement, elle intensifia son baiser, embrassa son menton, ses pommettes.

L'entendant gémir, elle s'écarta.

– Je vous ai fait mal ? Oh, Jed, promettez-moi que vous n'allez pas mourir !

Il ouvrit les yeux et l'enveloppa d'un regard intense.

– Je crois que c'est déjà fait, madame Briggs, murmura-t-il d'une voix rauque. Je suis au paradis.

L'entourant de ses bras, il l'attira sur lui.

– Jed ?

Toutes sortes de questions se pressèrent dans l'esprit de Cora, mais comme leurs bouches se rencontraient et qu'il déposait des baisers brûlants sur ses lèvres, son visage et son cou, Cora oublia tout. Ce furent ses propres gémissements qui rompirent le silence de la cour.

Il la fit rouler sur le dos et se redressa pour la regarder.

– Vous n'êtes pas blessé, constata-t-elle avec une pointe de dépit.

– Ma fierté uniquement, madame Briggs, dit-il avec un sourire. Et je crois que vous venez de me la rendre.

– Vous devriez avoir honte...

– Oh, mais c'est le cas, madame Briggs, chuchota-t-il contre son cou. Je vous assure.

Il effleura de ses lèvres la gorge de Cora, puis enfouit le visage dans ses cheveux.

– Le paradis... murmura-t-il près de son oreille.

Elle aurait dû le gronder, le repousser, se défendre. Mais elle passa les bras autour de son cou et l'attira à elle. Elle avait besoin de sa chaleur. Elle avait besoin de sa force. A cet instant, elle comprit qu'elle avait besoin de Jed Sparrow.

– Oh, mon amour... murmura-t-elle.

Mais soudain, il lui couvrit la bouche de sa main et se figea.

Ouvrant les yeux, étonnée, elle surprit son regard alarmé. Ce fut alors qu'elle entendit le faible fredonnement d'une voix de baryton :

Sauvons les âmes perdues, le devoir l'exige :
Le Seigneur en donnera la force ;
Ramenons-les patiemment sur le droit chemin...

Les yeux écarquillés par la peur, Cora souleva légèrement la tête. Le révérend Philémon Bruder s'était arrêté devant le portail et, d'après le bruit, actionnait le loquet.

A peine eut-elle le temps d'envisager les conséquences de cette irruption que Jed la saisissait fermement et l'entraînait sous un buisson de forsythia. Jed étala les rameaux autour d'eux comme un rideau et posa un doigt sur ses lèvres. Mise en garde inutile : Cora était si terrorisée qu'elle aurait été incapable de proférer le moindre son.

Un coup décidé frappé à la porte ramena l'attention de la jeune femme vers le révérend. Debout sous la véranda, il sondait du regard les alentours. C'était un homme grand et maigre, ce qui le faisait paraître au moins dix ans de plus que ses quarante-cinq ans. Il avait les bras croisés sur la poitrine et tenait serré sur son cœur sa bible en maroquin noir.

Il attendit quelque temps avant de frapper de nouveau, avec plus d'impatience cette fois.

– Madame Briggs ! appela-t-il. C'est le révérend Bruder.

Ne recevant pas de réponse, il traversa la véranda dans sa longueur et jeta un coup d'œil dans la cour.

– Madame Briggs !

S'approchant du banc, il souleva le seau de noix. La cuvette à moitié pleine de noix décortiquées ne retint guère son attention. Son regard semblait attiré par un objet sur le sol...

Lorsqu'elle vit le pasteur se baisser pour ramasser le tablier de mécanicien plein d'outils, Cora faillit pousser un cri. Il se pencha pour examiner les morceaux de la pompe. Les godets de cuir usés dans la main, il promena son regard autour de lui.

– Je vois, madame Briggs, que je dérange, dit-il comme s'il avait deviné qu'elle se cachait. Je reviendrai demain.

11

Amélie avait le don de se trouver des excuses pour se rendre dans la salle d'embaumement. Depuis quelque temps, elle se surprenait à considérer l'assistant de son fils de manière tout à fait inattendue. C'était un bel homme, d'une agréable conversation. Ce n'était pas qu'elle l'appréciât plus qu'avant, se rassurait-elle. Mais elle se sentait seule. Et M. Puser savait s'y prendre avec les dames seules.

Ces derniers jours, Jed était trop occupé, semblait-il, pour parler avec sa mère. Il partait tôt et rentrait tard. Même quand il avait du temps, il l'évitait. Si elle avait été moins sûre de lui, elle l'aurait soupçonné d'avoir une aventure. Mais Jed avait beaucoup mûri depuis la mort de son père et, malgré ses défaillances, il s'était révélé sérieux et responsable.

– Monsieur Puser ! appela-t-elle de la porte. Jed est-il avec vous aujourd'hui ?

Haywood leva les yeux de l'armoire dont il dressait l'inventaire.

– Je n'ai pas vu Jed de la semaine, dit-il. Il travaille à la ferme de votre père.

Amélie entra en secouant la tête. Elle était ravissante.

– Encore ? Il y est depuis plus d'une semaine.

S'approchant d'Haywood, elle poussa un soupir.

– Je ne sais pas ce que je vais faire de ce garçon, poursuivit-elle. Cela fait des années que j'essaie de me débarrasser de cette sale ferme, mais il s'y accroche comme à une bouée de sauvetage. Je ne comprends pas pourquoi ; elle produit à peine assez de foin et d'avoine pour nourrir nos chevaux. Bien sûr, le jardin de fleurs est utile, mais ce serait plus commode d'avoir une maison en ville.

Haywood haussa les épaules.

– Il ne cultive qu'une petite partie des terres. Et avec tout ce que vous lui faites faire ici, il n'a pas beaucoup de temps à y consacrer.

– Evidemment, vous prenez son parti, comme d'habitude !

– C'est effectivement ce que je ferais, Mellie, si je devais prendre un parti. Mais je ne fais que constater les faits.

– Ah ? Et quels sont les faits ?

Haywood sourit, manifestement ravi d'argumenter avec elle.

– Jed aime le travail en plein air, il aime les travaux agricoles. Si vous le laissiez en paix, il s'y consacrerait entièrement. Mais vous tenez à faire de lui ce qu'il n'est pas. Et il fait de son mieux pour être un bon fils.

Amélie leva le nez avec mépris.

– Je ne veux pas d'un fils qui gratte la terre comme un poulet ou un cochon !

Haywood s'esclaffa.

– Vous devriez baisser la voix quand vous dites ça, Mellie. La moitié des habitants de cette ville entre dans cette catégorie.

Amélie parut amusée, mais changea adroitement de sujet.

– Avez-vous vu d'autres victimes de l'« asthme » du Dr Perkins ?

– Deux nouvelles. Une jeune femme et son bébé. Conrad Ruggy les a amenés, la nuit dernière. C'étaient des cousins éloignés à lui. On les enterre ce matin.

Amélie hocha gravement la tête.

– Que dit Conrad ? Y a-t-il beaucoup de gens touchés ?

– Il semblerait. J'ai recommandé à Conrad de séparer les malades des bien-portants et de me prévenir immédiatement pour que j'enlève les morts. La promiscuité est grande dans le quartier de Low Town. La diphtérie va se répandre comme un feu de prairie.

– Jed devrait vous aider, dit-elle d'un ton acerbe.

– Je ne veux pas de lui ici.

Amélie leva la tête, indignée.

– Je prévois le pire, ajouta-t-il. Je vais envoyer Jed à Guthrie pour nous ravitailler en produits chimiques, mais je ne veux pas de lui ici.

– Vous allez *l'envoyer* vous chercher des produits, répéta Amélie, croisant les bras. Vous ne *voulez* pas de lui ici. Avez-vous oublié, monsieur Puser, à qui appartient cette entreprise ?

– Non. Mais Jed accepte que je lui donne des directives. Et ce n'est pas vous, Mellie, qui m'en empêcherez.

– Alors ça, vous...

– Comment va cette dent ?

– Quoi ?

– Votre mauvaise dent. Elle vous ennuie toujours ?

– Ma bouche ne vous regarde pas, monsieur Puser, rétorqua-t-elle, désarçonnée par son brusque changement de sujet.

Il la saisit par le menton.

– Ouvrez-la que je regarde, dit-il. Je m'y connais autant en soins dentaires que dans le reste.

– Ch'est p'esque 'ien ! répliqua Amélie tandis qu'il lui tenait fermement la mâchoire.

Haywood l'attira vers la lampe et inspecta sa bouche.

– Eh bien, Mellie, il va falloir arracher cette molaire.

Amélie se déroba à son emprise.

– On ne va rien arracher du tout !

– Ecoutez, Mellie. Cette dent est comme une pomme pourrie. Gardez-la et vous finirez par les perdre toutes.

– En tout cas, ce ne sont pas vos oignons, monsieur.

– Détrompez-vous. Si vous en arrivez à ne plus pouvoir mâcher, n'oubliez pas que je mange ici, et je préfère autre chose pour mes repas que de la purée et de la soupe.

– Oh ! fit Amélie, outrée.

Elle sortit en claquant la porte, poursuivie par les éclats de rire de Puser. Avait-elle vraiment pris plaisir à converser avec cet homme ?

Cora Briggs sortit de la ville à l'heure habituelle. Les habitants de Dead Dog pouvaient régler leurs montres à son passage, tant sa promenade à bicyclette était minutée. Elle suivit sa route quotidienne afin qu'on ne soupçonnât rien. Personne ne se douterait que le livre de Mme Millenbutter, le sac de billes et la baguette de seringat n'étaient pas dans le panier de Cora. A la place, elle transportait un poulet frit, des galettes de pommes de terre, un grand pot de soupe d'orge, des betteraves au vinaigre, une miche de pain blanc et une tourte aux noix de pécan.

Elle avait trouvé le poulet le matin même, plumé et vidé, sur le seuil de la porte de la cuisine. Il était enveloppé d'un torchon blanc et entouré d'une guirlande d'herbes sèches avec ce billet :

Un soupirant qui a faim de vos baisers,
Un soupirant qui a faim de vos charmes,
Un soupirant qui a faim... de poulet frit,
Vous attend à la ferme Pratt.

Cora sourit en traversant la voie de chemin de fer et s'engagea dans le quartier de Low Town à son allure habituelle. Mais avant d'entamer la rude montée, elle s'arrêta, regarda dans toutes les directions, puis, virant brusquement, elle franchit l'entrée envahie de plantes de la vieille porcherie de Moïse Pratt.

C'était le troisième jour qu'elle retrouvait Jed Sparrow en secret. Après chaque rendez-vous, elle s'était juré de ne jamais le revoir. Le beau et gentil jeune homme devenait trop important pour elle ; elle aurait dû mettre un terme à leur relation. C'était ce qu'elle *aurait dû* faire. Mais de plus en plus, elle se surprenait à faire plutôt ce qu'elle avait *envie* de faire.

Après que le révérend Bruder eut quitté sa cour, ils étaient restés un moment immobiles.

– C'était moins une, avait murmuré Jed.

– Oh, Jed, si le pasteur vous avait découvert, je ne me le serais jamais pardonné.

– M'avait découvert ? Je vous l'ai dit le premier jour, madame Briggs. Un scandale n'a jamais fait de mal à la réputation d'un homme.

– Mais cela aurait peiné votre mère.

– Ma mère ?

– En fait, c'est pour ça que je vous ai autorisé à me rendre visite au début. Je voulais qu'elle le sache. Je voulais que toute la ville le sache. Je voulais la blesser comme elle m'a blessée.

Jed était demeuré un moment silencieux.

– Il semble que depuis vous avez changé d'avis, avait-il dit en regardant vers la véranda vide.

C'était presque une question.

– Je ne pensais pas vous aimer autant, avait-elle murmuré.

Non, elle n'avait pas pensé que les choses tourneraient ainsi. Elle ne l'avait pas voulu. Mais à présent, comme elle roulait sur le sentier sinueux qui contournait le champ s'étendant devant la ferme, elle songea qu'il était trop tard pour revenir en arrière.

– Bonjour !

Elle tourna la tête pour découvrir Jed assis sur une vieille moissonneuse légèrement rouillée, au bout du champ. Ils échangèrent un signe de la main. Arrêtant sa bicyclette, Cora l'appuya contre un arbre près de la clôture.

Jed dirigea lentement son attelage vers la jeune femme. Ses cheveux blonds miroitaient au soleil et sa chemise déjà trempée de sueur collait aux muscles de sa poitrine. Il devait travailler sans relâche. Bien qu'il eût préféré arrêter les chevaux et s'occuper d'elle.

Les mouvements de Jed étaient lents et précis. Jamais Cora ne l'avait vu aussi sûr de lui.

– Hooo ! cria-t-il à l'attelage, devant la clôture.

Puis il libéra les chevaux et les laissa brouter, avec leurs harnais, dans les hautes herbes bordant la clôture.

– Bonjour, madame Briggs, dit-il en s'approchant enfin. Beau temps pour une promenade à bicyclette.

– Oui, en effet, rétorqua-t-elle avec un joyeux sourire. Quelle belle journée !

Jed avait enlevé son chapeau et se tenait en face d'elle, de l'autre côté de la clôture.

– Mais pas aussi belle que vous, madame.

Elle éclata de rire. Passant un bras autour de sa

taille, Jed l'attira vers la clôture pour déposer un baiser sur ses lèvres.

– Vous m'avez manqué, murmura-t-il.

– Mais vous m'avez vue hier !

– Ça semble une éternité. Quand vous partez, c'est comme si vous m'enleviez le soleil.

Cora s'écarta et sourit.

– Vous devenez un vrai poète, Jed, dit-elle d'un ton qui se voulait léger.

– Une femme comme vous transformerait n'importe quel homme en poète.

Jed sauta la clôture et lui prit le bras.

– Vous m'avez vraiment manqué, madame Briggs, poursuivit-il comme ils se dirigeaient tranquillement vers la ferme. Quand je ne suis pas avec vous, je pense à vous.

Elle éprouvait la même chose, mais était bien trop prudente pour le dire.

Troublé par ce silence, il passa nerveusement la main dans sa chevelure.

– Il faut que je me fasse couper les cheveux, dit-il.

Cora caressa les boucles blondes qui lui tombaient sur la nuque.

– Oh, ne les coupez pas encore, Jed. Vos cheveux sont superbes.

– Ce qu'il en reste.

Reculant d'un pas, Cora examina la chevelure du jeune homme.

– Ça vous empêche d'avoir l'air d'un gamin.

– Quoi ?

– Les cheveux que vous avez perdus. Vous avez des traits si fins qu'avec une chevelure abondante vous seriez trop joli.

– Vous êtes gentille.

– Non, répondit Cora, le regardant droit dans les

yeux. Je suis juste honnête. Je les aime comme ils sont.

Jed la considéra, incrédule.

– Mlle Maimie prétend que Luther a les cheveux les plus épais qu'elle ait jamais vus.

Cora en resta un instant muette de surprise.

– Oui, dit-elle enfin. Sans doute. Luther Briggs est un très bel homme.

Ils marchèrent un moment en silence.

– Vous êtes jaloux de Luther ? demanda-t-elle.

Il n'hésita que quelques secondes.

– Oui, madame Briggs, je crois.

– Parce qu'il a beaucoup de cheveux ?

– Parce qu'il a été votre mari.

Il n'y avait rien à répondre à cela. Après une hésitation, elle retira la main du creux de son coude et passa son bras autour de sa taille. Il fit de même, et ainsi enlacés, ils gravirent la légère pente qui menait à la maison, à son étable et à ses dépendances.

– Vous aimez cette ferme, non ? questionna-t-elle.

Heureux de cette diversion, Jed hocha affirmativement la tête.

– Oui, je l'aime. Quand j'étais enfant et que grand-père Pratt vivait encore, je m'échappais deux fois par semaine pour aller l'aider.

– Qu'en pensaient vos parents ?

– Mon père n'a jamais rien dit, il se contentait de venir me chercher. Mais maman était toujours furieuse. Elle me disait que je décevais beaucoup papa.

– Elle ne voulait pas que vous soyez cultivateur ?

– Elle ne voulait pas que je prenne la suite de grand-père Pratt ! Elle disait que grand-père Pratt était plus paresseux qu'une couleuvre.

Il fit une grimace qui le fit ressembler à Amélie Sparrow de façon frappante.

– Avait-elle raison ? demanda Cora en réprimant un sourire.

Jed réfléchit à la question.

– Il est vrai que grand-père Pratt n'avait pas une grande ambition. Il élevait quelques poulets et quelques cochons, juste de quoi se nourrir. Tout le terrain jusqu'à la rivière nous appartient, dit-il, enveloppant d'un geste la campagne environnante. Y compris cette jolie butte que vous aimez tant. Mais année après année, grand-père a presque tout laissé en friche.

– Qu'en feriez-vous, Jed ?

Il la regarda avec curiosité.

– Vous voulez dire, si j'avais vraiment le temps de m'en occuper ?

Elle acquiesça de la tête.

– Eh bien, je crois que je ferais pousser du blé. Les gens d'ici ne jurent que par le maïs, mais j'estime que le blé est mieux adapté à cette région. Et c'est l'avenir. Mais j'ai aussi d'autres idées.

– Par exemple ?

– La floriculture, répondit-il sans la regarder.

– Qu'est-ce que c'est ?

– La culture des fleurs.

– La culture des fleurs ? répéta-t-elle, ouvrant de grands yeux. Ça peut se faire ?

– Vous voulez savoir si *je* peux le faire, ou si c'est faisable ?

– Je demande si c'est faisable, bien sûr.

– Ça a déjà été fait dans des climats plus chauds. Ça peut rapporter huit mille dollars l'hectare.

– Autant !

– Bien entendu, il faut commencer par étudier le marché. Mais je pense que ce serait rentable.

– Des champs de fleurs ! Quelle merveilleuse idée ! s'exclama Cora, embrassant d'un regard émerveillé les champs en friche.

Encouragé par son enthousiasme, Jed se laissa aller à confesser ses rêves les plus fous.

– Là, dit-il, montrant une crête rocheuse près de la grange, je pourrais construire une serre. Les fleurs y pousseraient tout l'hiver. Et quelque part de ce côté (il montra les bois), j'installerais un séchoir.

– Un séchoir ?

– Comme pour le tabac. Je pourrais utiliser un hangar dans ce genre pour sécher mon excédent de récolte et le vendre par correspondance.

S'arrêtant de marcher, Cora se tourna vers lui.

– Pourquoi ne le faites-vous pas, puisque vous en avez envie ?

Jed la prit par la main, l'invitant à reprendre sa marche.

– Ça demanderait de l'argent, dit-il. Et du temps, plus que je n'en ai en ce moment.

– Mais vous allez le faire, n'est-ce pas ?

Cora paraissait tellement convaincue que Jed éclata de rire.

– Oui, madame Briggs. Je vais le faire.

Il plongea son regard dans le sien et ils restèrent ainsi de longues secondes, pendant lesquelles le monde alentour sembla disparaître. Cora fut la première à détourner les yeux, et Jed s'empressa de sourire avec enjouement.

– Je meurs de faim ! s'exclama-t-il en se penchant sur le panier. Que m'avez-vous apporté, madame Briggs ?

– Du poulet frit, comme le suggérait votre poème.

Ils avaient atteint la clôture de la basse-cour. S'y appuyant, Jed attira Cora dans ses bras et effleura sa bouche d'un baiser.

Depuis le jour où il était tombé de l'arbre, il n'avait pas raté une occasion d'embrasser Cora. Mais il n'avait jamais demandé plus. Durant ses nuits agitées, il rêvait de caresser ses seins ou de soulever ses jupes pour suivre la courbe de ses hanches, mais il s'était contenté d'en rêver. Et s'il était honnête envers lui-même, il devait s'avouer que ce n'était pas uniquement par crainte d'être repoussé.

Il comprenait maintenant pourquoi les hommes voulaient épouser des vierges : celles-ci étaient trop ignorantes pour remarquer la maladresse d'un homme. Mais il craignait la réaction de Mme Briggs devant son manque d'expérience.

Pour sa part, Cora mettait la réserve de Jed sur le compte de la prévenance. Avant de rencontrer Luther, elle n'avait jamais embrassé un homme. Et Luther ne l'embrassait qu'avant de l'entraîner au lit. Cora avait probablement plus embrassé Jed Sparrow, pendant ces quatre derniers jours, que Luther pendant toute leur année de mariage.

Jed était tour à tour tendre et passionné. Ses lèvres avaient exploré chaque parcelle de son visage et de son cou, et même de ses mains, mais jamais il ne l'effarouchait. La veille, ils étaient restés enlacés dans le foin. A parler, parler et s'embrasser.

– Madame Briggs, avait-il murmuré soudain. J'ai... entendu parler d'un baiser où l'homme met sa langue dans la bouche de la femme.

– Oui, avait répondu Cora, toute rougissante. Il y a un baiser comme ça.

Luther ne cessait de lui fourrer sa langue dans la gorge, à lui donner des haut-le-cœur. Ça n'avait pas grand-chose à voir avec un baiser.

– Je n'aime pas ce genre de baiser, avait dit un peu trop vivement Cora.

– Très bien, avait répondu Jed, lui effleurant amoureusement la bouche.

– Vous êtes déçu ?

Il s'était écarté pour la regarder.

– Venant de vous, rien ne peut me décevoir. Si vous n'aimez pas ce genre de baiser, oublions-le. C'est tout simple.

– Mais vous n'êtes pas déçu ? Vous êtes ici seul avec une femme dont la réputation est ruinée et qui fait la difficile. Ce n'est pas juste.

– Vous avoir près de moi dépasse tout ce que je pourrais espérer.

C'était vrai, Cora le savait. Et d'une certaine façon, elle l'aurait souhaité moins honnête. Pourquoi ne se montrait-il pas plus entreprenant ? Elle se serait sentie moins coupable. Ou aurait eu une bonne raison de mettre un terme à toute cette affaire.

– Très bien, avait dit Cora, levant bravement le menton. Si vous voulez m'embrasser avec votre langue, allez-y.

– Non, madame Briggs. Si vous n'aimez pas ça, pourquoi le voudrais-je ?

– Parce que vous ne l'avez jamais fait. Vous êtes censé jeter votre gourme. Ça fait partie de l'opération.

– Non, madame Briggs. Je vous trouve extrêmement séduisante et j'adore être avec vous. Mais je n'attends rien.

– Peut-être devriez-vous attendre quelque chose ? Venez, avait-elle ordonné, l'attirant à elle et lui couvrant la bouche de la sienne.

Il avait alors senti le bout de sa langue sur ses dents. Il les avait desserrées et elle s'était glissée à l'intérieur de sa bouche, faisant voleter sa langue comme un papillon pris dans un bocal.

Suffoqué par le désir, il s'était légèrement reculé.

– J'aime ! avait-il murmuré.

Entraînée par l'enthousiasme de Jed, Cora n'avait pu s'empêcher de rire...

Après seulement un jour de pratique, ils s'embrassaient désormais de cette façon. Et Cora y prenait du plaisir. Jed mêlait l'ardeur et la douceur, et il savait faire preuve de beaucoup d'attentions.

– Venez, reprit-il soudain. Je veux que vous voyiez la maison. J'ai commencé à la retaper.

Ils s'avancèrent d'un même pas en balançant leurs mains jointes, comme deux enfants. La demeure se dressait légèrement à l'écart de l'étable. Ancienne construction de rondins, elle était plus haute que large, ce qui lui donnait un aspect étrange.

Elle était bâtie sur des fondations de pierre, dont la plus grande partie s'était, avec les années, enfoncée dans le sol. Il restait toutefois une grande plaque de grès qui servait de seuil.

– C'est encore assez sale, l'avertit Jed, l'invitant à entrer. J'ai utilisé la maison, une ou deux fois, comme grange de secours.

Cora regarda autour d'elle, incapable de cacher son émerveillement.

– Oh, Jed, c'est magnifique !

Le rez-de-chaussée ne comportait qu'une pièce, où trônait une immense cheminée en pierre et en torchis. Le parquet de pin craquait sous leurs pieds. De grandes fenêtres s'ouvraient dans chaque mur. Cora débloqua une des fermetures en fer forgé. Lorsqu'elle ouvrit les volets, la pièce fut inondée de lumière.

– C'est merveilleux, dit-elle, contemplant le champ d'avoine dont les faisceaux dorés étaient alignés tels des gardes à la porte d'un palais.

– On dirait que grand-père Pratt a voulu faire entrer le paysage à l'intérieur, observa-t-il. Des fenêtes du haut, on a une vue sur la rivière.

– Oh, allons voir !

Conduisant Cora jusqu'à l'étroit escalier, Jed la mit en garde contre l'inégalité des vieilles marches de bois.

L'étage était divisé en deux pièces. Cora se précipita vers la fenêtre la plus proche et l'ouvrit. Au loin, la rivière Cimarron déroulait ses méandres en direction de la ville.

– Voilà votre maison, dit-il en montrant un point au loin.

– C'est vrai ! J'ai toujours pensé être complètement hors de vue. De cette pièce, vous pouviez observer chacun de mes mouvements !

– Je sais.

Cora se tourna vers lui, les yeux écarquillés.

– Jed Sparrow ! s'exclama-t-elle avant d'éclater de rire.

Jed lui montra ensuite le reste de la maison, lui faisant remarquer la menuiserie et les fenêtres à rainures et à languettes.

– A dire vrai, grand-mère Pratt était une femme très difficile à contenter. Elle se trouvait trop bien pour ce rude pays. Grand-père a passé le plus clair de son temps à essayer de construire une maison conforme aux exigences de sa femme.

– En tout cas, il a fait un magnifique travail. Y a-t-elle été sensible ?

– Elle est morte l'année de leur installation. C'est pourquoi grand-père ne s'est jamais soucié d'y apporter des améliorations.

Tandis qu'ils redescendaient, Jed semblait pensif.

– Même après s'être remarié, grand-père parlait presque tous les jours d'elle. Je crois que sa mort lui a enlevé le goût de vivre.

Cora songea à ses propres parents avec un serrement de cœur. Elle aurait tellement aimé avoir davantage de bons souvenirs d'eux.

– Voulez-vous que nous prenions notre pique-nique ici ? proposa-t-elle pour chasser l'atmosphère mélancolique qui les enveloppait.

Jed accepta d'un sourire.

– Souhaitez-vous que je fasse un petit feu ?

– Il ne fait pas si froid que ça.

– C'est vrai, mais si je fais du feu, nous pourrons ouvrir toutes les fenêtres et faire entrer le paysage.

12

La brise automnale pénétrait par les fenêtres ouvertes de la ferme Pratt. Jed et Cora étaient assis sur la nappe devant le feu crépitant.

– Vous êtes sûre que vous ne voulez pas de ce poulet ? demanda Jed.

Cora secoua la tête.

– Mme Millenbutter est convaincue que la viande nuit à la plénitude spirituelle.

Jed leva un sourcil.

– Pourquoi pense-t-elle cela ?

– Le corps et l'âme sont étroitement unis. Ce sont deux parties d'un tout.

Cora prit du pain et le rompit :

– Regardez ces deux morceaux. Ils ont à peu près la même taille, mais les bords sont irréguliers, n'est-ce pas ?

Jed acquiesça.

– A l'image du corps et de l'âme. Si l'un empiète sur l'autre, ce dernier est lésé.

Jed prit le plus petit des morceaux et se le fourra dans la bouche.

– Ainsi, reprit Cora, si vous êtes en mauvaise santé physique, l'esprit prend le dessus. Et si vous êtes en mauvaise santé spirituelle, le corps prend plus d'importance qu'il ne faudrait.

– On ne doit donc pécher ni d'un côté ni de l'autre.

– Equilibre, expliqua Cora. L'équilibre est la clé de tout. C'est pourquoi je fais des exercices avec la baguette. J'essaie d'améliorer mon équilibre, de manière à en faire bénéficier toute ma vie.

– Ne manger que des légumes ne me paraît pas très équilibré.

– La nourriture ne concerne pas exactement l'équilibre. Elle concerne la santé. Mme Millenbutter trouve la viande difficile à digérer.

Jed hocha la tête et arracha un morceau de poulet.

– Mme Millenbutter doit avoir des problèmes de vésicule biliaire, dit-il.

Cora le dévisagea, atterrée.

Comme Jed lui brandissait un morceau de poulet devant les yeux, elle se mit à glousser.

– Madame Briggs, dit-il sur un ton d'hypnotiseur, vous désirez du poulet, vous en mangerez. Et cela ne détruira pas votre équilibre, parce que vous n'avez pas de problème de vésicule biliaire.

Le poulet allait et venait devant ses yeux comme un métronome.

– Vous rêverez de poulet frit. Vous serez insatisfaite tant que vous n'en aurez pas mangé.

Cora riait à perdre haleine, mais ses suggestions hypnotiques semblaient marcher. Ce poulet lui parut soudain délicieux, et elle n'en avait pas mangé depuis si longtemps...

– D'accord, fit-elle. Je veux le goûter !

– Très bien ! répondit Jed avec son rire malicieux.

Il fourra une extrémité du morceau de poulet dans sa bouche et, avançant le menton, il lui en offrit l'autre extrémité.

– Venez le chercher, la taquina-t-il.

Cora secoua la tête, feignant d'être agacée.

– Honte à vous, monsieur Sparrow. Vous commencez par me tenter avec du poulet et puis vous y ajoutez des baisers !

Il sourit, le morceau de poulet toujours entre ses dents.

Cora émit un petit soupir désapprobateur. Puis elle jeta les bras autour du cou de Jed, manquant le renverser, et détacha sa moitié de poulet.

S'écartant immédiatement, elle se mit à mâcher. Abasourdi par la rapidité de Cora, Jed décida de pousser son avantage.

– Que diriez-vous de betteraves au vinaigre ? demanda-t-il après avoir avalé son morceau.

Cora éclata de rire.

– Non, je ne joue plus à ce jeu.

– Alors peut-être me laisserez-vous vous donner la becquée ?

Il ouvrit le bocal avec précaution, pour ne pas tacher la robe de Cora avec le jus pourpre. Il pêcha une betterave avec sa cuillère et l'offrit à la jeune femme.

– C'est trop gros, vous devriez la couper en deux.

Jed porta la cuillère à sa bouche, en mordit un bon morceau et présenta le reste à Cora.

Celle-ci ouvrit la bouche et Jed y glissa la cuillère. Lorsqu'il la retira, la cuillère était propre et brillante. Mais une trace rouge colorait les lèvres de Cora.

– C'est bon ? demanda-t-il.

La jeune femme lui adressa un sourire malicieux.

– La meilleure betterave au vinaigre que j'aie jamais mangée de ma vie.

Jed lui en donna une autre et la regarda passer sa jolie langue rose, légèrement teintée de pourpre, sur sa lèvre supérieure.

– A votre tour, dit-il, lui tendant la cuillère.

Elle lui offrit deux bouchées, en pouffant, puis il lui reprit la cuillère.

– Ma chère madame Briggs, commença-t-il avec lyrisme, un homme pourrait écrire un poème sur vos dents blanches comme des perles mordant délicatement dans un légume rouge.

Cora faillit s'étrangler de rire et un morceau de betterave tomba de sa bouche sur son chemisier de batiste blanche. La betterave laissa une traînée pourpre de la base de son cou à la pointe de son sein droit.

– Oh ! s'exclama-t-elle, cherchant un torchon.

– Je m'en occupe, dit Jed.

A sa surprise, elle vit le jeune homme se pencher et enlever la coulure avec sa langue et ses dents.

Le contact avait été si léger, si délicat, que Cora l'avait à peine senti. Mais quand elle croisa son regard, ses seins se durcirent et sa gorge se dessécha.

– Jed, je...

L'expression du jeune homme était douce, mais grave. Il plongea un coin de sa serviette dans son verre d'eau et l'approcha du corsage souillé.

– Je vais nettoyer ça, madame Briggs, murmura-t-il. C'est ma faute.

– Jed...

Il avait les yeux fixés sur l'auréole mouillée. Baissant à son tour les yeux, Cora regarda ses longs doigts frotter délicatement la tache.

– Je crois que ça va, chuchota-t-il enfin en retirant la serviette qu'il mit de côté.

Il regarda fixement Cora. La jeune femme tremblait.

Jed posa la main sur la poitrine de Cora.

– Vous êtes si douce, dit-il tout bas.

Elle posa la main sur la sienne. Sentant le mamelon durcir contre sa paume, Jed lui pressa tendrement le sein.

– Si douce, répéta-t-il.

Cora était incapable de penser. Elle ne pouvait que sentir. Et elle sentait la chaleur de la main de Jed. Elle avait envie de retirer ses vêtements pour sentir sa nudité contre la sienne, mais en même temps, elle frémissait d'angoisse.

Allait-il la coucher sur un sol malpropre, dans une maison abandonnée ?

– Jed... supplia-t-elle, la voix tremblante.

Percevant sa peur, il l'entoura de ses bras et, après une dernière caresse, il l'attira sur ses genoux pour la bercer comme un bébé.

– Ne craignez rien, mon amour, chuchota-t-il. Jamais je ne demanderai plus que vous ne voulez donner.

Bien que rassurée par la force de ses bras et la tendresse de ses paroles, Cora sentait croître le désir de Jed. Oh, comme elle le désirait, elle aussi...

– Laissez-moi me lever, dit-elle, retrouvant ses esprits.

Elle s'assit de nouveau face à lui et prit du pain sur la nappe. Elle en rompit un morceau, le mit dans sa bouche et le mâcha avec application. Il avait un goût de sciure.

Un lourd silence s'installa entre eux.

– Pardonnez-moi, madame Briggs, dit enfin Jed. J'ai agi sous le coup d'une impulsion et je regrette de vous avoir effrayée.

– Vous n'avez pas dépassé les bornes, Jed, répondit Cora, l'air digne. Le fait que j'accepte de vous retrouver en secret pouvait vous laisser croire à ma disponibilité. Qui est réelle.

Jed déglutit nerveusement.

– Que voulez-vous dire ?

– J'ai l'intention de vous autoriser à coucher avec moi.

Abasourdi, Jed chercha une réponse appropriée.

– Merci, murmura-t-il simplement.

Cora attendit. S'étant exprimée clairement, elle était sûre que Jed avait compris. Pourtant, il resta assis en face d'elle sans essayer de la toucher. Il ne la regardait même pas.

A sa stupéfaction, elle le vit se lever et aller tisonner le feu.

– Jed ?

Il se tourna vers elle. Il avait un regard si intense qu'elle en eut le souffle coupé.

– Vous vous rappelez que je vous ai promis une histoire d'amour, madame Briggs ?

Il embrassa la pièce crasseuse d'un geste vague.

– Cela n'a rien de romantique.

Cora le regarda, étrangement émue. Il n'était ni grossier ni exigeant. Il était aussi effrayé qu'elle de ses sentiments. Il lui laissait le temps. Il s'en laissait à lui-même, et elle lui en était reconnaissante.

– C'est pourtant une magnifique vieille maison, dit-elle.

– Oui, acquiesça-t-il en souriant. C'est vrai.

Soulagés, ils se mirent à ranger les affaires du pique-nique. Et ne tardèrent pas à revenir à des sujets plus anodins. Cora l'interrogea sur la moisson, et il s'étendit sur la quantité d'avoine qu'il espérait obtenir.

– Je vais vous laisser travailler, dit-elle enfin. Bien que je n'aie aucune envie de partir. C'est un endroit merveilleux. Ici, on a l'impression que le temps s'est arrêté.

– J'ai toujours aimé cet endroit. Tous mes rêves d'avenir ont tourné autour de cette maison.

Ils sortirent.

– Qu'imaginiez-vous ? demanda-t-elle.

– Oh, je pensais faire des aménagements et ajouter une large véranda sur deux côtés.

Ils se retournèrent et elle suivit son geste du regard.

– J'aurais installé aussi une cuisine moderne à l'arrière. Ça aurait amélioré les proportions de la maison.

Cora approuva d'un hochement de tête.

– J'imaginais y fonder une famille, poursuivit-il, avec une ribambelle d'enfants.

– Vous aimez les enfants ?

– Etant fils unique, j'ai toujours rêvé d'une grande famille.

Cora parut triste. Ce souhait n'avait rien d'extravagant, et pour lui tout était possible.

– C'est réalisable, si vous le voulez vraiment.

Jed hocha la tête. Lentement, main dans la main, ils descendirent le sentier.

– J'essaie de donner de plus en plus de responsabilités à Haywood. Je souhaiterais qu'il me rachète l'affaire, mais maman en aurait une attaque.

– Et s'il la rachetait, vous viendriez vivre ici et cultiveriez des fleurs ?

– Plus tard. D'abord de l'avoine et du blé, ensuite des hectares de fleurs.

– Alors, vous devriez le faire, déclara Cora.

– Je le ferai. Mais il est inutile de se presser. J'ai le temps.

– Le temps pour quoi ?

– C'est que la femme que je songe à épouser est encore jeune. Il faudra attendre six ou huit ans avant que nous puissions nous marier.

Cora sentit comme un étau glacial étreindre son cœur. Mais elle conserva une voix légère.

– Vous êtes fiancés ? demanda-t-elle.

– Oh non ! Je n'ai pas fait la moindre déclaration. J'ai juste choisi la fille que j'estime me convenir le mieux.

– Cette jeune personne est-elle au courant de votre attachement ?

– J'en doute, s'esclaffa Jed. Elle me traite comme un grand frère.

Cora tremblait, mais n'aurait su dire si c'était de colère ou de jalousie.

– Qui est-ce ? demanda-t-elle enfin.

– Tulsa May Bruder.

Abasourdie, Cora s'arrêta et dévisagea Jed.

– La fille du révérend Bruder ?

– Je sais ce que vous pensez. Elle est laide et parfois bizarre. Mais je crois qu'elle changera.

– Ce n'est pas du tout ce que je pensais, protesta Cora.

– Elle est bonne et gentille. Je crois la comprendre, parce que sa mère est presque aussi déçue d'elle que la mienne de moi. (Il eut un petit rire désabusé.) Tulsa May est travailleuse et gaie. Je pense qu'elle fera une épouse loyale.

Brusquement, Cora se dirigea vers sa bicyclette appuyée à l'arbre.

– Qu'y a-t-il ? s'étonna Jed, prenant soudain conscience de la colère de Cora.

– Absolument rien.

Il posa la main sur son poignet pour la retenir.

– Vous êtes en colère à cause de Tulsa May ? Je jure, Cora, qu'il n'y a jamais eu le moindre secret entre nous. C'est encore une petite fille. Vous ne croyez tout de même pas que je... que je vous rendrais visite si je courtisais quelqu'un d'autre ? Il n'y a pas lieu d'être jalouse.

– Je ne suis pas jalouse, Jed Sparrow, lança Cora, s'arrachant à son emprise. Je suis furieuse !

– Mais...

– Bonne ? Travailleuse ? Loyale ? Comment osez-vous choisir une femme pour ces qualités ! Juste Ciel, que se passe-t-il donc avec les hommes de ce monde ! Et l'amour, Jed ? Un mariage ne devrait-il pas être fondé sur l'amour ?

D'abord troublé, Jed se radoucit.

– Madame Briggs, dit-il, je n'ai pas l'intention d'aimer plus d'une femme dans cette vie. Et mon cœur est déjà pris... par vous.

Amélie Sparrow entra chez elle par la porte principale et d'un geste las accrocha son manteau à une patère. Lentement, elle se dirigea vers la cuisine, où se trouvait une bassine de lessive. Elle retira son tablier et l'y laissa tomber. S'approchant du fourneau, elle remplit une cuvette d'eau chaude et se lava le visage et les mains. Elle aurait voulu prendre un bain, mais il lui faudrait se reposer avant d'avoir la force de tirer et de chauffer l'eau nécessaire.

Sortant un linge de coton propre du placard, elle le trempa dans l'eau chaude et l'appliqua sur sa mâchoire douloureuse. Elle avait terriblement mal. Tout le visage en feu. Heureusement, elle était immunisée contre la diphtérie puisqu'elle l'avait attrapée étant petite.

Soudain, un pas résonna derrière elle, et elle se retourna pour voir Haywood s'encadrer dans la porte.

– Je vous ai entendue entrer, dit-il. Vous avez l'air épuisée, Mellie.

Se passant les doigts dans les cheveux, Amélie lui adressa un regard méprisant.

– Merci.

Haywood s'excusa d'un haussement d'épaules.

– Vous avez passé la nuit dans le Low Town ?

Amélie inclina la tête en signe d'acquiescement.

– Ce n'est pas votre genre, dit-il. Soigner les malades.

– Comment faire autrement ? rétorqua-t-elle, glaciale. Beulah Bowman, Grace Panek et moi sommes à peu près les seules femmes disponibles de la ville à avoir déjà eu la maladie. Il faut bien que quelqu'un s'occupe de ces gens.

– Je vous félicite, Mellie. Durant toutes ces années, j'ai cru qu'il n'y avait pas une étincelle de charité dans votre âme.

Amélie lui jeta le linge mouillé en pleine figure. Haywood le retira en souriant.

– Oh, vous n'êtes pas aussi fatiguée que cela, se moqua-t-il.

Elle le fusilla du regard.

– Donnez-moi ce linge. J'ai affreusement mal à la dent.

– Laissez-moi jeter un coup d'œil, dit Haywood en s'approchant.

– Non.

Mais Haywood était tout près d'elle. Lui abaissant le menton, il examina les profondeurs de sa bouche.

– Oh, Mellie, c'est pas joli. Je comprends que ça fasse un mal de tous les diables.

– Ça va aller mieux, l'assura-t-elle, s'écartant de lui. Un linge chaud calmera la douleur.

– Vous avez de la gaze ?

– Dans le placard à provisions, répondit-elle sans réfléchir.

Haywood ouvrit la porte et trouva rapidement ce qu'il cherchait. Décrochant les ciseaux, il coupa un carré de dix centimètres de côté.

– Où mettez-vous votre thé ?

Amélie le regarda, étonnée.

– Mais... dans la boîte, répondit-elle, montrant une série de boîtes peintes sur l'étagère. Que voulez-vous faire ?

– Un cataplasme pour votre dent.

– Ça va me soulager ? demanda-t-elle, soudain intéressée.

– Dès demain, vous vous sentirez beaucoup mieux. Je vous le garantis.

Il mit une grosse cuillère de bon thé indien au milieu de la gaze puis la plia en quatre.

– Deux points pour tenir l'ensemble et c'est prêt, dit-il. Descendons à l'atelier.

Amélie le suivit. Il enfila du fil stérile dans une aiguille lavée au phénol et fit quelques points, de façon à obtenir un petit carré bien net.

– Allongez-vous sur la table, ordonna-t-il.

– Comment ?

– Allongez-vous ici, répéta-t-il.

Amélie s'assit à contrecœur sur la table. Elle disposa ses jupes avec soin puis s'étendit bravement.

– Parfait, dit-il, choisissant quelques outils dans l'armoire.

– Ce n'est pas très confortable, se plaignit-elle.

– Ce ne sera pas long.

Sur le coffret d'embaumement, à côté de la table, il plaça une cuvette en porcelaine contenant le cataplasme, un morceau de pin poli de deux centimètres de large sur quinze de long, et une paire de pinces.

– Très bien, Mellie. Ouvrez grande votre bouche.

Il plaça une main sous la tête d'Amélie qui ouvrit docilement la bouche. Sa dent était si douloureuse qu'elle redoutait même le contact du cataplasme, mais tout plutôt que ces élancements. C'est en tout cas ce qu'elle pensait avant de voir les pinces briller dans la main d'Haywood.

– Quoi ! s'écria-t-elle, cherchant à se lever. Vous avez dit que vous mettriez un cataplasme.

– C'est ce que je vais faire. Dès que j'aurai enlevé cette dent pourrie.

Amélie se démena pour s'asseoir, mais il n'eut aucun mal à l'immobiliser.

– Laissez-moi me lever !

– Allons, Mellie ! Si vous voulez vous sentir mieux, il faut arracher cette dent. Je suis plus fort que vous et vous n'aurez pas le dessus.

– Je ne me laisserai pas faire ! s'exclama-t-elle, ivre de rage.

A la surprise d'Haywood, elle se révéla un adversaire de taille ; elle se débattit si bien qu'il dut s'allonger sur elle de toute sa longueur et lui bloquer les bras et les jambes.

– Enlevez-vous ! hurla-t-elle.

Elle remuait violemment la tête et lui mordait la main, mais il réussit à glisser les pinces autour de la dent malade.

Lorsqu'elle sentit le métal sur sa dent, Amélie se tint tranquille. Ses yeux s'emplirent de larmes, mais Haywood continua comme si de rien n'était.

Gémissant de peur, Amélie sentait le métal froid qui lui arrachait, semblait-il, la moitié de la bouche. Une douleur violente, comme un coup de couteau, lui traversa la mâchoire et la gorge. Un bourdonnement sinistre à l'intérieur de son crâne l'avertit qu'elle allait s'évanouir, mais elle lutta pour ne pas sombrer dans l'inconscience.

– Respirez profondément, Mellie, chuchota-t-il. C'est presque fini.

Elle l'entendit pousser un soupir au-dessus d'elle,

puis perçut le tintement d'un morceau d'émail sur la porcelaine.

La douleur était toujours violente, mais n'était plus concentrée sur une seule dent ; elle s'étendait à la bouche, à la tête, à tout le corps.

– Bonne fille, murmura Haywood, mais elle l'entendit à peine.

Comme le sang jaillissait, il posa les pinces et bourra le trou avec le cataplasme de thé. Puis il plaça le morceau de pin dans sa bouche.

– Mordez, ordonna-t-il.

Elle obéit.

Reculant légèrement le long de la table, il tira Amélie jusqu'à ce que sa tête reposât sur le bois.

– C'était donc si méchant ? demanda-t-il.

Son regard courroucé disait « oui », mais avec le morceau de bois dans la bouche, elle ne put que marmonner des sons incompréhensibles.

– Désolé de vous avoir menti, Mellie. Mais c'était la seule chose à faire, je vous le jure. Avec une dent comme ça, vous risquiez de tomber gravement malade et de vous retrouver rapidement six pieds sous terre.

A voir Amélie, il était clair qu'elle n'était pas le moins du monde reconnaissante.

Haywood s'installa plus confortablement sur elle.

– Ça, c'est quelque chose, s'amusa-t-il. J'ai tellement rêvé de pouvoir un jour vous fermer le clapet. Et j'ai tellement rêvé du moment où je m'allongerais sur vous...

Outrée, Amélie essaya de nouveau de se libérer.

Il eut un petit rire et changea de position.

– Inutile de défendre votre honneur, Mellie. Je vous laisse. Après le travail de la nuit et le sang que vous avez perdu, vous devriez passer l'après-midi au lit.

Comme Haywood s'apprêtait à se lever, Amélie remonta brusquement un genou, mais il l'intercepta à temps.

– Ne me châtrez pas, Mellie. Nous pourrions, l'un comme l'autre, le regretter...

13

– Changer le nom de la ville, c'est une bonne idée. Mais ne pourrait-on pas trouver quelque chose de mieux que Briggston ?

– Tulsa May, je te prie de ne pas interrompre les grandes personnes ! lança Constance Bruder d'un ton sévère.

Les autres adultes qui se trouvaient à l'entrée du magasin de chaussures d'Osgold Panek ne faisaient pas le moins du monde attention à elle.

Bien que l'après-midi fût encore frais, Osgold avait sorti son établi pour profiter du soleil. Tous étaient emmitouflés dans des manteaux, à l'exception d'Osgold, assis en manches de chemise, à découper tranquillement, sans modèles ni patrons, des douzaines de semelles de cuir.

Tulsa May se pencha sur l'établi et le regarda travailler, alors que sa mère était assise avec Mme Panek et Nora Dix sur le long banc de bois appuyé à la façade de la maison.

– Tout ce qui apportera un surcroît de travail à la ville sera le bienvenu, disait Grace Panek. Nous ne sommes plus tout jeunes. Si nous avions plus de travail, Osgold pourrait prendre un apprenti. Sa vue baisse, ajouta-t-elle à mi-voix.

– Mais j'entends parfaitement bien, intervint Osgold d'un ton sec sans lever le nez de ses semelles.

Les trois femmes échangèrent des regards agacés.

– Quand nous serons chef-lieu de comté, poursuivit Nora, nous pourrons ouvrir un théâtre ou aménager un parc avec un kiosque à musique. Cela manque terriblement à la ville.

Constance approuva d'un hochement de tête.

– Exactement. Une vraie communauté a besoin d'un kiosque. Une vraie communauté a besoin d'un parc !

– Mlle Maimie pourrait peut-être faire don d'une partie de son jardin, suggéra Grace. Toute la rue Luther est bordée de lots vacants ; il serait logique de créer un square près du centre-ville.

– Si la ville porte son nom, elle pourra très bien le faire, dit Nora.

Constance sourit, songeuse.

– Un nouveau nom pour la ville sera synonyme de progrès, et le progrès profitera à tous.

Levant le nez de son travail, Osgold sourit à Tulsa May avant de s'adresser à sa mère.

– Je crois beaucoup au progrès, déclara-t-il avec un fort accent d'Europe de l'Est. C'est pourquoi j'ai quitté Lublin, à peine sorti de l'enfance. Je suis venu ici, en Amérique, loin de chez moi, et voyez, ajouta-t-il en montrant l'enseigne accrochée au-dessus de la porte de son échoppe. Dans ce pays nouveau, je possède ma propre entreprise. Je ne travaille pour personne.

– Et vous faites de magnifiques chaussures, renchérit Tulsa May à mi-voix.

– Oui, oui, Osgold, fit Mme Panek, ignorant la remarque de Tulsa May et lançant à son mari un regard exaspéré. Nous parlons de l'avenir, personne ne s'intéresse à l'histoire.

Le vieux cordonnier haussa les épaules, mais Tulsa May prit sa défense :

– L'histoire m'intéresse. Et si vous songez à rebaptiser la ville, vous devriez vous y intéresser. Un nom doit avoir une résonance historique.

– Elle utilise de bien grands mots pour une fille si jeune, dit Nora Dix à Constance. Briggston a justement une résonance historique, ajouta-t-elle à l'adresse de Tulsa May. Le trappeur Briggs a été le premier habitant de la ville.

– C'est ce qu'on dit, rétorqua la jeune fille. Mais les Indiens étaient ici bien avant M. Briggs. Et le vieux trappeur a disparu un jour pour ne jamais revenir. Il ne s'y est certainement jamais considéré comme chez lui...

– Tulsa May, arrête de parler de choses que tu ne connais pas ! l'interrompit Constance Bruder. Personne ne sait ce qui est arrivé au vieux trappeur ni où il est mort.

– C'est justement où je voulais en venir, insista la jeune fille. Et s'il était parti dans l'Arizona et qu'on ait décidé de donner son nom à une ville ?

L'expression de Mme Bruder était tout sauf avenante.

– Ça pourrait être le cas, s'obstina Tulsa May, quêtant du regard le soutien d'Osgold.

Nora Dix eut un petit rire nerveux et ajusta ses gants.

– Quel genre de nom choisirais-tu, ma chère ? demanda-t-elle.

Tulsa May empoigna l'une de ses longues nattes carotte et s'en frappa à plusieurs reprises le menton.

– Ne mets pas tes cheveux dans ta bouche !

Sans même tenter de se défendre contre cette accusation injuste, la jeune fille lâcha immédiatement sa natte.

– Je crois que je donnerais à la ville le nom d'un philosophe grec.

– Quoi ?

– Un philosophe grec. Socrate, Platon ou Aristophane.

Les trois femmes la regardèrent comme s'il venait de lui pousser une nouvelle tête.

Nora sourit avec une bienveillance feinte.

– Comprendre les grandes choses de la vie, mademoiselle Tulsa May, c'est fort bien, dit-elle, mais Aristophane, chef-lieu de comté ?

Les femmes éclatèrent de rire. Tulsa May devint rouge de confusion et tourna son attention vers M. Panek, comme si les autres n'existaient pas.

– Comment savez-vous de quelle taille couper le cuir ? demanda-t-elle.

– J'ai coupé tellement de chaussures, dit-il avec un haussement d'épaules. Pour moi, c'est facile. Il me suffit de voir un homme marcher pour connaître exactement sa pointure.

Tulsa May sourit, révélant le large écart entre ses deux dents de devant. Elle ramassa une petite chute de cuir de vache souple et la caressa, avant de la porter à son nez pour la sentir. Puis elle se passa le côté rugueux sur la joue.

– Tu l'aimes ? questionna-t-il.

– C'est drôle. D'un côté c'est lisse et parfait, de l'autre c'est tout râpeux.

Osgold la regarda avec curiosité.

– Si tu en veux un bout, prends-le.

– Oh, je ne peux pas...

– Mais si. J'en ai plus qu'il ne m'en faut.

Serrant le morceau de cuir contre son cœur comme un trésor, Tulsa May le remercia d'un sourire.

– Amélie va écrire aux chemins de fer, racontait Constance Bruder aux autres femmes sur le banc. Et nous devrons faire signer une pétition et l'adresser au gouverneur.

– Que faites-vous habituellement avec les bouts ? demanda Tulsa May, ignorant résolument leur conversation.

Ravi de l'intérêt qu'elle portait à son travail, le vieil homme leva les yeux vers elle.

– Je fabrique de petites choses : des boucles de ceinture, des lacets de chaussures. Ça dépend de la taille du morceau et de ce que veulent les clients. Dernièrement, j'ai fait un fourreau pour un tout petit canif. Auslander l'a commandé pour son petit-fils. Et ceci, dit-il en montrant une large chute de cuir, pourrait servir de charnière pour une boîte à outils, comme celle de ton père. Ce matin, Jed Sparrow m'a commandé deux godets pour une pompe. Je fais tout ce qu'on me demande.

La fillette hocha gravement la tête, faisant danser ses tresses.

– Tulsa May ! appela soudain Constance Bruder d'une voix stridente.

Levant les yeux, la jeune fille vit que Mme Dix était déjà partie et que sa mère l'attendait avec impatience.

– Merci pour le cuir, monsieur Panek, dit-elle, se hâtant de rejoindre sa mère. Bonne journée, madame Panek. On se voit à l'église.

A peine avait-elle rejoint Constance que celle-ci se mit à gémir :

– Jamais je ne me suis sentie aussi humiliée. Aristophane !...

On frappa discrètement à la porte de la cuisine. Cora sourit.

– Entrez !

La nuit était froide et venteuse. Jed était enveloppé dans un manteau de lainage marron foncé. « De la couleur de ses yeux », songea Cora.

– Bonsoir, madame Briggs, dit-il avec un sourire timide.

Leurs adieux à la ferme, deux jours plus tôt, avaient été tendus. Jed avait conscience d'avoir commis une gaffe en parlant d'amour. Il espérait ne pas gaffer de nouveau.

– J'ai le clapet et les godets pour la pompe, expliqua-t-il. Si cela vous convient, je serais ravi de terminer la réparation.

– D'accord, dit Cora après un instant d'hésitation.

Ils se regardèrent, indécis, puis Jed enleva son manteau et revêtit son tablier. Il sortit les nouvelles pièces et se mit au travail sans un mot de plus.

Feignant de l'ignorer, la jeune femme gagna le salon où elle s'assit dans son fauteuil à bascule et prit son ouvrage, un chemisier qu'elle s'efforçait de repriser.

L'aveu de Jed à propos de Tulsa May Bruder avait été un coup rude. La jalousie n'était pas seule en cause. Quoique consciente de ne pouvoir épouser Jed, elle n'avait pas vraiment songé aux différents cours que pourraient prendre leurs vies. Ni qu'il eût déjà choisi celle qui lui succéderait. Ni qu'il songeât à tromper cette jeune fille.

Jed était venu trouver Cora, une femme scandaleuse, pour être déniaisé. Lasse de sa solitude, elle l'avait persuadé de lui faire la cour. Et voilà qu'il prétendait être tombé amoureux d'elle...

« L'amour », songea-t-elle avec amertume. S'il était

une chose dont elle se serait bien passée, c'était une nouvelle leçon sur la façon dont aimaient les hommes.

Les souvenirs la submergèrent. Elle crut entendre la voix de Luther :

– Je n'y peux rien, Cory, avait-il dit. J'ai essayé de plaire à maman. J'ai essayé de construire une vie avec toi. Mais j'ai déjà ma vie.

– Tu m'as dit que tu m'aimais ! l'avait accusé Cora, abasourdie.

Luther avait secoué la tête, l'air désolé.

– C'est ce qu'on dit, Cory. Un homme dit toujours ça, même s'il ne le pense pas.

Ses yeux s'étaient emplis de larmes, et elle avait pleuré des jours durant. Mais à présent, tandis qu'elle considérait le chemisier usé, Cora avait les yeux secs.

Luther avait prétendu l'aimer, mais c'était faux. Jed lui avait dit qu'il l'aimait, et Cora le jugeait sincère. Non qu'il l'aimât vraiment, mais il le croyait. « Jed est jeune, pensait-elle, il confond encore désir physique et amour. »

Posant son ouvrage, Cora soupira. Peut-être était-il temps de lui apprendre la différence ? De lui apprendre que les hommes pouvaient prendre leur plaisir, puis laisser les femmes ramasser les morceaux...

Ce ne serait ni une corvée ni un grand sacrifice, admit-elle honnêtement. Elle désirait Jed Sparrow autant qu'il la désirait. Elle avait besoin de chaleur et d'affection. Depuis qu'elle était la scandaleuse Mme Briggs, elle ne s'était accordé aucun plaisir – même le simple plaisir d'une compagnie. Elle avait observé les lois de la société avec plus de rigueur qu'un parangon de vertu. Mais ce temps était révolu.

Elle se leva et se rendit dans la cuisine. Jed resserrait le clapet.

– Je crois que je l'ai arrangée, annonça-t-il avec un

sourire triomphant. Il ne nous reste plus qu'à voir si ça marche.

– On fera ça demain, dit Cora d'un ton égal. Prenez la lampe, Jed, et venez là-haut.

Comme tétanisé, Jed considéra longuement la pompe avant de se tourner vers Cora.

– Là-haut ? répéta-t-il d'une voix rauque.

– Je veux que vous passiez la nuit avec moi.

Jed, toujours pétrifié, essayait de comprendre ce qui lui arrivait. Il dégagea la clé de la pompe et la laissa tomber avec fracas dans l'évier, ce qui le fit sursauter. Cora avait déjà atteint l'escalier sans un regard en arrière.

S'appuyant à l'évier, il baissa la tête et respira profondément pour tenter de se calmer. « Et voilà », se dit-il. C'était pourtant ce qu'il attendait. « Ne te ridiculise pas, prends la lampe, monte et couche avec elle. »

Jed se dirigea lentement vers l'escalier, se rappelant cette première nuit dans la maison de Cora. Comme il aurait alors voulu gravir ces marches ! Cette nuit-là, il s'était montré empressé. A l'époque, les choses auraient été impersonnelles. Mais à présent, il y avait Cora Briggs et Jed Sparrow. Deux êtres avec leurs problèmes, leurs sentiments et leurs peurs. Mme Briggs avait été blessée. Il savait à présent qu'elle n'était pas une femme légère. C'était une femme généreuse et aimante dont Luther Briggs avait ruiné la vie. Elle méritait de connaître le bonheur, de rencontrer un homme qui le lui donnât. Et il savait que ce pouvait être lui...

A l'étage, la porte de la chambre de Mme Briggs était ouverte. Une pâle lumière jaune éclairait la pièce.

Jed entra et s'empressa de poser sa lampe sur la

commode près de la porte, de peur de la faire tomber et de mettre le feu à la maison.

Il ne la vit pas tout de suite, mais un mouvement retint son attention. Derrière un paravent de chêne, Jed aperçut une ombre et entendit un froissement de vêtements.

Elle se déshabillait.

Les mains de Jed se mirent à trembler et il les fourra dans ses poches. Puis il attendit.

Cora attendait aussi. Se mordant la lèvre inférieure, elle attendait de trouver le courage de sortir de derrière le paravent. La décision lui avait semblé beaucoup plus facile en bas. En bas, elle était Mme Briggs et il était le jeune Jed. Maintenant, seuls dans sa chambre, ils étaient un homme et une femme. Et Cora n'était plus du tout aussi calme.

Elle regarda tristement sa chemise de nuit. La flanelle était usée aux coudes et pendait comme une toile de tente. Elle se rappela avec consternation ses draps de lit. C'était un patchwork de tissu de sac de farine. Doux et solide, mais pas assez beau pour un invité. Une première fois méritait une chemise de nuit neuve et de vrais draps.

Mais qu'y faire ? La tête haute et un grand sourire plaqué sur le visage, Cora émergea de derrière le paravent.

Il se tenait près de la porte, les mains dans les poches, l'air presque aussi mal à l'aise qu'elle.

– Jed, murmura-t-elle.

– Présent, répondit-il comme si elle était une maîtresse d'école faisant l'appel.

Cora s'avança vers lui, les lattes de pin froides craquèrent sous ses pas. Au pied du lit, elle s'appuya contre le bois.

– Voulez-vous bien retirer vos vêtements, Jed ? demanda-t-elle.

Un long moment s'écoula, pendant lequel Jed ne dit rien. Elle le vit déglutir nerveusement. Il la regardait à la chaude lueur des lampes à pétrole. Il contemplait les ondulations de sa longue chevelure auburn, maintenant dénouée, les hanches et les cuisses qui se dessinaient sous le fin coton de la chemise de nuit. A cette vue, l'imagination du jeune homme s'enflamma.

– Jed ?

Sans hâte, il leva un pied et saisit le talon de sa bottine en cuir brun. Il sautilla sur place pour ne pas perdre l'équilibre, puis se déchaussa et lança distraitement sa chaussure qui alla heurter le mur.

Surprise par le bruit, Cora recula.

Inspirant profondément, Jed envoya l'autre chaussure valser dans la direction de la première. Puis il abaissa ses bretelles et déboutonna sa chemise. Un bouton vola à travers la chambre. Finalement, il ôta sa chemise par la tête.

Son pantalon tomba par terre et il l'enjamba. Vêtu d'un maillot de corps, il fit encore un pas et se retrouva devant elle.

– Jed ? demanda-t-elle de nouveau.

« Doucement, doucement, s'exhortait-il. Sois délicat. » Mais l'attente des semaines passées, son désir longtemps frustré chassèrent ce qui lui restait de bon sens.

L'espace d'une seconde, il vit s'abaisser le regard de Cora. Ce ne fut qu'un bref coup d'œil, mais Jed le ressentit comme un contact qui exacerba son désir.

Posant ses mains sur ses épaules musclées, Cora se mit à lui caresser les bras et la poitrine. Alors il inclina légèrement la tête et souleva le menton de la jeune femme, jusqu'à ce que leurs lèvres se touchent.

Ce fut un doux baiser. Semblable à tant d'autres qu'ils avaient partagés. Mais il ne cessait de trembler, ce qui était pour elle une sensation totalement nouvelle, presque effrayante. Il devait la posséder, pensait-il. Il devait la posséder avant de tomber en morceaux...

Puis il passa un bras sous ses genoux, l'allongea sur l'édredon et se coucha sur elle.

– Jed ! appela-t-elle avec une note d'appréhension.

– Oh, madame Briggs, madame Briggs ! murmura-t-il contre son cou. Je ne peux pas le croire ! Je dois rêver...

Il parcourut précipitamment les courbes généreuses de son corps. Craignant à tout instant de ne plus en avoir le droit, il ne pouvait s'arrêter de la toucher. Et il la sentait s'apaiser sous ses tendres caresses.

– Je serai doux, murmura-t-il. Je serai doux avec vous, madame Briggs.

Paroles qui s'adressaient aussi bien à lui qu'à elle.

Cora lui déboutonna son maillot de corps en lourd coton et dégagea ses épaules. Puis, profitant de ce qu'il avait les bras momentanément immobilisés par ses manches, elle posa la joue contre son ventre et tourna la tête lentement, jusqu'à ce que ses lèvres effleurent sa peau.

Jed poussa un gémissement de plaisir autant que d'impatience.

Il lui releva sa chemise de nuit, subjugué par la douceur soyeuse de sa peau.

– Oh, madame Briggs, chuchota-t-il, ébloui.

Elle laissa ses doigts fouiller sa chaude intimité. Jed continuait à trembler de manière incontrôlable, comme pris de fièvre. Jamais il n'avait éprouvé une telle sensation.

– Je vous aime, madame Briggs ! s'exclama-t-il. Je vous aime tellement !

Perdant tout contrôle, il la pénétra.

Cora n'eut pas le temps d'émettre ne fût-ce qu'un

cri de surprise. Le corps de Jed se raidit convulsivement et il s'affaissa sur elle.

Ils restèrent l'un et l'autre frappés de stupeur.

Enfin, Jed réussit à murmurer d'une voix méconnaissable :

– Merci, madame Briggs. Merci beaucoup, c'était si bon, merci beaucoup, je vous aime, oh...

Avec un profond soupir de satisfaction, il se blottit contre elle. Posant la tête sur sa généreuse poitrine, il murmura encore quelques mots étouffés avant qu'une respiration régulière n'indiquât qu'il s'était endormi.

Cora demeura plusieurs minutes à contempler le plafond, incapable d'imaginer ou même de saisir ce qui s'était passé. Puis elle sentit la chaude haleine de Jed sur sa peau et le regarda.

Il était beau. Sa bouche était entrouverte, un sourire effleurait ses lèvres. Avec ses yeux fermés, il ressemblait à un gamin. Mais sa barbe piquante contre ses seins n'avait rien d'un duvet. Jed Sparrow était un homme, et Cora en était heureuse.

Il était toujours en elle. Il lui avait fait un peu mal. Elle était loin d'être prête. Mais en cet instant, elle éprouvait un étrange réconfort. Avec Luther, les étreintes avaient été généralement agréables, parfois délicieuses. Luther contrôlait la situation et veillait à la satisfaction de Cora. Il était un mari exigeant au lit, mais jamais égoïste.

Jed avait manifestement oublié cet aspect des choses, pourtant elle se trouvait inexplicablement satisfaite. Luther avait toujours été si fier de sa maîtrise. Jed, lui, avait été emporté par son désir...

Cora caressa ses cheveux. Elle avait soudain envie de rire, mais réussit à se maîtriser. Elle se pencha en souriant et effleura d'un baiser le front du jeune homme.

Bizarrement, elle n'éprouvait aucun sentiment de culpabilité. Elle laissait ça pour demain. Ce soir, elle se sentait bien dans les bras de cet homme.

Avec un profond soupir, Jed se réveilla et ouvrit les yeux. Il la regarda, stupéfait, comme s'il n'était pas sûr qu'elle fût vraie.

– Coucou, murmura-t-elle avec un sourire.

– Coucou, répondit-il d'une voix rauque.

Soudain conscient d'être étalé sur elle comme un sac de farine, Jed fit mine de se lever, mais l'enveloppant de ses bras, Cora le retint.

– Je dois être lourd.

– C'est bon, répondit-elle. Ne me quitte pas. Pas encore.

Jed écarquilla les yeux et s'enfonça plus profondément en elle.

– Vous voulez qu'on refasse ça ? demanda-t-il.

Cora éclata de rire.

– Non. J'espère que nous ne referons jamais exactement *ça*. Faisons quelque chose de plus amusant.

– Je ne vous ai guère satisfaite, soupira-t-il.

Lui prenant le visage entre les mains, Cora l'obligea à la regarder.

– C'était un peu hâtif, Jed. Mais tu as été doux et je... je me suis sentie désirée. Ces choses, ajouta-t-elle d'un ton hésitant, exigent, je crois, quelque expérience.

– Je suis désol...

Cora mit la main sur sa bouche.

– Ne t'excuse pas, Jed, dit-elle avec une lueur malicieuse dans les yeux. Je compte bien que tu fasses des progrès. Tu devras répéter autant de fois qu'il le faudra, jusqu'à ce que ce soit bien.

Son sourire coquin rassura Jed, qui bougea en elle.

– Je ne sais pas combien de fois un homme peut « répéter ».

– Je crois que tu seras bientôt prêt, répliqua Cora en lui caressant l'épaule.

Comme pour s'en assurer, elle ondula voluptueusement sous lui.

Jed redressa le menton.

– J'essaierai de vous donner plus de plaisir la prochaine fois, madame Briggs, promit-il.

Cora lui caressa amoureusement la joue. Elle avait une expression tendre, mais sérieuse.

– Jed, je n'ai pas choisi de coucher avec toi parce que je t'ai pris pour un amant habile. Pour ça, ce ne sont pas les hommes qui manquent dans cette ville. Je t'ai choisi parce que je te désirais, toi, tel que tu es.

Elle leva vers lui un visage engageant et leurs lèvres se touchèrent. Il mordilla sa lèvre inférieure, tout en refermant les bras sur elle.

– C'est bon, chuchota-t-elle contre son cou.

Encouragé, il promena ses lèvres sur son visage, son cou, sa gorge.

La chemise de nuit qu'il avait hâtivement relevée était entortillée autour de sa taille. Lentement, comme s'il craignait d'essuyer un refus, Jed remonta la flanelle de coton.

– Vous êtes belle, murmura-t-il avant de déposer un baiser entre ses seins pâles.

Le sentant se raidir en elle, Cora se frotta contre lui. Passant sa chemise de nuit par-dessus la tête, elle savoura la liberté de se sentir nue sous lui.

Lorsqu'il posa les mains sur ses seins, elles tremblaient. Il l'effleura comme si elle était en cristal, trop délicate pour être caressée.

– Je ne suis pas si fragile, lui assura Cora.

Il sourit et posa les lèvres sur les pointes roses. Un soupir de plaisir s'échappa des lèvres de la jeune femme.

– Qu'est-ce que ça vous fait ? demanda-t-il, curieux.

– Ta bouche est si douce, ton haleine si chaude. C'est... c'est si bon, si chaud, si...

Elle passa les doigts dans ses cheveux, lui caressa les épaules tandis qu'il se délectait de sa saveur. Arquant le dos, elle l'aspira plus profondément en elle.

– Oh, madame Briggs, gémit-il contre ses cheveux emmêlés, vous êtes merveilleuse !

Cora en avait la chair de poule. Soupirant de plaisir, elle remonta une de ses jambes pour la frotter contre celle de Jed. Mais au lieu de rencontrer sa chair lisse et musclée, elle eut la surprise de sentir le coton rêche de son caleçon.

– Tu es encore en caleçon ! s'exclama-t-elle.

– J'étais tellement pressé... Il faut que je me lève, dit-il avec un soupir.

– Non ! fit Cora, refermant les jambes sur lui.

– Je ne quitterai pas la pièce, madame Briggs, gloussa-t-il.

– Tu m'as aidée à me débarrasser de ma chemise de nuit. Je vais t'aider à mon tour.

Sans le lâcher, Cora entreprit de faire glisser le caleçon. Cette opération nécessitait force tortillements de sa part. C'était à la fois agréable et drôle, et ils ne tardèrent pas à rire de concert.

Une fois le caleçon tire-bouchonné autour des chevilles, il devint très difficile pour Cora de l'atteindre, Jed étant nettement plus grand qu'elle.

– Ça ne marchera pas, gloussa-t-il. Lâchez-moi.

– Vous n'irez nulle part, Jed Sparrow. Tant que vous n'aurez pas fait de moi une femme heureuse.

– Vous n'êtes pas heureuse ?

– Oh, je suis peut-être heureuse, admit-elle en riant. Mais je ne suis pas satisfaite.

– Je me ferai un plaisir de vous satisfaire, madame

Briggs. Mais pour l'instant, j'ai les pieds entravés comme un criminel.

Cora lui couvrit le cou de baisers légers et lui chatouilla l'oreille avec le bout de sa langue.

– Cela signifie-t-il que tu es à ma merci ? demanda-t-elle.

– Je le suis depuis notre première rencontre.

Jed trouva la bouche de Cora, et leur baiser fut long et langoureux.

– Plie les genoux, ordonna-t-elle soudain.

– Quoi ?

– Plie les genoux.

Il s'exécuta, de sorte que ses chevilles se trouvèrent à la portée des pieds de Cora, qui arracha l'encombrant caleçon et le jeta loin du lit.

– Oh, c'est beaucoup mieux, dit-il, s'enfonçant plus profondément en elle.

Il avait retrouvé sa vigueur et leurs corps ne faisaient plus qu'un.

– C'est si bon, murmura Jed. Je ne peux même pas dire ce que je ressens.

– J'aime t'avoir en moi.

– Je promets d'y rester toujours.

Doucement, à une cadence alanguie, il se mit à aller et venir en elle.

– Oh oui, oui, dit Cora, les yeux clos et la tête rejetée en arrière, s'accordant à son rythme.

Tandis qu'elle s'animait, Jed contemplait son visage, un instant merveilleusement serein, l'instant suivant, tendu de désir. La voir ainsi le poussait à tout faire pour la combler.

Se retirant, il plongea de nouveau en elle d'un puissant balancement des hanches. Cora s'accrocha à la tête de lit. Chaque mouvement lui arrachait un gémissement.

– S'il te plaît, Jed. J'ai besoin de toi !

Se cabrant alors, il s'enfonça en elle, de plus en plus fort, de plus en plus profond. De plus en plus vite. Il était sur le point d'exploser.

– Cora, gémit-il. Maintenant, chérie, maintenant.

Accrochée à lui de toutes ses forces, elle hurla sa jouissance et Jed lui répondit avec un égal bonheur.

14

C'était l'époque pénible de l'année où il fait trop froid pour laisser les fenêtres ouvertes et trop chaud pour allumer le poêle. L'église était étouffante, et Jed tirait nerveusement sur son col. Belle comme à son habitude, sa mère, à côté de lui, recevait avec grâce son content d'amabilités matinales.

– Vous avez l'air beaucoup mieux, lui dit Beulah Bowman. L'autre jour, je vous ai trouvée très mauvaise mine.

– Vous étiez très pâle, approuva Grace Panek. C'était cette affreuse dent. Ça va mieux ?

– Beaucoup mieux, répliqua Amélie, ne souhaitant pas s'étendre sur le sujet.

Titus et Fanny Penny étaient assis sur le banc juste devant lui. La jolie petite Maybelle se retourna pour regarder Jed. Elle portait une robe bleu foncé avec un tablier en coton bleu ciel, brodés de délicats motifs d'un ton plus soutenu. Ses boucles blondes et soyeuses étaient retenues par un nœud bleu vif presque aussi gros que sa tête. Lorsque Jed lui sourit, elle se fourra un doigt dans chaque narine et grogna comme un cochon !

Fanny, qui avait assisté à la scène, pâlit d'horreur et gronda Maybelle tout bas avant d'adresser un regard d'excuse à Jed, qui se mordait la lèvre pour ne pas rire.

Une fois les fidèles installés dans l'église, Opal Crenshaw entama la musique d'entrée sur le nouveau piano droit. Le maître de chant, Willie Dix, leva le bras, invitant l'assemblée à chanter *Suis-je un soldat de la Croix ?* Le révérend Bruder s'avança jusqu'au chœur et s'assit dans le fauteuil à haut dossier recouvert de soie.

Jed adorait mêler sa mélodieuse voix de baryton aux autres voix, mais ses pensées étaient ailleurs.

Le souvenir du contact, du goût, de l'odeur de Cora Briggs le hantait. Ils avaient dormi dans les bras l'un de l'autre jusqu'à l'aube, puis ils avaient de nouveau fait l'amour. Un sourire éclaira le visage de Jed. Cette dernière étreinte avait été merveilleuse, comme les autres.

Il avait murmuré qu'il l'aimait et elle l'avait fait taire en posant un doigt sur ses lèvres. Il l'aimait, de cela il était sûr. Déclaration idiote. Amour sans avenir. Cora en était consciente et son visage s'était attristé. Elle ne voulait pas de son amour. Et il ne pouvait rien lui offrir d'autre.

Il jeta un regard devant lui. Au second rang sur la droite, se trouvaient les Bruder. Même de dos, il était facile de reconnaître Tulsa May avec sa chevelure carotte. Son chapeau de paille était hors de saison et le long ruban rouge qui pendait derrière jurait avec ses cheveux.

« L'amour est indépendant de la volonté, songea-t-il, mais pas le choix d'une épouse. Pour fonder une famille, un homme doit choisir une femme travailleuse et soumise. Une femme au-dessus de tout soupçon. » C'était ce que recommandait la communauté. C'était ce qu'aurait souhaité son père. Il regarda sa mère du coin de l'œil. S'il ne pensait qu'à lui et à son désir, il ruinerait leur vie à tous les deux. Cette pensée lui était insupportable.

Le chant s'acheva, l'assemblée s'assit et le service dominical commença.

Le pasteur Bruder était un homme grand, à l'air dégingandé. Ses cheveux carotte étaient aussi vifs que ceux de Tulsa May. Mais loin de les cacher sous un chapeau, il les soulignait d'une longue moustache en guidon de vélo.

– De la première épître aux Corinthiens, tonna le pasteur. Chapitre 5, verset 1.

Le pasteur hésita et s'éclaircit la voix, tandis que les fidèles qui savaient lire feuilletaient leur bible pour trouver le verset.

Levant les yeux, il promena un regard théâtral sur l'assemblée, avant de déclamer le passage choisi :

– « Il y a parmi vous des fornicateurs, le bruit en court partout. »

Le visage rouge de confusion, Jed leva les yeux de la bible posée sur ses genoux et jeta un regard coupable à sa mère qui semblait aussi gênée que lui.

– L'Eglise de Corinthe n'était pas sans péché, poursuivit le pasteur. Parmi ses membres, il y avait des menteurs et des voleurs. Il y avait des ivrognes et des blasphémateurs. Et... (Il marqua une pause pour appuyer son effet.) Et il y avait des pervers et des fornicateurs !

Jed s'efforça de conserver une expression impavide. Il revoyait cet après-midi d'automne, où le pasteur avait découvert son tablier au milieu de la cour de Mme Briggs.

– Comme les Corinthiens, tonna-t-il en s'approchant des fidèles, il y a au sein de notre assemblée des brebis égarées, qui souffrent des tentations de la chair.

Sa mère se tortillait à côté de lui, et Jed se demanda si elle le soupçonnait.

– Depuis qu'Eve a fait chasser les fils d'Adam du paradis, le désir charnel, frères et sœurs, nous guette. Semblables à des anges, mais séduisantes comme des démons, des Jézabel n'ont cessé d'entraîner des hommes faibles par la grande porte et le large chemin qui mènent à la perdition.

– Révérend Bruder, puis-je vous interrompre ?

Consternés par cette interruption provenant du fond de l'église, tous les fidèles, dont Jed et sa mère, tournèrent la tête.

– Frère Puser, dit le révérend, reconnaissant Haywood sur le dernier banc, puisqu'il n'est pas courant que vous franchissiez le porche de notre église, je suis sûr que vous avez une excellente raison d'interrompre le service dominical.

Bien que bouleversé par ce qu'il venait d'apprendre – le pasteur était sans aucun doute au courant de son péché –, Jed réussit à se lever et alla se placer au côté d'Haywood.

– Conrad Ruggy m'a amené sa mère, ce matin, annonça Haywood. Elle est morte dans la nuit de la diphtérie.

Murmures de regret parmi l'assemblée. Bien que les Noirs ne se mêlassent pas aux Blancs et qu'ils eussent leurs églises, Conrad était connu et aimé de la communauté.

– Mme Ruggy était vieille et faible, expliqua Haywood. Il n'est donc pas étonnant que la maladie l'ait emportée si vite. Mais Conrad et sa famille ont été exposés à la contagion, de même que beaucoup de gens ici présents.

– C'est évidemment une terrible nouvelle, dit le révérend Bruder. Mais je ne vois pas pourquoi vous interrompez le service.

– J'estime qu'il y a des priorités, révérend. Une fois morts, nos jeunes gens ne risqueront pas d'être surpris en situation de fornication ou d'adultère.

Haywood s'adressa alors à l'assemblée :

– Pendant les prochaines semaines, nous devrons éviter les grands rassemblements comme celui-ci. Mme Sparrow et Mme Bowman, ainsi que ceux qui ont déjà eu la maladie, pourront seuls aller et venir. C'est l'unique moyen d'éviter que l'épidémie ne décime nos familles.

– Mais, monsieur Puser...

Le pasteur ne put achever sa phrase. Titus Penny bondit sur ses pieds comme si le banc était en feu et empoigna la petite Maybelle.

– Ma famille restera à la maison, dit-il. Je laisserai le magasin ouvert. Si quelqu'un a besoin de quelque chose, qu'il entre, se serve et laisse l'argent sur le comptoir.

– Titus ! s'écria le révérend Bruder.

Mais l'épicier avait déjà franchi la porte de l'église, suivi de l'ensemble des fidèles.

Finalement, il ne resta que le pasteur et sa famille face à Haywood et à Jed. Amélie était restée sur son banc, pétrifiée.

– Comment osez-vous ! s'exclama le révérend, rouge de colère. C'est mon église, personne ne peut y contester mon autorité !

– J'ai fait ce que je devais faire, répondit Haywood sans manifester le moindre regret. J'ai demandé à Conrad d'aller dire aux Noirs d'interrompre eux aussi leurs services. J'ai pensé que vous seriez content que je vous prévienne.

– Je ne le suis pas du tout.

Haywood haussa les épaules, imperturbable.

– Vous le serez encore moins si la moitié de vos fidèles tombe malade la semaine prochaine.

– Il ne nous revient pas de discuter les voies du Seigneur, proclama Bruder en s'avançant vers Puser.

Jed se plaça devant Haywood, comme pour le défendre de la colère du pasteur.

– Peut-être connaissez-vous les voies du Seigneur, révérend Bruder. Mais Haywood connaît les maladies. S'il dit que nous devons attendre, pour nous réunir, que le pire soit passé, je le crois.

– Moi aussi ! intervint Amélie. Toute la famille de M. Puser a été emportée par une épidémie. Il veut seulement nous éviter le même drame.

– Pauvre homme ! compatit Tulsa May. Vous voyez bien, papa, il se préoccupe de nous. Merci, monsieur Puser, dit-elle en tendant la main à Haywood, avant de se tourner vers Amélie. Je n'ai pas eu la diphtérie, mais si je peux faire quelque chose pour aider, je...

– Pour l'amour du Ciel, Tulsa May ! gronda Constance Bruder. Que crois-tu pouvoir faire ? Il a raison, poursuivit-elle avec un soupir à l'adresse de son mari. Plus de réunions jusqu'à nouvel ordre. Je suis sûre que Mlle Foote sera d'accord pour fermer l'école.

Tous acquiescèrent.

– Et Mlle Maimie ? s'enquit-elle.

– Ô mon Dieu ! s'exclama Amélie. Je l'avais oubliée. Est-elle au courant pour la mère de Conrad ? demanda-t-elle à Haywood.

– Je ne pense pas.

– Il faut que quelqu'un aille la prévenir, décréta Constance Bruder. Comment se débrouillera-t-elle sans domestiques ?

– Voilà ce que je pourrais faire, proposa Tulsa May. Je pourrais aller aider Mlle Maimie.

– Quel genre d'aide pourrais-tu lui apporter ? protesta sa mère.

– Ce serait sûrement mieux que rien, déclara Amélie. Va chercher des affaires pour un ou deux jours, ajouta-t-elle avec un sourire indulgent à l'adresse de la jeune fille. Jed et moi t'y conduirons.

Les yeux brillants de plaisir, Tulsa May se rua vers la porte.

Les problèmes urgents réglés et le révérend calmé, le groupe sortit de l'église. Haywood expliqua au pasteur les précautions à prendre, lorsqu'il irait visiter les malades. Le révérend Bruder écouta avec intérêt et remercia Puser de sa sollicitude.

– Dommage, dit-il avec regret. Ce matin, je comptais mettre un pécheur sur le gril.

– Vraiment ? demanda Jed en essuyant ses mains moites sur son pantalon.

Tulsa May arriva alors en courant.

– Je suis prête ! annonça-t-elle, tout excitée.

Mme Bruder fit signe à sa fille de se taire, et le pasteur continua comme si de rien n'était :

– Après toute cette histoire à propos de la nouvelle clôture de Cora Briggs, je me suis rendu chez elle en plein après-midi. (Il s'arrêta pour souligner son effet.) Il y avait un homme chez elle.

Amélie et Constance ouvrirent de grands yeux.

– Qui était-ce ? questionna Amélie, horrifiée.

– Je ne l'ai pas vu, répondit le pasteur en secouant la tête. Ils se cachaient comme Adam et Eve dans le jardin d'Eden.

– Alors comment savez-vous qu'il y avait un homme ? demanda Haywood.

– Quelqu'un réparait une pompe. Il y avait un tablier de mécanicien en coutil gris.

– Elle a peut-être embauché quelqu'un pour l'arranger, suggéra Puser.

– Alors pourquoi se cachaient-ils ? rétorqua le pasteur.

Les femmes en tombèrent d'accord. Le pasteur secoua de nouveau la tête et soupira tristement.

– Je suis retourné deux fois, reprit-il, mais elle n'était pas chez elle. J'espérais vraiment obtenir, ce matin, la confession du coupable.

– Ne vous inquiétez pas, le consola Amélie. Dès qu'il ne sera plus question de cette diphtérie, nous ouvrirons l'œil et trouverons le pauvre homme que cette Jézabel a séduit, j'en suis convaincue.

Elle tapota le bras du révérend avant de se tourner vers son fils.

– Allons-y, Jed.

Jed avait le visage pâle et les lèvres serrées.

– Je ne peux pas vous accompagner, maman, dit-il d'un ton égal. J'ai du travail à la ferme.

– A la ferme ?

– Mon fils, intervint le pasteur, même si nous avons interrompu le service, c'est aujourd'hui le jour du Seigneur. Je ne veux pas que vous travailliez le dimanche.

– Je ne suis pas votre fils, révérend, dit Jed avec un regard glacé. Et je travaillerai si cela me plaît, selon ma conscience.

Le pasteur tressaillit.

– Mais... Jed ? s'exclama Amélie, horrifiée. Qui me conduira chez Mlle Maimie ?

– Maman, vous êtes tout à fait capable de conduire vous-même, répliqua-t-il sèchement.

Posant son chapeau sur sa tête, il salua le groupe et ajouta :

– Il n'y a pas de meilleur moyen de gâcher un beau dimanche que de le passer avec Mlle Maimie.

Sur ces paroles, il tourna les talons sous le regard de sa mère qui resta muette de surprise.

Le salon de couture de la demeure Briggs était aussi sombre et triste que ses occupants. Mlle Maimie était assise, toute raide dans un fauteuil capitonné, les pieds sur son ottomane. Amélie avait pris place sur le divan avec Haywood Puser, manifestement mal à l'aise.

– Après un décès dans la famille, on peut, je suppose, prendre un jour de congé, déclara Mlle Maimie. Mais dites à Conrad que s'ils ne reviennent pas travailler, je ne les garderai pas à mon service.

– D'après M. Puser, les Ruggy ont peut-être attrapé la diphtérie, répliqua Amélie, lui tapotant la main. S'ils sont malades, vous ne pouvez pas les avoir ici.

Mlle Maimie adressa à Haywood un regard méprisant, mais ne répondit rien.

Tulsa May entra dans la pièce avec un service à thé en étain, qui vacillait dangereusement sur son plateau. Elle réussit à poser son fardeau sur la table à dessus de marbre avant que tout ne dégringolât par terre.

– Vous voulez du lait et du sucre, mademoiselle Maimie ? demanda-t-elle avec enthousiasme.

L'intéressée leva un sourcil hautain.

– Une dame ne boit son thé qu'avec une cuillerée de crème, rétorqua-t-elle. Mais, bien sûr, on ne peut pas vous demander de le savoir.

– Non, évidemment, répondit Tulsa May avec un gloussement. Il fait bien sombre ici, ajouta-t-elle après avoir servi la vieille dame. Comme vous ne sortez jamais de chez vous, vous ne devez pas faire la différence entre le jour et la nuit.

Avant de laisser à Mlle Maimie le temps de répondre, Tulsa May se rua vers les fenêtres et entreprit de lever les stores.

– Voyons, jeune fille, vous n'y pensez pas ! s'exclama Mlle Maimie tandis que le soleil envahissait la pièce. La lumière est désastreuse pour la soie de mes tapisseries.

– Oui, c'est comme chez nous, fit Tulsa May. Je vais chercher de vieux draps et couvrir les meubles.

Comme elle sortait en trombe de la pièce, Maimie se tourna, atterrée, vers Amélie.

– Ma chère, vous ne croyez tout de même pas que je vais garder cette jeune personne chez moi ?

– Allons, mademoiselle Maimie. Vous avez dit que vous auriez besoin d'aide, et elle s'est proposée d'elle-même.

– Si quelqu'un reste avec moi, ce devrait être vous.

Amélie rougit de plaisir. Que pouvait-elle souhaiter de plus que de tenir compagnie à Mlle Maimie, de façon à lui faire la meilleure impression possible ?

– Je ne peux pas, malheureusement, répondit-elle cependant. Nous sommes si peu nombreux à pouvoir soigner les malades, je dois me consacrer à cette tâche.

– Et si je tombe malade ?

– Alors je viendrai bien évidemment m'occuper de vous. Tulsa May est une fille sympathique et travailleuse ; je suis sûre que vous n'aurez aucun problème avec elle.

– Sympathique ? Travailleuse ? répéta Maimie avec un geste dédaigneux. Elle est surtout bizarre.

Amélie jeta un rapide coup d'œil à Haywood qui semblait sur le point d'exploser, puis elle fit signe à la vieille dame de se taire, car Tulsa May entrait en coup de vent avec une pile de linge.

– Vous ne pouvez pas mettre de draps sur mes meubles, lança Mlle Maimie d'un ton cassant. Ma maison aura l'air d'être abandonnée.

– Il faut choisir entre les draps ou les tissus passés, mademoiselle Maimie, répliqua Tulsa May sans se démonter. J'imagine que vous préférez les draps.

La vieille dame devint rouge et ses joues se gonflèrent comme celles d'un crapaud.

– Il serait infiniment plus simple de descendre les stores ! tonna-t-elle.

– Mais le soleil ne pourrait pas entrer.

Posant un doigt sur ses lèvres, Tulsa May regarda pensivement les rebords de fenêtre nus.

– Ce qu'il vous faudrait, mademoiselle Maimie, ce sont des jardinières, décréta-t-elle. Si vous pouviez voir des fleurs tous les jours, cela vous rendrait gaie.

Haywood toussa pour cacher son envie de rire.

– Je ne veux pas de jardinières !

– Mais si, insista Tulsa May.

– Les jardinières, jeune fille, commença la vieille dame sur un ton condescendant, c'est pour les pauvres qui n'ont pas de jardin. Je possède l'un des plus beaux jardins de la région.

– C'est vrai, mademoiselle Maimie. Mais vous ne sortez jamais pour l'admirer. C'est comme si vous n'en aviez pas du tout.

Haywood intervint alors :

– Madame Sparrow, je suis sûr que si vous demandiez à Jed, il fabriquerait quelques jardinières pour Mlle Maimie.

– Oh oui ! s'exclama Tulsa May. Que Jed vienne tout de suite fabriquer les jardinières, pour que j'y plante des fleurs tant que je suis ici.

– Mais c'est l'hiver ! hurla Maimie, au bord de l'apoplexie.

Amélie s'empressa de changer de sujet :

– Tout le monde parle de donner un autre nom à la ville, vous savez ?

Mlle Maimie continuait à foudroyer Tulsa May du regard. Comme celle-ci ne semblait pas consciente de la fureur qu'elle avait suscitée, la vieille dame accepta à contrecœur de changer de sujet.

– Parler ne sert à rien, dit-elle. Si vous voulez changer le nom, vous devrez écrire des lettres et faire signer des pétitions.

– C'est bien mon intention, l'assura Amélie. Mais avec cette épidémie, je n'aurai guère de temps.

Mlle Maimie lui adressa un sourire compatissant.

– Je comprends, Amélie. Il vous est naturel de ne pas aller jusqu'au bout de vos idées ; c'est un héritage de votre défunt père. Cette ferme aurait été magnifique s'il avait surmonté sa paresse et s'était mis au travail. Avec Moïse Pratt comme père, ma pauvre, je ne peux pas vous tenir rigueur de votre mollesse.

Amélie s'empourpra, mais réussit à garder son calme.

– J'ai tout à fait l'intention d'aller jusqu'au bout, mademoiselle Maimie. Mais il y a d'autres priorités.

– Je pourrais écrire les lettres pour vous, proposa Tulsa May, s'asseyant en face d'Haywood. Pourtant, je ne suis pas d'accord. Je ne veux pas que la ville s'appelle Briggston.

– Quoi ? s'exclamèrent les deux femmes, indignées.

– Je ne pense pas que ce soit un très bon nom, expliqua-t-elle avec candeur.

Mlle Maimie leva un sourcil réprobateur.

– Comment voudriez-vous appeler la ville, ma chère ? demanda-t-elle d'un ton faussement aimable. Tulsa ? Oh, quelle bonne idée !

– Il ne faut pas donner des noms de gens encore en vie. C'est de mauvais augure.

La jeune fille regarda M. Puser en quête d'un soutien, mais celui-ci se contenta de hausser prudemment les épaules.

– Je suis sûre de l'avoir lu quelque part, ajouta-t-elle.

– Tulsa May, intervint Amélie avec impatience, nous ne cherchons pas à donner à la ville le nom de quelqu'un de vivant. Le trappeur Briggs est mort depuis longtemps.

La jeune fille secoua la tête.

– Personne ici ne se soucie du vieux trappeur. Inutile de le cacher plus longtemps. Tout le monde sait, madame Sparrow, que vous voulez donner à la ville le nom de Mlle Maimie...

Haywood Puser prit les rênes, l'air dégoûté.

– Je ne comprends pas ce qui est passé par la tête de Jed, disait Amélie en s'asseyant à côté de lui. Chaque dimanche, depuis la mort de son père, il m'accompagne chez Mlle Maimie. Pourquoi a-t-il arrangé autre chose aujourd'hui ?

– Votre fils est un malin, répliqua Haywood. J'aurais dû moi aussi penser à faire autre chose.

– Personne ne vous a demandé de nous emmener.

– J'aurais été ravi de vous emmener toutes les deux à Guthrie pour une promenade, mais à dire vrai, si j'avais su ce qui m'attendait ici, je ne me serais pas proposé.

– Ne soyez pas bête. Qu'est-ce qui nous attendait ?

– Comme dit Jed, c'est le meilleur moyen de gâcher un beau dimanche.

Amélie Sparrow était d'humeur plus agréable que son compagnon.

– Moi, je trouve que ça s'est plutôt bien passé. Ce n'est pas souvent que j'ai Mlle Maimie pour moi toute seule. Et je suis sûre qu'elle a été ravie d'avoir de la compagnie. Les journées sont longues quand on est seule, vous savez.

– Elles sont encore plus longues quand on les passe à discuter du changement de nom d'une ville.

– Elle paraît enchantée à cette idée, dit fièrement Amélie.

– Cette ville aurait plus besoin d'un docteur, d'un

silo à grain ou d'un saloon propre que d'un nouveau nom.

– Un saloon ? Monsieur Puser, vraiment !

– Mais si vous voulez changer de nom, la petite Bruder a raison. Trouvez un nom bien.

– Briggston est un nom parfait.

– Oh oui ! Si votre but est de flatter cette méchante vieille bique, on peut dire que c'est parfait.

– Mlle Maimie n'est pas méchante.

– Cette femme est aussi aigre que son punch, dit-il, la mâchoire serrée. J'avais de la peine pour Tulsa May.

– C'est vrai, soupira Amélie, Mlle Maimie n'est guère patiente avec la pauvre Tulsa May. Mais vous en comprenez la raison, je pense. Cette fille est vraiment bizarre et défavorisée par la nature. Mlle Maimie voudrait simplement l'aider à tirer parti du peu qu'elle a.

– Il y a de la place pour tout le monde sur cette terre. Et cette gamine a l'air gentille et futée, ce qui la mènera beaucoup plus loin qu'on ne le pense.

– Elle est adorable, mais toujours dans la lune. Je me demande parfois si elle écoute ce qu'on dit autour d'elle.

– J'espère qu'elle n'écoutait pas quand cette langue de vipère l'a traitée de laideron.

– Ne parlez pas comme ça de Mlle Maimie.

– C'est une vieille sorcière qui adore rabaisser les gens et les culpabiliser. Elle s'en prend même à vous, Mellie.

– Elle ne cherche qu'à être utile.

– Elle cherche toujours le point faible des gens. Quand elle l'a découvert, elle attaque.

Amélie secoua la tête.

– A vous entendre, elle serait féroce comme un pirate de la mer des Antilles.

– Je préférerais de loin passer mes dimanches avec un pirate !

Amélie pouffa comme une petite fille et Haywood ne put réprimer un sourire.

– Je n'aime pas la façon dont elle vous parle, reprit-il.

– Que voulez-vous dire ?

– Elle critique votre coiffure, vos vêtements et tout ce que vous dites et faites.

Amélie rougit.

– Je ne suis pas proche parente de Mlle Maimie. La naissance ne m'a pas gâtée, expliqua Amélie, joignant nerveusement les doigts comme si elle était gênée de cet aveu. Mlle Maimie cherche à m'aider à masquer mes origines.

Haywood la regarda, incrédule.

– Sacrebleu, Mellie, tout le monde à Dead Dog sait que vous êtes la femme la plus élégante et la plus jolie de la ville !

Le compliment était tellement inattendu qu'Amélie en resta stupéfaite.

– Mais... mais... euh, merci, monsieur Puser.

– La majorité des hommes de cette ville, mariés ou non, n'ont d'yeux que pour vous. Je peux vous le dire, parce que j'en suis.

Amélie le dévisagea d'un air stupide. Haywood Puser lui faisait des compliments ? Elle se sentit soudain très mal à l'aise. Comme ils tournaient dans la Grand-Rue, elle prit soudain conscience qu'elle était seule avec lui. Prudente, elle revint à leur conversation antérieure :

– A son âge, Mlle Maimie peut se permettre de parler sans détour.

Elle regardait droit devant elle, attendant la réplique d'Haywood. Comme le silence se prolongeait, elle se tourna vers lui. Un large sourire éclairait son visage.

– Qu'est-ce qui vous fait sourire ? demanda-t-elle sèchement.

Son sourire s'élargit plus encore. Il passa les rênes dans sa main gauche, posa son bras droit sur le dossier du boghei, puis autour d'Amélie.

Scandalisée, celle-ci s'écarta vivement.

– Pour qui vous prenez-vous, monsieur Puser ?

– Pour quelqu'un qui fait une agréable promenade dominicale en compagnie d'une jolie femme.

15

– Une bande d'hypocrites et d'esprits mesquins ! s'exclama Jed, furieux.

Il arpentait la grande salle de la ferme Pratt tandis que Cora l'observait, assise sur une toile à matelas usée qu'elle avait sortie du fond de son armoire et qu'ils avaient rembourrée avec du foin et du trèfle. Comme il était trop dangereux de se retrouver chez elle, ils avaient choisi la ferme Pratt pour leurs rendez-vous secrets.

– Le révérend Bruder t'a traitée de Jézabel, fulmina-t-il, frappant du poing le plat de sa main. Qui entraîne des hommes faibles dans le péché.

– Ne t'inquiète pas. Je me soucie comme d'une guigne de ce qu'on peut dire de moi.

– Eh bien, pas moi. Cet homme a attaqué ton honneur !

Cora regarda le jeune homme avec curiosité. Avait-il oublié qu'en tant que divorcée elle n'avait plus d'honneur ?

– Le pasteur et sa stupide femme sont ignorants, mesquins et malveillants, dit-il. Tu devrais entendre ce qu'ils racontent sur les gens.

– Tout le monde potine, répliqua Cora. Même les

saints, j'en suis sûre, ont dû succomber une ou deux fois à la tentation.

– En tout cas, ceux-là ne sont pas des saints. Ils ne sont même pas gentils avec leur propre fille. Il faut voir comment ils traitent Tulsa May !

– C'est parfois avec ceux qu'on aime qu'on est le plus cruel.

Jed se tourna vers elle, exaspéré.

– Pourquoi prends-tu leur parti ?

– Parce qu'ils ne m'intéressent pas et que je n'ai pas envie qu'ils nous gâchent notre journée.

– Rien ne peut gâcher les moments que je passe avec toi.

Cora espérait l'affaire classée, mais il se remit à arpenter la pièce.

Elle poussa un soupir et se dressa sur son séant. Son cœur était bien triste. Elle aurait tant voulu que leur idylle durât un peu plus longtemps. La réalité finirait par les rattraper, elle l'avait toujours su, mais elle avait espéré avoir plus de temps, juste un peu plus. Bientôt, elle se retrouverait si seule...

– Comment ces gens osent-ils te juger ! tempêtait Jed. Nous juger, juger ce... ce bonheur que nous avons trouvé...

Cora ferma les yeux. Elle ne pouvait le laisser continuer à divaguer. « Il faut regarder la vérité en face », songea-t-elle avec tristesse.

– C'est leur rôle, dit-elle calmement.

– Quoi ? fit Jed en se tournant vers elle, incrédule.

– C'est le rôle des communautés, Jed. Juger ceux qui violent les règles. Nous avons violé les règles.

– Les règles ? répéta Jed, s'approchant d'elle. Je ne sais pas de quoi tu parles.

– Tu le sais parfaitement.

Comme il n'ajoutait rien, elle rajusta sa coiffure puis déclara d'un ton détaché :

– J'ai juré de rester fidèle à Luther Briggs jusqu'à la mort. Or tu as fait l'amour avec moi, sans que nous soyons mariés. Voilà deux règles que nous avons violées.

Jed leva les bras au ciel et esquissa un sourire sans joie.

– Tes engagements vis-à-vis de Luther sont depuis longtemps révolus, dit-il. Et je n'ai pas honte de ce que nous avons partagé.

Se laissant tomber sur le matelas à côté d'elle, il posa une main sur son genou dans un geste possessif.

– Peut-être devrais-tu en avoir honte, répliqua-t-elle en écartant sa jambe.

– Eh bien non.

Il la regarda tendrement, un sourire au coin des lèvres.

– Ce que j'éprouve avec toi, Cora... Certains pourraient qualifier cela de péché. Mais ce n'est pas mon sentiment.

Cora fut désarmée par la sincérité de cette déclaration. Jed était si franc, si honnête. Mais elle ne voulait pas qu'il souffrît.

– Il est normal que tu n'aies pas l'impression de pécher. Un voleur a-t-il le sentiment de faire le mal ? Ne se dit-il pas que ses victimes sont riches et que ce qu'il prend ne leur fera pas défaut ?

– Je ne suis pas un voleur, Cora. Je ne t'ai pas volée à Luther.

– Tu fais exprès de ne pas comprendre. Tu essaies de te convaincre que ce que nous faisons est bien, alors que nous savons l'un et l'autre que c'est mal.

Jed secoua la tête avec véhémence.

– Quand je te touche, quand je te caresse, quand je sens tes mains sur mon corps, je n'éprouve que plaisir et joie, pas une once de remords.

– C'est un tort.

Jed lui prit la main et la porta à ses lèvres.

– Veux-tu dire que nous devrions cesser dc nous voir ? demanda-t-il, pris de panique.

Cora le regarda longuement. C'était précisément ce qu'elle aurait dû proposer. Avoir laissé les choses aller si loin était pure folie.

– Non, murmura-t-elle, la gorge nouée. Je ne te renvoie pas, Jed. Je devrais le faire, mais je ne crois pas en être capable.

– Que dis-tu là ?

Cora semblait bouleversée, et il serra dans la sienne sa main froide et tremblante.

– Je veux que tu regardes les choses en face, Jed, voilà tout.

Il resta un moment silencieux, puis lui lâcha la main.

– Tu me prends encore pour un jeune ignorant, Cora ? Je manque peut-être d'expérience en amour, mais je connais les réalités de la vie.

– Tu ne me comprends pas.

Elle reprit sa main dans la sienne et caressa tendrement ses doigts.

– Ce sont les réalités de la vie que tu dois regarder en face. Nous ne sommes pas amants, Jed, nous ne sommes que des pécheurs.

Il eut un mouvement de recul, comme si elle l'avait frappé.

– Je suis peut-être un pécheur, répondit-il. Mais cela ne veut pas dire que je ne t'aime pas.

Elle se prit la tête entre les mains, comme si elle souffrait de migraine.

– Tu ne dois pas m'aimer. Je t'ai invité dans mon lit pour que tu fasses la différence entre le désir et l'amour.

Il lui souleva le menton. Elle avait les yeux brillants mais son expression était calme.

– Peu importe pourquoi tu m'as invité dans ton lit. Je suis heureux avec toi. Cora, ajouta-t-il avec une ébauche de sourire, tu peux me dire ce que tu crois. Tu peux me dire ce que tu penses, ce que tu sais...

Il se pencha pour déposer un léger baiser sur ses lèvres.

– Mais tu ne peux pas me dicter mes sentiments, acheva-t-il.

Cora s'écarta de lui. Elle se leva et s'approcha de la fenêtre. Lorsqu'elle ouvrit les volets, le soleil de l'après-midi éclaira chaque courbe de son corps, comme si c'était d'elle qu'émanait la lumière. Elle se retourna.

– Ce que nous faisons est mal, et tu le sais. Reconnais-le, c'est tout.

Il croisa son regard troublé.

– Pourquoi insistes-tu ?

– Parce que c'est important ! lança-t-elle, irritée. Je ne veux pas d'un homme qui ne connaît pas les règles.

Jed vint s'asseoir à ses pieds et la scruta de ses intenses yeux bruns.

– Les règles ? Tu remets ça ? De qui sont ces règles, Cora ? Du révérend Bruder ?

– Ce sont *nos* règles ! La civilisation est fondée sur des règles, Jed. On ne les viole pas impunément. Je veux que tu le comprennes. Nous avons violé les règles, et certains en souffriront.

– Cora, je comprends ce que tu dis. Je suis même en partie d'accord avec toi. Mais dans le cas présent, la civilisation n'est pas en danger. Ce que nous faisons est beau, merveilleux. Qui cela fera-t-il souffrir ?

– Toi. Peut-être moi.

S'agenouillant, il l'attira dans ses bras et appuya le visage contre son ventre, comme si la force de son étreinte pouvait la protéger de tous les dangers de l'univers.

– Oh, Cora, murmura-t-il, je ferai de mon mieux pour ne jamais te faire souffrir !

Les doigts raidis par le froid, Cora finissait d'étendre la pièce de coton gris rapiécée. Elle espérait que la petite brise qui s'était levée dans l'après-midi suffirait à sécher les draps.

– Bonjour, madame Briggs.

Surprise, elle sursauta. Vêtu de noir, le révérend Philémon Bruder se tenait à l'angle de la maison.

– Bonjour, pasteur. Qu'est-ce qui vous amène de ce côté de la ville ?

Bruder sourit, plutôt aimablement, et se dirigea vers elle, les mains dans le dos. Ses maigres cheveux roux – tirant sur le gris – et sa moustache carotte juraient avec son teint hâlé.

– Je viens voir une de mes brebis.

Cora plaça la dernière pince à linge sur le fil puis se tourna vers lui, les mains sur les hanches.

– Je fais donc partie de votre troupeau ?

– Vous en faisiez partie, corrigea le pasteur avec un haussement d'épaules. Disons que vous êtes la brebis égarée.

Cora croisa les bras et secoua la tête.

– Cette brebis ne s'est pas égarée, elle a été chassée. Si j'apparaissais au service dominical, la moitié des femmes de l'assemblée s'évanouirait, ajouta-t-elle avec un rire amer.

– En êtes-vous sûre ?

– Vous ne l'êtes pas ?

– Pas du tout. Vous vous êtes volontairement coupée de votre église. En cas d'ennuis, c'est dans la maison de Dieu qu'il faut se réfugier.

– Je ne me suis pas coupée de Dieu, dit-elle, le regardant de haut. Mais simplement des bonnes gens de Dead Dog.

Le pasteur hocha gravement la tête, puis changea le cours de la discussion.

– Je suis venu vous parler de bruits qui courent à votre sujet.

– De nouveaux bruits, ou toujours les mêmes ?

– De tout nouveaux, qui me semblent très graves.

Cora poussa un soupir. L'heure du jugement avait sonné.

– Mais asseyez-vous donc, révérend, dit-elle en montrant le banc baigné par le soleil de l'après-midi. Je vais nous faire du thé.

Le pasteur accepta et s'assit, tandis qu'elle se hâtait vers la cuisine.

Elle réfléchit, en ranimant le feu, à ce qu'elle devait faire. Si le pasteur était au courant de sa liaison avec Jed, elle cesserait de le voir. S'il ne faisait que soupçonner l'existence d'un homme, peut-être pourraient-ils prolonger quelque temps encore leur relation.

Tout en préparant le plateau du thé, elle se reprocha de telles pensées. Si elle avait eu une once de bon sens, elle aurait rompu avec Jed, car elle ne pouvait espérer déjouer longtemps la vigilance de la ville.

Elle jeta un coup d'œil dehors. Le pasteur était plongé dans le livre de Mme Millenbutter qu'elle avait laissé sur le banc. En bonne hôtesse, elle aurait dû mettre la bouilloire sur le feu et retourner auprès de son invité, tandis que l'eau chauffait. Mais Cora s'attarda dans la cuisine.

Elle attendit que le thé fût infusé pour sortir avec un simple plateau en bois, au milieu duquel trônait la théière bleue d'Amélie Sparrow, entourée de tasses dépareillées.

– Voilà, annonça Cora avec une gaieté exagérée.

Le pasteur ne leva même pas la tête. Il fallut que Cora se plantât devant lui pour qu'il se décidât à abandonner sa lecture.

– Révérend, pouvez-vous retourner la bassine ? dit-elle en désignant l'ustensile cabossé qui séchait au bout du banc.

Lâchant le livre, le pasteur disposa cérémonieusement la bassine. Cora posa le plateau sur cette table de fortune et s'assit en face de lui.

– Ce livre est très intéressant, déclara-t-il. Je n'avais jamais entendu parler de Daisy Millenbutter.

Cora parut étonnée.

– Mme Millenbutter donne de merveilleux conseils. J'ai une grande admiration pour elle.

– J'ai cru d'abord à un plagiat des écrits de Mme Eddy, mais c'est tout à fait différent.

– Vous avez lu Mme Eddy ?

– Bien sûr, et vous ?

Elle acquiesça.

– Je trouve ses principes très enrichissants, mais quand elle aborde la mystique orientale, ça devient trop complexe pour moi.

Le pasteur regardait Cora comme s'il la découvrait.

– Je ne savais pas que vous vous intéressiez à la religion ou à la philosophie.

– Un peu seulement, dit-elle avec une ombre de sourire. Au foyer méthodiste, on étudiait soit la philosophie soit les principes du lavage à la main.

Le révérend Bruder s'esclaffa.

– Vous trouvez donc Mme Millenbutter supérieure à Mme Eddy ?

– Non, pas supérieure, mais correspondant mieux à ma personnalité. J'aime le grand air et les exercices physiques.

– A quel aspect de la philosophie de Mme Millenbutter vous intéressiez-vous, ce matin ?

– Je cherchais un remède contre la diphtérie.

– Ah ?

– J'ai entendu dire que la maladie sévit dans le

quartier de Low Town. J'espérais que Mme Millenbutter proposait un traitement valable.

– Et alors ?

– Elle recommande de se nettoyer la gorge avec du jus de lime.

– Malheureusement, nous ne récoltons pas de limes dans la région.

– J'essayais justement de réfléchir à un produit de substitution.

– Très bonne idée. Qu'avez-vous découvert ?

– Rien encore.

– Peut-être pourrions-nous essayer de réfléchir ensemble ?

Cora accepta d'un hochement de tête.

– Que savez-vous de la lime, révérend ? demanda-t-elle.

– C'est un fruit aromatique à l'odeur âcre.

– Et très acide, ajouta Cora. Ça doit être horrible de s'en frotter la gorge.

– Ça ne doit pas être agréable, concéda le pasteur.

– Le jus de lime brûle terriblement si on le met sur une coupure. C'est à peu près tout ce que j'en sais, ajouta-t-elle après un moment de réflexion.

– Bon. Cherchons quelque chose à notre disposition qui soit abominablement acide et brûle la chair à vif.

Cora passa mentalement en revue le contenu des placards de sa cuisine. Elle était sur le point d'abandonner lorsqu'elle vit le révérend ouvrir de grands yeux.

– Qu'y a-t-il ? demanda-t-elle.

– Le whisky.

– Le whisky !

Le révérend s'empourpra et détourna les yeux, gêné.

– Je n'ai pas toujours été pasteur, madame Briggs, avoua-t-il.

Il hésita longuement, puis, prenant une profonde inspiration, il se tourna vers Cora :

– Il fut un temps où j'étais le plus misérable des pécheurs. Je reconnais avoir eu un triste penchant pour l'alcool.

– Révérend Bruder !

– Dans ma jeunesse, j'étais un ivrogne, annonça-t-il solennellement. Et je le serais encore si ma chère Constance, une bonne chrétienne, ne m'avait arraché aux griffes de Satan et mis sur la voie de la rédemption.

Cora en resta muette. Elle toussota pour retrouver sa voix.

– Jamais je ne m'en serais doutée, murmura-t-elle.

– Personne ne le sait en ville. Depuis que j'ai répondu à l'appel du Seigneur, je ne parle jamais de ma vie passée.

Cora éprouva le besoin de le réconforter :

– Vous avez plus de mérite à avoir laissé vos erreurs derrière vous qu'à avoir toujours mené une vie vertueuse.

Comprenant qu'elle parlait autant pour elle-même que pour lui, le pasteur la regarda avec admiration. Se levant, il s'inclina légèrement pour prendre congé.

– Puis-je emporter le livre de Mme Millenbutter ? demanda-t-il.

– Mais bien sûr, voyons. Vous n'avez pas fini votre thé. Où partez-vous comme ça ?

– Chez Humley.

– Pourquoi ?

Le visage du révérend s'épanouit en un large sourire.

– Si je ne savais pas laquelle de mes brebis possède un alambic, je ne serais pas un bon berger !

Cora rit de bon cœur. « Du coup, il a oublié la raison de sa visite », songea-t-elle en le regardant s'éloigner.

Cora allait presque tous les jours retrouver Jed à la ferme Pratt. Elle l'aidait à rentrer l'avoine, à mettre les gerbes à l'abri. Ils folâtraient dans les champs, se roulaient dans le foin et déjeunaient dans la vieille ferme de rondins.

Jed avait tout du fermier, désormais. Le soleil avait bruni sa peau et il avait troqué ses habits de deuil contre des vêtements de travail aux couleurs passées.

– Je te suis si reconnaissant de ces merveilleux moments, dit-il en l'aidant à étaler la nappe du pique-nique.

– C'était une idée formidable de se retrouver à la ferme, répliqua Cora, un sourire aux lèvres.

– Mais les nuits sont trop courtes.

Cora leva les sourcils, feignant de ne pas comprendre.

– Avez-vous oublié votre romantisme, monsieur Sparrow ?

Jed lui saisit le poignet et baisa cérémonieusement sa main.

– Je ne vis que pour vous faire la cour, madame Briggs, déclara-t-il avec emphase.

– Vraiment ? Et la poésie ? demanda-t-elle en lui tendant son assiette. Voilà des semaines que je n'ai pas entendu le moindre vers.

Jed haussa les épaules et s'absorba un moment dans la contemplation de son assiette.

Puis il lissa une moustache inexistante et s'éclaircit la voix :

– « La plus belle femme que j'aie jamais vue,

Ne me nourrit que de fèves et de laitue. »

– Si tu n'es pas content, lança Cora, simulant la fureur, tu n'auras que du pain et de l'eau !

Levant les mains, Jed fit mine de se protéger.

Ils mangèrent leur repas comme des affamés. Jed se servait alternativement dans sa propre assiette et dans celle de Cora, qui s'empressa d'en faire autant. Une fois repus, ils redevinrent sérieux.

– Tu ne travailles plus du tout au salon mortuaire ? demanda Cora.

– Personne ne veut de moi. Comme je n'ai jamais eu la diphtérie, maman ne veut pas que j'approche les vivants et Haywood ne veut pas que j'approche les morts.

– L'épidémie s'aggrave ? questionna-t-elle, inquiète.

– Je ne crois pas qu'il y ait eu de mort depuis deux jours. C'est bon signe. Tu sais que le pasteur a demandé à ma mère et aux autres infirmières de tamponner la gorge des malades avec du whisky ?

– Je sais, glousa Cora. En fait, c'était l'idée de Mme Millenbutter.

Ils rirent de concert, discutèrent philosophie, parlèrent du révérend, puis en vinrent au foyer méthodiste.

– Ce n'était pas si terrible, au foyer, avoua Cora. Mais ça n'a jamais été *mon* foyer. Je partageais une chambre avec neuf autres filles. Neuf filles que je considérais comme des amies, ce qui ne m'empêchait pas de me sentir seule.

– A Dead Dog aussi tu te sens seule, non ?

– Je me suis toujours sentie seule, depuis la mort de maman. Mais depuis que je t'ai rencontré, je ne le suis plus.

16

Ayant entendu un bruit de casseroles, Haywood entra dans la cuisine.

– Bonsoir, Mellie !

Amélie leva les yeux et fit un vague signe de tête.

– Je vous ai entendue rentrer, dit-il. Comment ça se passe dans le Low Town ? Ça va mieux ?

– Pas de nouveaux cas aujourd'hui. Et bien qu'au début cela m'ait paru idiot, le traitement du révérend semble faire de l'effet.

– L'alcool est un bon antiseptique, admit Haywood.

– Je pense que le pire est passé. Dans un jour ou deux, la vie pourra reprendre son cours normal.

– Oui, sans doute...

Il hésita longuement, la regardant vaquer dans la cuisine d'un air las.

– Je voulais juste vous dire, Mellie, se décida-t-il enfin, que... A travailler avec vous, ces deux dernières semaines, j'ai découvert une autre Amélie Sparrow.

– Ah bon ? fit-elle, indifférente.

– Je vous prenais pour la femme la plus gâtée et la plus égoïste de la terre, dit Haywood avec un petit rire. Vous m'avez prouvé que ce n'est pas le cas.

– Je n'ai rien à vous prouver, ni à vous ni à quiconque, rétorqua Amélie avec une fureur froide. J'ai travaillé avec vous pour protéger mon fils de la contagion. N'importe quelle mère en aurait fait autant.

– Peut-être. Mais avec quelqu'un d'autre, je n'y aurais pas trouvé le même plaisir.

Il lui adressa un sourire engageant qui laissa Amélie de glace. Elle leva le menton, cherchant à le remettre à sa place.

– Comme je le disais, monsieur Puser, le pire de cette affreuse épidémie est passé. Et nous avons intérêt, à l'avenir, à garder nos distances.

Loin d'accepter sa disgrâce, il éclata de rire.

Amélie ouvrit la bouche pour lui lancer une réplique cinglante, mais Haywood fut épargné par un coup frappé à la porte. Elle se dirigea vers le vestibule, lui jetant au passage un regard furieux.

– Révérend Bruder ! s'exclama-t-elle en voyant le pasteur s'encadrer dans la porte. Quelle bonne surprise !

Le pasteur retira son épais manteau de lainage et son chapeau, qu'elle accrocha au portemanteau.

– Qu'est-ce qui vous amène ? demanda Haywood, tendant la main au révérend.

Celui-ci remit de l'ordre dans ses cheveux roux et tortilla sa moustache.

– Je viens simplement prendre des nouvelles de mes paroissiens.

Amélie l'introduisit dans le salon, Haywood sur leurs talons. La pièce était sombre et drapée de crêpe à l'intention des familles des défunts. Le pasteur était souvent entré dans cette pièce en de moins plaisantes occasions.

– Le traitement au whisky a l'air de faire son effet, dit-elle. Nous utilisons de petits tampons de coton entortillés sur un fil de fer, pour laisser le produit plus longtemps en contact avec la gorge.

– Excellente idée, approuva le pasteur. Et c'est sûrement moins désagréable que la lime.

– La lime ? répétèrent d'une seule voix Amélie et Haywood.

– En principe, c'était le traitement conseillé. Mais comme c'était hors de question, j'ai improvisé.

– Qui vous a parlé d'un traitement à base de lime ? questionna Haywood.

– Mme Briggs, répondit le révérend Bruder avec un sourire.

– Mlle Maimie ? fit Amélie, surprise.

– Non, Cora Briggs, précisa le pasteur en s'asseyant sans attendre d'y être invité.

Amélie fut comme foudroyée. Elle s'assit vivement, comme si elle craignait de tomber.

– Vous êtes allé rendre visite à Cora Briggs ?

– Tss, tss, je n'aime pas ce ton. Mme Briggs fait partie de mon troupeau. J'ai non seulement le droit, mais le devoir de lui rendre visite.

– Elle n'a pas mis les pieds à l'église depuis huit ans !

– C'est vrai, mais parce qu'elle craint de ne pas y être bien accueillie.

– En effet !

– Elle voit donc juste.

Se sentant désavouée par le pasteur, Amélie repartit à l'attaque :

– Mme Briggs vous a-t-elle confessé quels hommes elle fréquente ?

Conscient d'avoir négligé son devoir, le révérend Bruder rougit.

– Nous n'avons pas encore abordé la question. Nous avons parlé santé et euh... philosophie.

Comme les deux autres le dévisageaient avec stupéfaction, le révérend se racla la gorge, embarrassé.

– Je ne connaissais pas bien Mme Briggs, reprit-il.

Je crains de ne m'être trompé sur son compte. Dès que j'aurai regagné sa confiance, je lui parlerai de son péché.

– Qu'est-ce que cette femme peut savoir sur le traitement des malades ? interrogea Amélie.

– Apparemment pas mal de choses, dit le révérend, ouvrant un livre et le lui tendant.

Elle crut d'abord qu'il s'agissait de la Bible, mais s'aperçut vite de son erreur.

– Mme Briggs m'a gentiment permis d'emprunter son exemplaire du traité de Mme Millenbutter sur la santé, le maintien et la spiritualité. Je l'ai trouvé fascinant, je suis obligé de l'admettre, madame Sparrow.

– C'est une œuvre biblique, révérend ?

– Non, ce sont surtout des principes de bon sens. En les respectant, nous pouvons probablement protéger la santé de notre communauté.

Haywood prit le livre des mains d'Amélie dont la curiosité ne semblait pas le moins du monde piquée. Rien, estimait-elle, de ce qui venait de Cora Briggs ne pouvait posséder quelque valeur.

– Je pensais, révérend, qu'en tant que ministre de l'Evangile vous deviez vous soucier plus de nos âmes que de nos corps.

– Je me soucie des unes comme des autres, madame Sparrow. Dieu nous donne notre vie et notre santé en même temps que notre être spirituel.

Haywood feuilletait le livre en hochant la tête.

– Il n'y a rien de bien méchant dans tout ça, dit-il. Grand air, hygiène, respiration profonde et maintien correct.

– C'est mon point de vue, acquiesça le révérend. En fait, ajouta-t-il avec un gloussement, je fais tous les matins une longue promenade et des exercices dans l'intimité de mon presbytère. Je le recommande fortement.

Le révérend Bruder se leva et prit une profonde inspiration. Puis, levant les mains au-dessus de sa tête, il s'étira. Ce qui eut pour effet de remonter ses basques pratiquement jusqu'à sa taille. Amélie et Haywood le regardèrent comme s'il était devenu fou.

– Ahhh... fit-il en ramenant lentement les bras le long de son corps. Je crois que je ne me suis jamais senti aussi bien de toute ma vie. Bon, il faut que j'y aille...

Haywood lui tendit l'ouvrage.

– Votre livre, révérend.

– Vous pouvez l'emprunter pour la journée. Mme Briggs m'a permis de le prêter. Vous avez un jour pour le parcourir. Mais ne vous inquiétez pas. A ma demande, Titus Penny a pris contact avec l'éditeur et en a commandé cent exemplaires qu'il mettra en vente dans son magasin. Ils doivent arriver dans les prochaines semaines.

Jed gara l'attelage derrière la maison de Maimie Briggs, à côté de la grange. Le vieux corbillard était chargé de bois et de peinture, d'un grand tas de terre et de paniers de bulbes. Sautant à terre, il détela les chevaux puis les attacha à un pieu à portée de l'abreuvoir et de l'herbe bordant la grange.

– Bonjour, entendit-il derrière lui.

Se retournant, il vit Tulsa May qui avait surgi par la porte de service et se dirigeait vers lui. Elle portait une robe en calicot bon marché d'un brun indéfinissable, qui lui allait mieux cependant que ses habituels vêtements aux couleurs à la mode.

– Bonjour, mademoiselle Tulsa May, répondit-il. Je suis surpris de vous trouver ici.

– Pourquoi ? Vous saviez que je restais avec Mlle Maimie.

– Oui. Mais je pensais que vous seriez partie faire

vos exercices matinaux, comme tout le reste de la ville.

Elle sourit, dévoilant ses dents écartées.

– Quel spectacle ! pouffa-t-elle. J'ai vu de mes propres yeux Lily Auslander, qui est aussi large que la vache de maman, avancer à petits pas dans la Grand-Rue, un sac de haricots blancs sur la tête !

Jed éclata de rire.

– Attendez de voir Carlisle Bowman lancer des massues !

Les deux jeunes gens échangèrent des anecdotes sur la dernière folie qui s'était emparée de Dead Dog.

– Papa veut que maman organise, le samedi après-midi, une séance pour les jeunes filles qui s'appellera « Prières et maintien ».

– Vous devrez y participer, j'imagine ? demanda Jed, levant un sourcil.

– J'en ai bien peur.

– En tout cas, ça vous occupera, une fois que vous aurez planté ces jardinières.

– Je suis si contente que vous ayez pu venir ?

– D'après ce que je comprends, Mlle Maimie n'est pas enchantée de cette innovation.

– Ça lui fera du bien, décréta Tulsa May avec un geste insouciant. L'agacement lui maintient l'esprit en éveil.

– C'est ce que vous lui prescrivez ?

Elle acquiesça, ravie.

– J'ai dit à Conrad et à Mattie de prendre tout leur temps avant de revenir. Mlle Maimie représente pour moi un défi.

– Je suis sûr qu'elle vous trouve tout aussi intéressante.

– Pas intéressante. Exaspérante !

Avec l'aide de Tulsa May, Jed déchargea le bois.

– Haywood m'a dit que vous vouliez des jardinières pour chaque fenêtre du rez-de-chaussée ?

– Dix-huit fenêtres en tout. Mais les fenêtres de la façade étant groupées par trois, je crois que vous pourriez faire de longues jardinières.

Jed en convint. Passant son tablier de travail au-dessus de sa tête, il se pencha en avant, croisa les cordons dans son dos et les noua devant. Lorsqu'il releva la tête, il vit que Tulsa May le regardait avec une expression bizarre.

– Qu'y a-t-il ?

Elle sursauta.

– Rien, rien, affirma-t-elle.

Jed éprouva un étrange malaise, mais n'insista pas.

– Je vais commencer ici derrière. Une fois que je me serai fait la main, je pourrai attaquer la façade sans me ridiculiser aux yeux des visiteurs.

Tulsa May approuva vaguement et parut faire un effort pour s'arracher à sa rêverie.

– Ça me paraît une très bonne idée, dit-elle avec une gaieté forcée.

– J'espère que les coups de marteau ne vont pas déranger Mlle Maimie.

Cette fois, Tulsa May rit de bon cœur.

– Oh, je peux vous garantir que ça la dérangera ! Pour être sincère, j'ai hâte de la voir s'en prendre à vous. Ça va l'occuper toute la journée.

Jed rit à son tour, tandis que Tulsa May examinait le contenu du chariot.

– Je vois que vous m'avez même apporté de la boue.

Jed porta les mains à son cœur comme s'il était blessé.

– Ceci, jeune femme, n'est pas de la boue. C'est du terreau maison.

– Oh, excusez-moi, dit-elle en s'inclinant respectueusement devant le tas de terre. Que m'avez-vous apporté à planter ?

– Ce que j'ai pu. Je ne connais personne au monde, Tulsa May, qui aurait l'idée de planter des jardinières au début de l'hiver. J'ai failli vous apporter des immortelles. Mais je me suis ravisé.

Tulsa May essaya de soulever le couvercle d'un panier. Jed tira un tournevis de son tablier et fit sauter le dessus du panier.

– Il y a surtout des jonquilles, dit-il. Ce sont probablement les fleurs les plus vigoureuses que je connaisse et elles fleuriront tout le temps. J'ai entendu dire qu'elles poussaient à travers la neige.

– Et ça ? demanda-t-elle, brandissant un bulbe rond.

– Ce sont des tulipes. Je n'ai guère de chance moi-même avec les tulipes.

– C'est pour ça que vous me les donnez ?

– En fait, c'est avec les taupes que je n'ai pas de chance. Je mets ces oignons en terre, et ces coquines les prennent pour des jouets. Elles les déterrent et les font rouler. Quand vient le printemps, mon parterre de tulipes est nu, mais quelques tulipes sortent dans la cour, à travers le plancher de la remise ou en plein milieu du chemin !

Tulsa May rit de l'air désespéré de Jed.

– Je me suis dit que les taupes ne pourraient pas monter dans ces jardinières. Mais, ajouta-t-il d'un ton théâtral, si j'arrive et que je voie de petites échelles en brindilles appuyées contre ces jardinières, j'abandonnerai les tulipes à tout jamais !

Jed travailla avec entrain à clouer les jardinières la plus grande partie de la matinée. Tulsa May l'aida autant qu'elle le put, mais Mlle Maimie ne cessant de se plaindre du bruit, la jeune fille courait sans arrêt d'un endroit à l'autre pour tenter de la calmer.

Elle manifesta rapidement un don pour la peinture. Côté menuiserie, toutefois, ses talents étaient plutôt médiocres. A un moment, Jed l'entendit pousser un hurlement. Il se précipita. Elle s'était coincé le pouce entre le marteau et la tête du clou. Il lui saisit la main et se mit à souffler avec force sur le pouce blessé. Puis il lui massa les doigts et la paume, pour faire circuler le sang et éviter un œdème.

– Ça va ? demanda-t-il.

Le pouce dans la bouche, Tulsa May hocha la tête.

– Ça va. Je suis vraiment maladroite...

Jed la regarda longuement. Ses yeux bruns et son sourire étaient troublants.

– Je voulais juste vous aider, soupira-t-elle. Mais je suis un véritable danger public avec un marteau à la main.

Jed se pencha pour ébouriffer ses boucles rousses. Ce n'était qu'une petite fille. Avait-il vraiment eu l'intention de l'épouser ?

– Je vous aime bien, Tulsa May. J'ai toujours pensé que vous feriez une bonne épouse. Je suis sûr qu'un de ces jours un homme tombera fou amoureux de vous.

Elle le considéra un moment d'un air singulier avant de répondre en riant :

– Je préférerais qu'il ne tombe pas. Un maladroit par couple, ça suffit, je crois !

L'après-midi s'écoula sans histoires. Tulsa May s'occupait des plantations, pendant que Jed finissait seul les jardinières.

Elle chargea de terreau la brouette de Mlle Maimie et alla remplir celles qui étaient en place sous les fenêtres.

– Qu'est-ce que c'est ? demanda-t-elle en soulevant un sac de grain.

– Du sulfate de magnésium. Mettez-en un petit peu

et vos feuilles seront plus vertes et vos fleurs plus éclatantes.

Enfin, ils achevèrent leur tâche.

– Ces jardinières sont parfaites, dit-elle.

– Vous ne vous attendez pas que Mlle Maimie soit d'accord avec vous, j'espère ?

– Même si elle l'était, pouffa Tulsa May, elle ne l'avouerait jamais. Je veux seulement égayer un peu sa vie.

– Pourquoi êtes-vous si gentille avec elle ? Je ne l'ai jamais entendue dire un mot gentil sur quelqu'un.

La jeune fille haussa les épaules.

– Cela ne me change pas, puisque, de toute façon, j'ai rarement droit à un mot gentil. Depuis ma naissance, je déçois ceux qui m'entourent. Mes parents voulaient un garçon. Je n'en étais pas un. Etant une fille, je devais être jolie. Je ne l'étais pas. Ne l'étant pas, je devais être gracieuse. Je ne l'étais pas. N'étant pas gracieuse, je devais être douée. Je ne l'étais pas. N'étant pas douée, je devais être raisonnable. Je ne l'étais pas davantage...

– Vous avez de merveilleuses qualités, Tulsa May, protesta Jed.

– Je sais. Mais si j'avais écouté ce que les autres pensaient de moi, je me serais recroquevillée dans ma coquille et j'aurais passé mes nuits à pleurer dans mon coin.

Tulsa May regarda Jed, les yeux brillants de sympathie.

– Mais j'ai ignoré leur jugement et décidé que Dieu m'avait faite telle que je suis. Alors, l'opinion de Mlle Maimie... conclut-elle en haussant joyeusement les épaules.

Jed lui sourit.

– Vous trouvez donc que ce qui compte, c'est d'être soi-même ?

– Je trouve que chacun doit choisir ses critères et ses règles. Votre mère a choisi de vivre selon les règles de Mlle Maimie. Ce qui ne doit pas vous empêcher de vivre comme vous l'entendez.

D'une main, Jed souleva le menton de Tulsa May.

– Où avez-vous acquis cette sagesse ?

La jeune fille haussa les épaules.

– J'imagine que c'est à force de réfléchir au lieu d'apprendre où ranger les cuillères à café.

Ils rirent de concert, puis Tulsa May reprit la parole, d'un ton sérieux, cette fois :

– Qu'allez-vous faire pour Mme Briggs ?

La main de Jed se figea.

– Je ne sais pas ce que vous voulez dire.

Tulsa May lui tapota le bras.

– Personne n'est au courant, le rassura-t-elle. En tout cas, je ne crois pas. Je l'ai deviné toute seule.

– Qu'est-ce que vous allez chercher là ? fit Jed d'un ton de reproche.

– M. Panek m'a parlé des pièces en cuir que vous lui avez commandées. Et ce tablier... eh bien, il est exactement comme celui que mon père a vu chez Mme Briggs.

Jed hésita.

– Mme Briggs et moi sommes amis.

– C'est bien ce que je croyais, dit Tulsa May avec un sourire qui révéla ses dents écartées.

Son amusement irrita Jed.

– Je me fiche de ce que vous croyez ou supposez. Je ne veux pas entendre du mal sur elle.

– Du mal ? répéta la jeune fille, incrédule. Pourquoi dirais-je du mal de la seule personne de cette ville qui se soucie aussi peu que moi de l'opinion de Mlle Maimie ?

Jed n'en croyait pas ses oreilles. Il s'assit et la dévisagea.

– J'ai toujours admiré Mme Briggs, poursuivit-elle. Bien qu'à dire vrai je ne croie pas avoir jamais échangé un mot avec elle. Mais j'ai toujours apprécié la façon dont elle vivait ici, sans baisser la tête devant votre mère ou Mlle Maimie.

– Mme Briggs a essayé de tirer le meilleur parti d'une situation pénible.

– Je sais. Même papa l'admire. Je l'ai entendu dire à maman, pas plus tard qu'hier, que pour rompre un mariage il fallait être deux.

– Votre père a raison. Bien qu'il lui ait fallu du temps pour arriver à cette conclusion.

– J'imagine que sa récente conversion à l'exercice physique y est pour quelque chose.

Jed hocha la tête.

– Alors, vous l'aimez ? questionna-t-elle.

– Comment ?

– J'ai demandé si vous l'aimiez.

Jed se mit à ranger les outils.

– Tulsa May, vous êtes une fille très intelligente, mais il y a des choses dans la vie que vous ne comprenez pas.

– Vous trouvez que je suis trop jeune pour comprendre ce qui touche à l'amour ?

– Non, pas à l'amour en soi, admit Jed. Mais à certains problèmes qui surviennent avec l'amour.

– Vous avez sûrement raison. Je ne comprends pas tous les problèmes. Je comprends seulement que depuis quelques semaines, vous paraissez plus heureux et plus libre qu'avant. Je vous croyais amoureux.

– Mademoiselle Bruder, dit Jed en secouant la tête, vous êtes terriblement perspicace.

– Alors vous l'aimez ? demanda-t-elle avec un large sourire.

– Oui, je l'aime, soupira Jed.

Tulsa May prit un air songeur.

– Je suis si heureuse pour vous ! De tous les adultes de la ville, c'est vous que je préfère.

– Merci. Mais ce n'est malheureusement pas un conte de fées où tout finit bien.

– Pourquoi pas ? s'étonna-t-elle en ouvrant de grands yeux.

Jed s'essuya le front sur sa manche et regarda au loin.

– Dans la vie, ça ne se passe pas ainsi.

– Elle ne vous aime pas ?

– Si, admit-il, je crois qu'elle m'aime.

– Alors où est le problème ?

Jed se tourna vers Tulsa May, les lèvres pincées.

– Mme Briggs est divorcée, dit-il.

– C'est facile à arranger.

– Comment ?

– Vous n'avez qu'à l'épouser.

17

Cora fredonnait en tournant la sauce. Elle se sentait bien et se réjouissait de recevoir Jed à dîner. Levant les yeux, elle sourit distraitement avant d'apercevoir son visage.

– Qu'y a-t-il ? demanda-t-elle.

– J'ai beaucoup réfléchi, commença Jed.

– Tu as pris une décision pour la ferme ?

– Je m'y installe. Pendant l'hiver, je ferai d'importants travaux. Au printemps, tout sera prêt pour une vraie récolte.

L'air pensif, Cora s'essuya les mains sur son tablier.

– Tu abandonnes les pompes funèbres ?

Jed hocha affirmativement la tête, lui prit la main et la fit asseoir à côté de lui.

– Je ne les abandonne pas, je ne les ai jamais choisies. J'ai toujours détesté embaumer.

Elle acquiesça d'un sourire.

– Pendant des années, j'ai essayé de faire plaisir à mon père en suivant ses traces, poursuivit-il. Mais c'était au-dessus de mes forces. Et maman ne m'a guère aidé. Elle me poussait encore plus que lui.

– Pourquoi ?

– Elle avait peur, je pense. Tu sais, jusqu'à sa mort, maman n'était pas sûre qu'il nous garderait.

– Qu'il vous garderait ?

– Bien que jeune et jolie, maman n'était pas un bon parti. Mon grand-père maternel était loin d'être riche. Personne ne s'attendait qu'elle fasse un beau mariage. Mais elle était ambitieuse et habile. Elle a décidé de conquérir un homme qui lui permettrait de s'élever dans l'échelle sociale.

– Et elle a réussi.

– Je crois qu'elle n'a jamais su comment elle s'y était prise, et elle a craint toute sa vie de voir la chance l'abandonner.

– Ta mère te l'a dit ?

– Non, jamais de la vie. Elle préférerait mourir que de le reconnaître.

Prenant la main de Cora dans la sienne, Jed caressa ses doigts.

– Mon père et ma mère ne se sont jamais aimés. Elle me l'a dit. Si elle ne me l'avait pas avoué, je l'aurais de toute façon deviné, tant c'était évident.

– Ils se disputaient ?

– Jamais. Mais ils se parlaient rarement. Ils n'avaient que deux sujets de conversation : l'entreprise et moi, bien sûr. C'était tout ce qu'ils avaient en commun.

– Ils les aimaient l'un et l'autre ?

– Sans doute. Mais maman a toujours eu peur, je crois, qu'il nous mette à la porte si je le décevais.

– Oh, sûrement pas.

– Il ne l'aurait évidemment pas fait. Pourtant, je l'ai beaucoup déçu.

– Tu n'étais pas fait pour ce travail, c'est tout.

– Je me rappelle le matin de sa mort. Il n'y avait personne pour s'occuper du corps. Je savais que je devais le faire.

Son regard se troubla. Voyant sa peine, Cora lui pressa la main.

– Je me suis agenouillé à côté de la table, reprit-il, les yeux perdus dans le vide. Je n'avais jamais prié dans cette pièce et je ne l'ai jamais fait depuis, mais ce jour-là, j'ai prié. Je devais préparer le corps de mon père. Et j'ai supplié Dieu de m'en donner la force.

Cora porta la main de Jed à ses lèvres et l'embrassa tendrement.

– Avec l'aide du Ciel, j'ai réussi à faire honneur à mon père, dit-il. Et après l'avoir mis dans le cercueil, j'ai pris une décision.

Jed baissa les yeux, puis les releva aussitôt pour la dévisager.

– Je me suis juré de ne plus jamais préparer un autre corps tant que je vivrais.

– Oh, Jed, murmura-t-elle, les larmes aux yeux.

– J'ai tenu ma promesse, Cora. Et maintenant j'en fais une autre. Je vais donner l'affaire à maman et retourner à la ferme. C'est là que j'ai toujours voulu être.

Cora se jeta dans ses bras et l'étreignit. Il effleura ses cheveux de tendres baisers. Elle se sentait si bien avec lui...

– Quelle est cette odeur ? demanda-t-il soudain.

Surprise, Cora s'arracha à son étreinte et huma l'air.

– Ma sauce ! s'écria-t-elle en se ruant vers le fourneau.

Cora s'éveilla lentement. La faible lumière de la lampe près du lit l'obligea à cligner des yeux. Jed, lui, était tout à fait réveillé. Elle lui sourit. Il était nu. Il avait posé un catalogue sur un genou et s'en servait de sous-main.

– Que fais-tu ? demanda-t-elle d'une voix endormie.

Se penchant vers elle, il déposa un baiser sur le bout de son nez.

– Je vous écris un poème, madame Briggs. N'est-ce pas ce que font tous les soupirants ?

Elle s'étira en bâillant et le drap glissa jusqu'à sa taille, dévoilant ses seins nus. Un sourire aux lèvres, elle posa la tête contre sa poitrine.

– Je crois que nous avons dépassé ce stade, Jed.

– Oh non ! protesta-t-il. Nous serons toujours romantiques.

– Honnêtement, Jed, je préfère faire l'amour avec toi que d'écouter tes poèmes, dit-elle en caressant son ventre musclé.

– L'honnêteté ne te va pas bien, Cora. Continue à me mentir.

– Bon, d'accord, dit-elle en riant. Je préfère de beaucoup tes rimes à toutes ces horribles choses que tu me fais.

– Horribles ? Mais enfin, madame Briggs, c'est vous qui m'avez appris tout ce que je sais !

Feignant d'être choquée, elle se mit à le marteler de petits coups de poing, mais il lui immobilisa les poignets.

– Attends, je veux te lire ma dernière création, insista-t-il. Assieds-toi et écoute. Tu vas peut-être entendre quelque chose d'important.

– D'accord.

Cora rejeta les couvertures et s'assit en tailleur face à lui.

Jed détailla ses formes voluptueuses.

– Vous essayez de me distraire, madame Briggs, accusa-t-il.

– Oui, je l'avoue, monsieur Sparrow.

Secouant fermement la tête, il saisit le drap pour cacher sa nudité.

– Ecoute d'abord mon poème.

Cora accepta à contrecœur.

Jed s'éclaircit la voix et commença :

Je t'aime, Cora chérie
Davantage tous les jours.
Tu m'as donné la vie.
Tu m'as donné l'amour.
Les règles, nous les avons violées
Quand je suis venu dans ton lit.
Maintenant, je veux réparer.
Je veux que l'on se marie.

Lorsqu'il eut fini, il leva les yeux. C'était une question. C'était une proposition.

La gorge nouée, Cora s'enveloppa dans le drap usé. Oh, comme elle l'aimait ! Mais c'était impossible...

– Ne sois pas bête, Jed. Jamais je ne t'épouserai.

Il pâlit, mais ravala sa déception. Il s'y était mal pris.

– Je n'ai pas besoin d'un poème pour te dire que je t'aime, Cora. Je t'aime vraiment.

– Il ne faut pas que tu m'aimes. Tu ne feras que souffrir.

S'enveloppant du drap, elle se leva et alla se réfugier derrière le paravent.

– Que fais-tu ?

– Je m'habille. Et tu devrais en faire autant.

– Cora, nous sommes en pleine nuit.

– L'aube ne va pas tarder. Mets ton pantalon et file.

Dans la seconde, Jed avait traversé la chambre. Soulevant le paravent, il le jeta violemment contre le mur.

– Ne te cache pas, Cora. Nous devons parler.

Vêtue de son pantalon de mousseline, un bras dans sa chemise plissée qui ne la cachait qu'à moitié, Cora le toisa avec colère.

– Seulement si *je* le veux ! hurla-t-elle. Tu n'es ni

mon père ni mon mari. Tu n'es que l'homme avec qui je fais l'amour, ce qui ne te donne aucun droit.

– Même pas celui de t'aimer ?

Le souffle court, ils se dévisagèrent en silence.

Jed fut le premier à retrouver son sang-froid. Il l'aida à enfiler l'autre manche de sa chemise.

Elle refoula les larmes qui lui piquaient les yeux.

– Tu ne dois pas m'aimer, Jed, chuchota-t-elle.

– Pourquoi pas ? Et ne me dis pas que tu ne m'aimes pas : je sais que c'est faux.

Se cachant le visage dans les mains, elle éclata alors en sanglots.

– J'ai essayé, Jed. J'ai... j'ai essayé de ne pas t'aimer... ou au moins de ne pas te le montrer.

L'enveloppant de ses bras, il la ramena vers le lit et l'assit sur ses genoux, pour la bercer comme un bébé.

– Tu as le sentiment d'être une mauvaise femme, je le sais, dit-il. Les gens de cette ville te font passer pour une pécheresse, et tu les crois.

– Non, non.

– Tout ce discours sur le péché et les règles... Cora, tu parles plus comme un assassin que comme une divorcée.

– Tu ne comprends pas.

– Tu as raison. Je ne comprends pas... J'admets que nous avons violé les règles. Mais je veux t'épouser.

– Tu ne peux pas m'épouser et tu ne devrais pas m'aimer.

– Pourquoi répètes-tu ça ?

– Parce que c'est vrai. Je suis déjà passée par là.

– Passée par quoi ?

– Ça... quand un homme tombe amoureux de la femme qu'il ne faut pas.

Lui soulevant le menton, Jed l'obligea à le regarder dans les yeux. Elle avait les cheveux en désordre.

– Raconte-moi, murmura-t-il gentiment. Parle-moi de Luther.

– Je croyais que tu te moquais de Luther ?

– Je me moque de lui. Mais pas de toi. Je m'intéresse à ton passé. Et une partie de ton passé concerne Luther Briggs. Raconte-moi, Cora.

Elle le regarda, incertaine.

– Je n'en parle jamais, dit-elle. J'y pense rarement.

– Alors fais vite, que ce soit une affaire classée.

Poussant un gros soupir, elle se mordit la lèvre et leva vers lui un visage baigné de larmes.

– Luther Briggs ne m'a jamais aimée, dit-elle sans émotion. Quand il m'a épousée, il était amoureux d'une autre femme.

Jed fronça les sourcils. Comment pouvait-on ne pas être amoureux de Cora ?

– Tu es sûre ?

– Oh oui, tout à fait sûre. Il me l'a dit lui-même.

– Et tu l'as tout de même épousé ?

– Il ne me l'a dit qu'après le mariage.

– Alors pourquoi t'a-t-il épousée ?

– Pour faire plaisir à Mlle Maimie, expliqua-t-elle, la voix chargée de colère. N'est-ce pas la préoccupation de tous les habitants de cette ville ?

– On n'épouse pas une femme pour faire plaisir à sa mère.

– Je croyais que tu avais l'intention d'épouser Tulsa May Bruder ? rétorqua Cora.

Jed rougit légèrement.

– Je ne l'épouse plus. C'est toi que j'épouse.

– Jed, Tulsa May Bruder est la femme qu'il te faut.

– Pas si je ne l'aime pas.

– Eh bien, tu devrais l'aimer. C'est pour ça que je voulais être ta maîtresse, pour que tu voies que je ne suis pas faite pour toi. Tulsa May, elle, est digne de toi.

– Tulsa May conviendrait à ma mère et à cette ville. Mais pas à moi, dit-il en l'étreignant. Tu voudrais que je fasse comme Luther et que j'épouse Tulsa May alors que j'en aime une autre ?

– Je ne peux pas me marier avec toi, Jed.

– Pourquoi pas ?

– Parce que je t'aime et que je te veux heureux. Tu ne pourrais jamais être heureux avec moi.

– Je suis heureux maintenant.

– Parce que personne n'est au courant. Mais ça va se savoir, Jed, et on te condamnera.

– Je m'en fiche.

– Je ne te crois pas. Tu as besoin d'être respecté, d'être approuvé. Sinon, pourquoi te serais-tu toujours efforcé de plaire à tes parents ? Si tu m'épouses, Jed, personne ne sera content. Tu deviendras un paria.

– Je t'aurai, toi, murmura-t-il.

– Ce ne sera pas suffisant.

– Ce le sera pour moi.

Il n'en serait rien, elle le savait...

Le soleil matinal brillait à travers les fenêtres du petit bureau où Amélie faisait sa comptabilité.

Elle portait une robe d'organdi bleu pâle qui n'était pas sortie du placard depuis dix ans. Elle se sentait redevenue une jeune fille. A en avoir le vertige. Bien qu'elle s'efforçât de se concentrer sur son travail, ses pensées ne cessaient de s'égarer du côté d'Haywood Puser.

– Haywood...

Elle prononça le nom tout haut. Elle en aimait la sonorité.

Elle s'assit à son bureau et se mit à trier les papiers amoncelés devant elle. Elle en fit trois tas correspondant aux créances, aux factures et aux reçus. S'accordant quelques minutes de distraction, elle tourna vers la fenêtre un regard vague. Jamais elle ne s'était sentie aussi bien...

Avec un soupir, elle se remit au travail. Tout en inscrivant les chiffres dans les colonnes appropriées de son livre de comptes, elle continuait à ruminer en esprit les événements de la veille.

Elle lui avait permis de dîner avec elle. Il lui avait fait du pied sous la table. Ils avaient discuté affaires, avaient parlé de l'avenir. Au dessert, il l'avait embrassée sur la bouche.

– Laissez-moi passer la nuit avec vous, Mellie, avait-il chuchoté contre son cou.

– Sûrement pas ! avait-elle dit, feignant de s'offusquer de son audace. Monsieur Puser, vous perdez la tête !

– Oui, Mellie, mon amour, je perds la tête dès que vous êtes près de moi.

Tout en notant un nouveau chiffre dans son registre, Amélie sourit à ce souvenir.

Tout à coup, son crayon se figea. Les yeux fixés sur un petit reçu, elle blêmit et un étau glacial enserra son cœur.

– Oh non, par pitié... murmura-t-elle.

Lentement, elle se leva. Son monde lui parut soudain aussi morne que la mort. Elle se sentait vieille. Vieille et bête.

Prenant le papier, elle sortit calmement de la pièce et descendit l'escalier. Son visage était livide.

Elle l'entendit avant de le voir. Il sifflait. *Siffler !* Un homme heureux, fêtant sa dernière conquête.

La mâchoire serrée, elle pénétra dans la salle d'embaumement, où il rangeait un placard. Il lui tournait le dos.

Elle resta un moment à le regarder. Du coin de l'œil, elle aperçut le balai et l'empoigna. Ivre de fureur, elle l'abattit violemment sur la tête d'Haywood Puser.

– Qu'est-ce que... s'exclama-t-il, surpris.

Déséquilibré par la force du coup, il tomba et demeura un moment étendu par terre à la regarder, pétrifié. Lorsqu'elle leva le balai pour le frapper de nouveau, il se ressaisit.

– Sacrebleu, Mellie, qu'est-ce qui vous prend ! hurla-t-il, se mettant à quatre pattes.

– Menteur ! Ignoble coureur de jupons !

Elle ponctuait chaque mot de coups de balai, mais Haywood réussit à se protéger avec le bras.

– De quoi s'agit-il ? demanda-t-il, à son tour furieux. Vous êtes folle ou quoi ?

– Je le suis sûrement ! cria Amélie. D'avoir laissé un noceur de votre espèce m'embrasser.

– Noceur ? Seigneur, Mellie, vous n'allez pas faire toute une histoire pour un petit baiser ? Vous y avez pris autant de plaisir que moi.

Amélie voulut frapper de nouveau, mais cette fois, Haywood saisit le balai. Sans grand effort, il le lui arracha des mains et le lança à l'autre bout de la pièce, où il tomba avec fracas.

– Vous avez perdu la raison ?

– Je l'ai retrouvée. En voyant ça ! dit-elle, lui fourrant dans la main le morceau de papier froissé. Maintenant, essayez de nier ce qui y est écrit noir sur blanc.

Haywood était abasourdi.

– Qu'est-ce que c'est ? demanda-t-il.

– Vous le savez mieux que moi ! s'écria-t-elle d'une voix perçante.

– C'est une facture pour une pièce de pompe. Un clapet. Et alors ?

– Et alors, je n'ai pas de pompe cassée !

– C'est peut-être une erreur, dit Haywood avec un haussement d'épaules.

– C'en est une, en effet. Et c'est *vous* qui l'avez commise. Je veux que vous débarrassiez les lieux cet après-midi même.

Elle tourna les talons avec l'intention de sortir, mais Haywood lui saisit le bras.

– Ne me touchez pas, espèce de... de... débauché !

Il lui lâcha le bras.

– Débauché ? Sacrebleu, je n'ai fait que vous embrasser, Mellie.

Avec un cri étouffé, Amélie se retourna en brandissant le poing. Haywood le bloqua sans difficulté, tout en lui maintenant l'autre bras le long du corps.

– Je ne sais pas ce qui se passe, Mellie, mais j'ai bien l'intention de le découvrir.

– Pourquoi ne pas l'admettre ? dit-elle froidement, le visage à quelques centimètres du sien. Hier soir, vous avez osé m'embrasser. Mais vous passez le plus clair de votre temps avec cette divorcée !

Haywood fut tellement interloqué par ses paroles qu'il la lâcha.

Amélie en profita pour se ruer hors de la pièce. Quand elle arriva à la porte de sa chambre, des larmes roulaient le long de ses joues. Elle se jeta sur son lit et se mit à brailler comme une jeune fille souffrant d'une peine de cœur.

Elle le détestait ! Elle détestait tout le monde. Personne ne l'avait jamais aimée. Personne ne pouvait l'aimer.

Elle n'eut pas le loisir de s'étendre sur son malheur, car la porte de sa chambre s'ouvrit avec violence.

Amélie sursauta et s'assit sur son séant.

– Comment osez-vous ! s'exclama-t-elle. Sortez immédiatement de cette chambre !

– Certainement, dès que j'aurai dit ce que j'ai à dire.

Amélie se leva pour s'enfuir, mais Haywood passa un bras autour de sa taille et l'attira à lui.

– Lâchez-moi ! ordonna-t-elle.

L'odeur de cet homme, son contact ne lui étaient déjà que trop familiers.

– Mellie Sparrow, vous êtes la femme la plus désagréable que j'aie jamais rencontrée, dit-il d'un ton calme.

Cette bouche sensuelle à quelques centimètres de la sienne troublait Amélie. Elle se rappelait leur baiser de la veille, la chaleur de ses lèvres. Affolée par son propre désir, elle se pressa contre le mur pour tenter de lui échapper.

– Je ne suis pas homme à courir deux lièvres à la fois, ma chère. Depuis la mort de ma femme, j'ai bien eu quelques aventures, je l'admets. Mais jamais deux à la fois, ce n'est plus de mon âge.

– Vous avez arrangé sa pompe, insista Amélie.

– La pompe de qui ?

– La pompe de Cora Briggs. Le révérend Bruder a dit qu'il y avait un homme chez elle qui réparait sa pompe.

Haywood haussa les sourcils.

– Si ça ne vous suffit pas, ajouta Amélie, la lèvre tremblante, le pasteur prétend que l'homme avait un tablier de mécanicien en coutil gris. J'en ai offert un à Jed pour son anniversaire, il y a trois ans. Il est accroché à la porte du sous-sol. Si toutefois vous l'avez remis où vous l'avez trouvé...

Elle lui donna une bourrade qui l'ébranla à peine.

– Vous avez emprunté le tablier de mon fils, l'accusa-t-elle. Et vous avez acheté des pièces en son nom pour arranger la pompe de votre maîtresse, de votre poule, de votre... votre divorcée !

Haywood recula et considéra longuement le visage de Mellie strié de larmes.

– Ça alors, elle est bien bonne, celle-là ! glousa-t-il.

– Pourquoi riez-vous ? demanda Amélie, la voix enrouée.

– Eh bien, Mellie, je pourrais vous le dire, mais je crains que ça ne vous amuse pas autant que moi.

Se penchant en avant, il l'embrassa alors sur les lèvres, lentement, langoureusement, sans se soucier de ses plaintes.

– Mellie chérie, je n'ai jamais approché Cora Briggs. Nous n'avons jamais échangé trois mots. Mais si vous ne me croyez pas, eh bien...

Il tourna les talons, et Amélie le regarda quitter la pièce, le cœur lourd. Il semblait sincère. Pouvait-elle le croire ? Elle le voulait. Mais il y avait les preuves. Amélie se précipita dans le couloir.

– Si ce n'est pas vous, alors qui est-ce ? demanda-t-elle du haut de l'escalier.

Il se retourna, l'air pensif, comme s'il pesait sa réponse.

– Vous êtes vraiment jolie dans cette petite robe bleue, Mellie.

Momentanément distraite, Amélie regarda la robe qu'elle avait mise le matin. Pour Haywood Puser, l'homme qui venait d'entrer dans sa vie.

L'homme à qui elle faisait confiance.

Tandis qu'Haywood descendait l'escalier, tout devint soudain clair pour Amélie.

– Jed... murmura-t-elle, incrédule.

Comme la saison froide s'installait, Cora avait décidé de vider le bac à cendres du fourneau. A plusieurs reprises, elle avait pensé demander à Jed de s'en charger, mais quand il était là, elle oubliait tout. A présent, elle était contente de s'être abstenue. Mieux valait ne pas être plus dépendante de lui qu'elle ne l'était déjà.

Glissant une caisse de bois sous le bord du fourneau, elle recouvrit les abords avec un vieux drap. Si elle laissait tomber le bac, le drap ne serait pas d'un grand secours. Mais si elle ne faisait que renverser un peu de cendre, il serait précieux.

La pièce n'était pas seulement fraîche, elle était carrément froide. Afin que les braises fussent bien mortes, elle avait laissé le feu s'éteindre, la nuit précédente, et ne l'avait pas rallumé de toute la journée. Elle ne pouvait risquer un incendie.

Elle retira avec précaution le bac de ses glissières, mais elle avait du mal à se concentrer sur sa tâche...

Jed Sparrow l'avait demandée en mariage. Il voulait vivre dans la ferme de son grand-père et cultiver du blé, de l'avoine, des fleurs. Il voulait qu'elle devînt à la fois sa femme et son associée. Elle en avait les larmes aux yeux.

C'était la vie dont elle avait toujours rêvé, et elle aimait Jed de tout son cœur. Mais c'était impossible...

Elle avait désespérément essayé de le lui faire comprendre, de lui montrer la triste réalité. Sans succès. Peut-être fallait-il pour comprendre cela être passé par le malheur ?

Cora Briggs avait souffert. Pourtant, elle n'avait pas mérité ses tourments. S'il y avait eu une justice dans ce monde, elle aurait dû vivre heureuse et avoir beaucoup d'enfants. Mais il n'y en avait pas. L'expérience lui avait appris que les méchants n'étaient pas toujours punis.

Elle revoyait Luther debout près de la porte, grand et beau avec ses cheveux noirs pommadés...

– Jamais je n'ai eu l'intention de te faire du mal, lui avait-il dit le jour de leur séparation. J'ai vraiment cru que ça marcherait. Que tu n'apprendrais jamais son existence, et qu'elle n'apprendrait jamais la tienne. Que ma mère serait contente et que personne n'en saurait rien.

– Sauf que je l'ai su, avait répondu Cora d'une voix glacée.

Elle n'avait pas dormi depuis des jours et avait les yeux rouges et gonflés par les larmes.

– Oh, Cory...

– Eloigne-toi de moi, Luther. Quitte cette maison aujourd'hui même. Va la retrouver.

– Je suis désolé, Cory.

– Tu peux l'être. Maintenant, va rejoindre la femme que tu n'aurais jamais dû quitter et essaie de réparer le mal que tu lui as fait. Tes enfants sont les seuls à avoir une chance d'être heureux, avait-elle conclu. Je ne leur enlèverai pas cette chance.

Il était alors parti, lui laissant la maison, une bicyclette flambant neuve... et une réputation à jamais compromise.

Cora poussa un soupir et recouvrit la caisse d'une serviette mouillée afin d'éviter que les cendres ne s'éparpillent au vent. Elle avait le cœur lourd.

Luther était-il heureux ? Elle le lui souhaitait. Il avait renoncé à sa fortune, à sa maison, à son héritage, même à sa mère, pour la femme qu'il aimait. C'en était presque admirable.

D'ailleurs, elle l'admirait. Comme elle admirait Jed qui était prêt à faire la même chose. Mais le sacrifice était trop grand et elle n'allait pas le laisser gâcher sa vie par un mariage désastreux. Elle l'aimait trop.

Cora traîna la lourde caisse jusqu'à la porte et s'arrêta pour prendre son manteau et son écharpe. Son travail l'avait réchauffée mais sortir en nage dans le froid, c'était courir le risque de tomber malade. Et bien que la diphtérie ne fût plus à craindre, Cora ne pouvait risquer ne serait-ce qu'un rhume de cerveau.

Elle était seule dans la vie, et personne ne la soignerait, ni maintenant ni jamais.

En sortant, elle fut saisie par un petit vent glacial. Il allait neiger.

Cora se dirigea vers l'appentis, d'où elle retira la pelle et la brouette à la roue grinçante, percée d'un gros trou de rouille, mais qui pourrait encore bien supporter une caisse de cendres, se dit-elle.

Elle n'avait pas réussi à convaincre Jed que ce mariage serait sa ruine, aussi devait-elle réfléchir à un moyen de le décourager.

Elle chargea la caisse sur la brouette, après avoir rempli un seau de cendres qu'elle laissa près de la porte. S'il neigeait cette nuit, elle en répandrait sur le perron.

Distraitement, elle dirigea la brouette vers son précieux pacanier. Elle allait entourer le pied de l'arbre d'un cercle de cendre. C'était une vieille pratique indienne – plus efficace que beaucoup de produits coûteux – destinée à éloigner les insectes.

« Comment convaincre Jed ? » se répétait-elle inlassablement. Elle pouvait prétendre ne pas l'aimer. Mais il était certain du contraire...

Une fois la cendre étalée régulièrement autour de l'arbre, Cora remit la pelle sur la brouette et retraversa la cour.

Elle éparpillerait le reste dans le jardin. Opération délicate, car il s'agissait de répartir une pelletée de cendre sur toute une longueur, en prenant garde de se placer sous le vent. Un peu de cendre enrichirait la terre et la protégerait des insectes. Trop la rendrait totalement infertile. « L'équilibre selon Mme Millenbutter », songea-t-elle avec un sourire.

Il existait sûrement un moyen de chasser un homme de sa vie. Soudain, elle se rappela les paroles d'une chanson qu'elle avait entendue autrefois :

Jaimie avait juré l'aimer.
Jusqu'à ce qu'il découvre son infidélité.

Cora interrompit sa tâche pour réfléchir. « Jusqu'à ce qu'il découvre son infidélité. » Voilà la solution. Aucun homme, fût-il amoureux, ne restait avec une femme qui l'avait trahi.

Parviendrait-elle à lui faire croire qu'elle l'avait trahi ? Ce ne serait pas facile. Un sentiment étrange et pénible l'envahit. Si elle voulait vraiment renvoyer Jed, elle ne devait pas seulement lui faire croire à sa trahison.

Elle devait le trahir.

Elle songea immédiatement à Titus Penny. Elle le revoyait assis à son bureau avec son sourire concupiscent. Ses cheveux filasse et sa moustache n'éveillaient pas chez elle le moindre désir. « Mon grand lit est bien froid, la nuit », avait-il dit.

Cora passa dans ses cheveux sa main gantée.

– Je ne peux pas, murmura-t-elle. Je ne peux pas...

C'était pourtant le seul moyen, le seul moyen sûr d'écarter Jed. Ensuite, il épouserait Tulsa May Bruder et ne penserait plus jamais à elle.

En était-elle capable ? Pouvait-elle le tromper avec Titus Penny ? Cette seule idée lui donnait la nausée. Mais elle souhaitait le bonheur de Jed plus que tout au monde.

Redressant la tête avec un air de défi, Cora dit à haute voix :

– Tu as déjà eu deux hommes. Alors, un de plus...

18

– Pourrais-je te parler dans le salon ?

Relevant la tête, Jed vit sa mère dans le miroir. Elle se tenait derrière lui. Sa question suggérait davantage un ordre qu'une demande.

Autant en finir tout de suite, décida Jed en s'essuyant le visage avec une serviette. Il retira sa chemise du dossier d'une chaise, l'enfila et suivit sa mère dans l'escalier. Il désirait aussi lui parler.

L'atmosphère était tendue. Sa mère était de toute évidence en colère. Il le regrettait. Il avait espéré pouvoir exposer ses projets et discuter avec elle sans éclat.

Ils entrèrent dans le salon. Amélie avança jusqu'au milieu de la pièce avant de se retourner.

– Pourquoi ne vous asseyez-vous pas, maman ? proposa Jed.

Elle avait les yeux froids comme la pierre.

– Non, merci. Je préfère rester debout.

– Très bien, dit-il en s'approchant de la cheminée, contre laquelle il s'appuya. Je voulais justement vous parler.

– Ah bon ? fit Amélie, joignant les mains et redressant la tête. Depuis quelques jours, on ne te voit jamais à la maison. Je ne sais rien de tes allées et venues.

– Vous étiez vous-même très occupée avec cette épidémie.

– Je ne faisais que mon devoir de chrétienne. Je sais où est mon devoir et je le fais sans me plaindre.

Sur ce point, Jed avait des doutes, mais il les garda pour lui.

– Et pendant que je soignais les malades, que faisais-tu exactement ?

– Je m'occupais de la ferme. J'ai rentré toute l'avoine et entrepris quelques aménagements.

– Une innovation utile, à n'en pas douter.

Jed ignora son ironie.

– Tout est retombé sur vos épaules et celles d'Haywood, je le sais bien. Mais dois-je vous rappeler, maman, que vous avez refusé mon aide ?

– Je ne sais pas si tu aurais été d'un grand secours.

Amélie était d'humeur combative, et la flèche fit mouche, mais Jed ravala sa fierté blessée. Même si on le lui avait demandé, il n'aurait pas été d'une grande aide dans la salle d'embaumement.

– J'ai pris des décisions concernant ma vie, dit-il. J'ai l'intention d'y apporter des changements qui auront des répercussions sur la vôtre.

Choisissant ses mots avec la plus grande prudence, Jed se mit à arpenter la pièce. Sa décision de se consacrer à la terre ne plairait pas à sa mère, mais il était convaincu de parvenir à la lui faire accepter.

– J'espère que cela implique un changement de conduite, commenta-t-elle d'un ton acerbe.

Jed se tourna vers elle.

– Que voulez-vous dire, maman ?

– Tu sais parfaitement ce que je veux dire, dit-elle en levant le menton.

Le ton de sa mère était ferme et il éprouva une certaine appréhension.

– Parlez clairement, répliqua-t-il. Je ne peux pas lire dans votre pensée.

– Sans doute. Mais je suis sûre que tu la connais ! Avec les principes chrétiens qui t'ont été inculqués, jamais je n'aurais cru devoir aborder un sujet qui m'est si odieux.

Amélie croisa les bras et le fusilla du regard.

– Je ne peux pas croire, reprit-elle, que mon fils – un jeune homme bien sous tous rapports et élevé selon des principes stricts – s'abaisse jusqu'à frayer avec une femme de la pire espèce.

Jed plissa les yeux et sentit la moutarde lui monter au nez. Ainsi, elle savait. Qui avait bien pu le lui dire ? Il avait pensé attendre que Cora et lui soient mariés.

– Cora Briggs n'est pas une « femme de la pire espèce ».

Les yeux d'Amélie brillaient de fureur.

– Juste Ciel ! De quelle espèce est-elle donc, Jed ? demanda-t-elle d'un ton sardonique.

– De la mienne, maman, répliqua-t-il, se retenant à grand-peine d'exploser.

– Alors tu avoues ? cracha Amélie, portant la main à sa poitrine comme si elle avait reçu un coup de poignard. Tu n'as pas honte ?

– Il n'y a aucune honte à avoir. Vous ne savez rien de Cora. C'est une divorcée, maman, pas une criminelle.

– La manière dont tu défends cette Cora prouve qu'elle est plus qu'une divorcée. Elle est ta maîtresse !

Jed ouvrit la bouche pour répondre, mais se tut. Il jeta à sa mère un regard glacial.

– Tu ne le nies pas, l'accusa Amélie.

– Cela ne vous regarde pas, déclara calmement Jed.

– Je suis ta mère !

– Je sais.

– J'ai sacrifité toute ma vie pour toi.

– Je sais cela aussi. Vous me le répétez sans cesse. Mais en réalité, vous attendez de moi que je sacrifie *ma* vie pour vous.

Amélie ouvrit la bouche, incrédule. Sans réfléchir, elle leva la main et le gifla de toutes ses forces. Une goutte de sang jaillit de sa lèvre et tacha sa chemise blanche amidonnée.

Jed porta la main à sa lèvre. Il tremblait de colère. Il lui tourna le dos pour essayer de reprendre son calme.

Amélie était bouleversée par son geste. Des paroles d'excuse lui vinrent à l'esprit, mais elle les refoula. Des larmes emplirent ses yeux, mais elle refusa de les laisser couler. Le regard fixé sur son dos puissant, elle se mordit la lèvre. C'était son fils. Il avait toujours fait ce qu'elle voulait.

Elle respira à plusieurs reprises lentement et profondément avant de prendre la parole.

– Je n'ignore pas, commença-t-elle d'une voix douce mais saccadée, que beaucoup de jeunes gens ont besoin d'avoir des expériences avant de se marier.

Piqué au vif, Jed se tourna vers sa mère.

– Il ne s'agit pas de ça, maman. J'aime Cora Briggs, et j'ai l'intention de l'épouser.

Portant la main à sa gorge, Amélie blêmit.

– Tu plaisantes ?

– Pas le moins du monde. Je vous suggère donc de vous abstenir de commentaires injurieux sur ma future épouse.

– Ta future épouse... chuchota Amélie, interloquée. Tu l'as demandée en mariage ?

– Oui.

– Tu ne sais pas ce que tu fais.

– Je sais parfaitement ce que je fais, maman. Je suis un homme et je n'ai pas besoin que vous me meniez comme un ours dressé.

– Comment oses-tu ?

– Comment j'ose ? Inutile de faire semblant. Nous connaissons tous les deux la vérité. Suis-je donc le seul à l'admettre ?

– J'ai été une bonne mère... se défendit Amélie.

– Je n'ai jamais dit le contraire, l'interrompit Jed. Mais vous avez essayé de me faire vivre selon vos principes.

– J'ai essayé de te diriger du mieux que j'ai pu.

– C'est à moi de décider ce qui est le mieux pour moi.

– Tu n'es qu'un enfant.

– Je suis un homme.

– Bah ! Maintenant que tu es plongé dans le péché avec une prostituée, tu te prends pour un homme !

– Je sais que je suis un homme depuis la mort de mon père. Vous rappelez-vous sa mort ?

– Bien sûr !

– Parfois j'en doute. Vous semblez avoir oublié comme vous vous appuyiez sur moi, comme vous aviez besoin de moi. Vous avez oublié comme vous vous sentiez terrifiée et faible face au monde.

Jed était maintenant tout à fait calme.

– Moi, je n'ai pas oublié, reprit-il. Mais j'ai été heureux quand vous avez retrouvé vos forces. Je vous aime, maman. Je voulais que vous soyez de nouveau vous-même. Je vous ai donc laissée jouer à vos petits jeux. J'ai écouté vos jérémiades. Et j'ai essayé de faire ce que vous vouliez de moi. Mais c'est fini. J'aime Cora Briggs et je vais l'épouser. Si cela vous déplaît, j'en suis désolé, mais je ne changerai pas d'avis.

Des larmes coulaient le long des joues d'Amélie.

– Elle t'entraînera dans sa chute, dit-elle en

secouant la tête. Tu ne seras plus accepté dans cette ville. Comment pourras-tu diriger ton entreprise si la communauté désapprouve ton mariage ?

– Je n'ai pas l'intention de diriger l'entreprise, répliqua Jed d'un ton assuré. Je vous la donne, c'est à vous qu'elle devait revenir. Je vais exploiter la ferme. Ce qu'on pense d'un modeste fermier n'a guère d'importance.

– Jed, je t'en supplie ! Ne gâche pas ta vie ! Cora Briggs n'est pas digne de toi. Tu mérites mieux que cette femme.

Jed dévisagea sa mère en silence, puis un léger sourire se dessina sur sa bouche.

– Quelle ironie ! s'exclama-t-il.

Amélie le regarda avec stupeur.

– Qu'est-ce qu'il y a ?

– C'est vraiment drôle, s'esclaffa-t-il en secouant la tête. Cora et vous êtes parfaitement d'accord.

La neige tombait à gros flocons. Cora se hâta vers l'épicerie de Titus Penny.

En général, elle n'allait pas en ville à pied, préférant sa bicyclette. Aujourd'hui, cependant, elle ne l'avait pas prise : elle se trouvait plus à son avantage avec sa jupe de marche marron et son chemisier pêche qu'avec son costume de cycliste. Et il lui fallait être à son avantage.

Elle avait hésité presque toute la nuit avant de prendre sa décision. C'était la bonne solution, la réponse à son problème. Son cœur renâclait, mais elle avait décidé de laisser parler sa raison. C'était pour avoir suivi son cœur qu'elle en était là.

Arrivée devant le magasin, elle gravit les marches et jeta un coup d'œil à travers l'imposte ovale de la porte, pour regarder qui était à l'intérieur. Elle ne se voyait pas affrontant qui que ce fût, ce matin. En tout cas, ni Jed ni sa mère.

La chance était avec elle : il n'y avait personne en vue, à l'exception de Titus.

Cora redressa son col, brossa sa jupe et entra.

Au tintement de la cloche au-dessus de la porte, Titus leva les yeux. Apercevant la jeune femme, il fit un signe de tête, puis jeta autour de lui un regard coupable.

– Il fait froid, ce matin, fit-il remarquer.

Cora acquiesça vaguement et enleva son manteau qu'elle accrocha dans l'angle à une des patères. Découvrant son reflet dans la glace qui surmontait le portemanteau, elle sursauta. Elle avait les joues écarlates et une étrange émotion se lisait dans ses yeux, une émotion qui ressemblait à de la peur. « Ce n'est que le froid », se rassura-t-elle.

Comme elle traversait le magasin, Titus lui fit signe de le suivre dans l'arrière-boutique. Elle obéit. Il lui sembla que la pièce était plus encombrée que d'habitude de caisses et de cartons. Elle était tiraillée entre son désir de garder ses distances et sa hâte d'en finir.

Elle avait longuement réfléchi à cette visite. Elle avait su que ce ne serait pas facile, mais n'avait pas imaginé combien cela serait difficile.

– Je vois que vous avez survécu à la diphtérie, dit Titus sur le ton de la conversation.

– Oui, et vous aussi.

Le silence s'éternisa. Cora essaya, mais sans succès, de retrouver son sang-froid.

Titus se dirigea vers son bureau et s'assit. Se renversant en arrière, il posa négligemment les pieds dessus.

Cora sentait son regard posé sur elle. Elle en avait la nausée. Si elle ne pouvait supporter son regard, comment supporterait-elle le reste ? Enfin, s'armant de courage, elle se tourna résolument vers lui.

Titus joignit les mains derrière sa tête et sourit.

– J'ai de très bonnes nouvelles pour vous, Cora ma douce.

– Des nouvelles ?

– Oui, madame, fit-il en baissant la voix. J'avais peur, comme vous d'ailleurs j'en suis sûr, qu'avec cette longue fermeture du magasin les noix de pécan que vous m'avez apportées pourrissent dans leur carton.

Cora le dévisagea un moment sans comprendre. Elle avait complètement oublié son gagne-pain qui devait lui permettre de passer l'hiver.

– Les noix de pécan, répéta-t-elle stupidement.

– Oui, Cora ma douce. Eh bien, ne vous inquiétez pas. Ce qu'il en reste a l'air frais et bon. Et à dire vrai, gloussa-t-il, vous aviez raison, vous savez. Elles se vendent bien.

– Tant mieux.

– Oui, madame, dit-il en lui faisant signe d'approcher. Cette année, vous n'aurez pas à vous plaindre de moi.

– Parfait, répondit Cora avec indifférence.

Intrigué, Titus se redressa dans son siège et se pencha vers elle.

– Ça ne va pas, Cora ma douce ?

La jeune femme ne se sentait pas bien du tout. Elle avait la nausée et tremblait de peur.

– Je vais très bien, dit-elle avec un sourire forcé.

Titus la regarda un moment avec curiosité, puis haussa les épaules.

– Je peux vous assurer que vous avez assez d'argent pour vous fournir en farine pendant tout l'hiver.

– C'est bien...

Oppressée par la chaleur et la proximité de cet

homme, Cora promena le regard autour d'elle sans s'arrêter à rien en particulier.

– J'ai entendu dire que le révérend Bruder a adopté vos exercices, reprit Titus au bout d'un moment.

Se tournant vers lui, Cora acquiesça distraitement.

– Il a déjà entraîné ma Fanny à marcher et à respirer profondément, expliqua-t-il avec un sourire. Elle est même prête à se mettre à la gymnastique après la naissance du bébé.

– Je suis sûre que ça lui fera du bien.

Titus eut un petit rire.

– Et le fait que le pasteur s'intéresse à toutes ces sornettes est drôlement bon pour vous.

– Comment ça ?

– Eh bien, je sais que le bon révérend n'apprécie pas que votre clôture soit repeinte et votre pompe réparée.

Cora se sentit rougir.

– J'ai le droit d'avoir une clôture peinte et une pompe en état, jeta-t-elle d'un ton cassant.

Titus leva les mains comme pour se protéger.

– Je ne dis pas le contraire, ma douce. (Il esquissa un sourire.) J'estime qu'une jolie femme comme vous a le droit de profiter de ses atouts.

Cora pâlit et, luttant contre son envie de vomir, elle se tourna vers lui avec un air de défi.

– Vous avez parfaitement raison, Titus.

Penny tressaillit en l'entendant utiliser son prénom, mais se reprit aussitôt.

– Je peux faire quelque chose pour vous, Cora ? Vous avez des ennuis ?

Cora se radoucit. Il ne mentait pas. Il ferait ce qu'il pourrait pour elle. Il pouvait se montrer gentil et correct. Mais il pouvait également être un coureur de jupons. Et c'était le second Titus Penny qu'elle était venue voir aujourd'hui.

– Votre femme n'a pas encore eu son bébé, fit-elle remarquer avec une nonchalance étudiée, en s'accoudant au bureau.

Il la regarda avec une expression étrange, comme interloqué par sa remarque et par ses façons inattendues.

– Non, dit-il simplement.

Le courage de la jeune femme faiblit et sa lèvre se mit à trembler. Par fierté, elle lui tourna le dos et s'éloigna. Elle aurait voulu marcher sans s'arrêter, sortir d'ici en courant. Mais elle devait aller jusqu'au bout. Pour Jed...

Cora se tourna de nouveau vers Titus.

– Votre lit est-il toujours froid et vous sentez-vous toujours aussi seul ? demanda-t-elle, essayant de contrôler le tremblement de sa voix.

Il ouvrit de grands yeux éberlués et la regarda, sceptique.

– Où voulez-vous en venir, Cora Briggs ?

Levant le menton, la jeune femme se raidit et s'approcha de lui.

– Je vous demande si vous avez besoin d'une femme dans votre lit, Titus.

Elle vit de la sueur perler sur sa lèvre supérieure. Se levant et posant une main sur sa hanche, il la considéra longuement.

– Peut-être, répondit-il avec une assurance appuyée qui n'était guère crédible.

Cora déglutit et lui adressa un sourire qui se voulait séducteur.

– Pourquoi ne venez-vous pas ce soir chez moi ? Nous essaierons de nous réchauffer et de mettre fin à cette solitude.

Titus avança d'un pas tandis que Cora attendait une réponse qu'elle n'était pas prête à entendre. Cette réponse – qu'elle fût oui ou non – serait une humiliation dont elle ne se remettrait jamais.

Titus continuait à l'observer avec circonspection.

– Combien ? demanda-t-il enfin.

– Combien quoi ?

Il lui adressa un regard entendu.

– Combien me coûtera ce que vous proposez, Cora ma douce ?

Elle eut l'impression d'avoir reçu une gifle. Elle n'avait pas prévu cette question, et l'insulte était cinglante.

– Disons que je suis comme vos cornichons, répliqua-t-elle en se forçant à sourire. La première dégustation est gratuite.

Elle se retourna pour partir, le cœur battant à se rompre. Elle avait réussi. Elle avait fini par devenir la traînée dont elle avait, grâce à Maimie Briggs, acquis la réputation.

Une fois à la porte, elle se retourna vers Titus, qui semblait pétrifié sur place.

– Ne venez pas avant la nuit, dit-elle, pragmatique. Et entrez par la porte de derrière.

Incapable de prononcer un mot, l'épicier acquiesça d'un signe de tête. Cora sortit, les jambes en coton ; elle pouvait à peine tenir debout. Ce qu'elle faisait était bien, se rassura-t-elle. Jed ne tarderait pas à découvrir sa perfidie et il se tournerait vers la vie qui devait être la sienne.

Les larmes aux yeux, elle abaissa le rebord de son chapeau et se hâta vers son cottage. Ce qu'elle faisait était bien, se répétait-elle. Elle l'aimait. Il y avait eu suffisamment de vies gâchées. Elle veillerait à ce que celle de Jed ne le fût pas.

19

La neige tombait plus dru, mais c'étaient ses propres larmes qui obscurcissaient sa vision. Ce n'est qu'après avoir franchi le portail que Cora l'aperçut, assis sous sa véranda.

– Jed ! s'écria-t-elle, surprise. Que fais-tu à attendre là ? On va te voir.

Jed se leva paresseusement.

– Je l'espère peut-être.

Il était beau dans son pardessus sombre, saupoudré de flocons de neige.

La jeune femme baissa les yeux et essaya de l'éviter, mais trop tard. Il l'attira dans ses bras et lui souleva le menton.

– Tu as pleuré, constata-t-il.

– Ce n'est rien, dit-elle en essayant de se dégager.

Jed refusa de la libérer et l'enveloppa de ses bras protecteurs.

– Si, c'est quelque chose, insista-t-il. La moindre de tes larmes m'est plus précieuse qu'un diamant.

– Tu es de plus en plus poète, dit-elle, incapable de réprimer un petit rire.

– L'amour peut changer un homme.

Elle se débattit et il la lâcha immédiatement.

– Je ne veux pas entendre ça, Jed.

– Je sais. Aujourd'hui, les deux femmes de ma vie pleurent.

Cora leva les yeux.

– L'une pleure parce que je t'aime, et l'autre parce que je l'aime, poursuivit-il.

– Tu l'as dit à ta mère ? murmura-t-elle, incrédule.

Jed se contenta de hocher la tête.

– Je ne peux pas arrêter les larmes de ma mère. Mais j'effacerai les tiennes, Cora.

– Je t'en prie, va-t'en, le supplia-t-elle. On va te voir.

– Ça n'a pas d'importance. Je t'aime. Que tu le veuilles ou non, tu es ma femme. Et je n'irai nulle part sans toi.

– Ne parle pas comme ça, Jed.

Se penchant vers elle, il effleura ses lèvres, puis glissa un bras sous ses jambes pour la soulever.

– Que fais-tu ? protesta-t-elle tandis qu'il la portait dans la maison.

– Je vais te monter dans ta chambre et sécher ces larmes.

– Jed, c'est idiot. Ta mère te pardonnera, tu peux encore faire marche arrière.

– Cora, dit-il en la regardant avec chaleur, tu devrais savoir que je ne veux pas faire marche arrière. Je veux aller de l'avant. Et avec toi.

Il grimpa prestement les marches, comme s'il avait le diable aux trousses. Traversant la chambre, il la déposa au milieu du lit, s'y allongea à son tour et la serra dans ses bras.

– Jed, je t'en prie...

– Te rappelles-tu ma première visite ?

– Oublions ça.

– J'aimerais bien, dit-il en riant. Tu aurais dû me donner un bon coup sur la tête, ce soir-là, et me chasser de chez toi. C'était tout ce que je méritais, mais tu ne l'as pas fait, Cora.

– J'aurais dû !

– Mais tu ne l'as pas fait. Tu as décidé de me donner une leçon.

Cora se tortilla sous lui.

– Tu as décidé de m'apprendre l'amour courtois. Je crois que j'ai été un bon élève, dit-il en déposant un baiser sur le bout de son nez.

Sans cesser de se débattre, Cora feignit d'être vexée par ses paroles.

– C'est ce que tu veux entendre, Jed ? Que tu es devenu un soupirant attentif ?

– Tu peux garder tes compliments pour plus tard, chérie, répliqua-t-il avec un sourire malicieux. Aujourd'hui, c'est moi le professeur.

– Comment ?

Jed s'agenouilla devant elle sur le lit.

– J'ai l'intention de t'apprendre à me dire que tu m'aimes.

– Je ne veux pas t'aimer !

– Je sais, Cora. Mais tu m'aimes. Et je vais t'aider à le dire. En fait, tu ne pourras pas t'en empêcher.

Cora parut sceptique, mais Jed n'y prêta pas attention.

– Il fait un peu frais ici, je le sais, mais ce n'est pas une raison pour être aussi emmitouflée, Cora.

Se mettant sur son séant, elle essaya de s'enfuir, mais Jed était à genoux sur sa jupe.

– Laisse-moi me lever, ordonna-t-elle.

– Non.

Cora le regarda, troublée.

– Laisse-moi me lever. Il faut que j'enlève mon manteau.

– Je suis désolé, madame, dit-il avec un sourire polisson. Tant que vous ne m'aurez pas dit que vous m'aimez, je ne vous laisserai pas vous lever. Mais je peux vous aider à enlever votre manteau.

– Jed ! fit-elle, offusquée.

– Commençons par défaire ces boutons-ci. Et ensuite, retirons ce manteau... Voilà, c'est comme éplucher une pomme de terre.

– Je ne suis pas une pomme de terre !

– Non, madame. Vous ne ressemblez pas du tout à une pomme de terre. Vous êtes douce comme une pêche mûre, murmura-t-il en lui caressant le dos.

Il jeta négligemment le manteau par terre. Cora fit mine de se lever, mais Jed la retint de nouveau.

– Voyons, mademoiselle la Pêche, où allez-vous comme ça ?

– Laisse-moi me lever, Jed, répéta-t-elle, avec moins de conviction, cette fois.

Jed lança son manteau sur celui de Cora et, se penchant vers elle, tourmenta les boutons de son corsage pêche.

– Arrête ! fit-elle en lui tapant sur les mains.

– Mademoiselle la Pêche, laissez-moi goûter votre nectar...

Avec une grande dextérité, il réussit à lui ouvrir son corset. Bien que fine et presque transparente, sa chemise lui parut gênante et il la remonta autour de son cou, la dénudant jusqu'à la taille.

Cora s'étrangla lorsqu'il soupesa un sein.

– Tu es peut-être aussi douce qu'une pêche, dit-il, mais ceci ressemble plus à un melon.

Avant qu'elle n'eût le temps de protester, Jed baisa ses seins. Contact délicieux et dangereux que ses dents taquinant son mamelon gonflé. Elle enfouit les mains dans les cheveux de Jed, se délectant de sa chaleur et de sa tendresse.

« Encore une fois, se jura-t-elle. Juste une dernière fois. »

Elle arqua le dos, lui offrant ses seins, puis attira son visage vers le sien. Elle voulait goûter ses lèvres.

– Attends, ma douce, murmura-t-il en s'écartant d'elle.

A genoux, le regard noir d'intensité, il déboutonna sa chemise propre et la retira. Il défit tout aussi facilement les attaches de son maillot à côtes gris qui alla rejoindre la pile de vêtements à côté du lit.

– Regarde-moi, chuchota-t-il.

Les yeux bruns de Cora se fixèrent sur ceux de Jed.

Il défit sa boucle de ceinture.

La gorge sèche, elle le regarda sortir la ceinture des passants de son pantalon avec une lenteur terriblement sensuelle.

Lorsqu'il la retira enfin, Cora retint son souffle. Elle se surprit à toucher le cuir souple. Il gardait encore la chaleur de son corps.

– Belle ceinture, dit-elle, la voix un peu cassée, mais d'un ton qu'elle voulut léger.

Jed se pencha, sa poitrine nue effleurant celle de Cora, pour accrocher la ceinture à la tête de lit.

– J'ai entendu dire que c'est ainsi que les Cherokees se marient.

– Oui, acquiesça-t-elle, égarée. C'est... c'est comme ça...

Il prit son visage dans les mains.

– Que Dieu m'en soit témoin, Cora. J'ai accroché ma ceinture au-dessus de toi. Je ne l'accrocherai jamais sur le lit d'une autre femme.

Il lui caressa la joue.

– Je préférerais te jurer fidélité dans une église avec une alliance, ajouta-t-il. Mais tu ne le veux pas. Ceci est mon serment. Tant que nous vivrons, je n'en aimerai jamais une autre. Pour moi, désormais et pour toujours, je suis ton mari.

– Non, Jed...

– Je ne peux pas reprendre mon serment, Cora, dit-il en posant un doigt sur les lèvres de la jeune femme.

Il l'embrassa alors, amoureusement, de tout son être. Ses mains parcouraient la chair nue de ses bras et de ses seins. Elle s'agrippa à lui, acceptant ses baisers, pressée de lui accorder davantage encore.

Se dégageant, il s'agenouilla de nouveau devant elle.

– Je vais te contenter, chuchota-t-il. C'est un autre serment que je te fais. Aucun homme n'aura jamais voulu te contenter comme moi.

Captivée par son regard intense, Cora réprima un gémissement. Une boule de feu semblait palpiter en elle.

– Je veux t'entendre dire que tu m'aimes, reprit-il. Je le sais, mais je veux t'entendre le dire. Je vais t'embrasser partout, ajouta-t-il dans un murmure voilé. Je découvrirai des endroits où poser mes lèvres qu'aucun homme n'a jamais touchés et je te ferai mienne. Je te donnerai tellement de plaisir que tu ne rêveras que de moi pour le reste de tes jours. Et tu me diras que tu m'aimes. Je le sais.

S'approchant, il lui caressa la joue.

– Je veux être plus que ton amant. Laisse-moi te montrer que je suis tout ce que tu désires. Je serai ton foyer, ta famille, tout ce qui t'a manqué jusqu'à présent.

Cora en tremblait d'avance. Ses seins étaient durs et comme dressés vers sa main, vers ses lèvres.

Doucement, très doucement, il dégagea ses jupes et les releva jusqu'à la taille. Sa fragile culotte de coton était son ultime rempart, mais il la lui enleva sans hésiter, la jeta à travers la chambre et admira sa nudité.

Cora se sentait trop vulnérable, elle voulait se couvrir, joindre les jambes, fuir son regard. Mais elle ne bougea pas. Elle lui appartenait, elle le désirait.

– Laisse-moi te montrer comment ça peut être entre nous, dit-il. Laisse-moi te prouver que nous pouvons avoir un mariage plus parfait que ceux des autres. Voici notre lit, Cora. Voici notre foyer...

– Jed...

C'était tout à la fois une prière et un gémissement de douleur.

– Ce n'est que pour toi, mon amour...

Ivre de désir, Cora se jeta dans ses bras et se pressa contre lui. Très doucement, il s'insinua alors en elle et se mit à bouger à un rythme lent et cadencé.

Elle devait admettre l'aimer, songea-t-il. Les mots avaient le pouvoir d'abattre les murs de la peur et de la honte. Il devait l'obliger à les prononcer.

– Oh, Jed, s'il te plaît ! supplia-t-elle. J'ai besoin de toi.

– Moi aussi, Cora, répondit-il, s'efforçant de résister à son désir. Je serai toujours là pour toi. Toujours.

– Jed, s'il te plaît !

– Je t'aime, Cora. Je t'aime.

Secouant la tête, elle serra violemment les dents.

– Jed ! s'écria-t-elle. Oh, Jed, je t'aime !

Comme si de lourdes chaînes s'étaient brisées, Jed ouvrit les yeux et se jeta passionnément en elle.

– Cora ? fit-il, le souffle court.

– Je t'aime, Jed...

Jed s'éveilla. La chambre était maintenant plongée dans l'obscurité, il était seul et nu sur le lit de Cora. Cora ! Levant les yeux, il discerna sa ceinture suspendue à la tête du lit. Oui, il était vraiment le mari de Cora.

Il sourit paresseusement et s'étira. Il avait des crampes. Exquise lassitude... Elle l'aimait. Et avait fini par le dire. Rien ni personne ne pourrait dorénavant les séparer. Le torrent de l'amour était trop rapide et trop puissant.

Fermant les yeux, il sentit les premiers effluves du dîner. Puis quelqu'un frappa à la porte de la cuisine. Jed se redressa, aussitôt en alerte. Il entendait le murmure de voix dans la cuisine, mais pas ce qui se disait...

– Titus ! s'exclama Cora, sincèrement surprise.

Les dernières heures avaient été idylliques. Elle aimait Jed et Jed l'aimait. C'était tout ce qui importait au monde. Elle lui appartenait, pour le meilleur et pour le pire.

Cora avait totalement oublié le rendez-vous qu'elle avait donné à Titus.

– Entrez, dit-elle, le voyant jeter un regard coupable vers la route, comme s'il craignait d'être surpris.

La jeune femme retira le pain du feu. Avec un grand soupir, elle se demanda comment se sortir au plus vite de cette situation délicate. Comment avait-elle pu concocter un tel projet ?

– Titus, je...

Il leva la main pour l'arrêter.

– Non, Cora. Laissez-moi parler le premier.

– Mais je...

– J'ai pensé à vous tout l'après-midi, la coupa-t-il, tripotant nerveusement son chapeau.

– Oui, eh bien, je...

– Je ne peux pas le faire.

Cora le regarda, interloquée.

– Tout est ma faute, reprit Titus en arpentant l'étroite cuisine. Je sais que je vous ai amenée à penser...

Il s'arrêta et se retourna vers elle.

– Il y a longtemps que vous me plaisez, dit-il, l'air

honteux. Et je ne vous l'ai pas caché. Vous êtes une belle femme, Cora. Vous savoir ici, à l'autre bout de ma rue, dormant seule la nuit... C'était une tentation.

Titus la contempla un moment, puis laissa son regard errer autour de la cuisine.

– Souvent, alors que je travaillais au magasin, il m'arrivait de laisser mon esprit s'égarer, Cora. Je m'imaginais remontant la rue et frappant à votre porte. Vous m'auriez invité à entrer et... et...

– Titus, je vous en prie.

– Non, ma douce, laissez-moi finir. Cet après-midi, quand vous m'avez fait votre proposition, eh bien, d'une chiquenaude vous m'auriez fait tomber.

– Je me suis trop hâtée.

– Je me suis empressé de saisir la chance. Mais tout l'après-midi, j'ai réfléchi, réfléchi. Oh, je vous assure, Cora, que je ne pouvais penser à rien d'autre.

Il tourna vers elle des yeux affectueux, presque désolés.

– Vous êtes une femme formidable. N'importe quel homme de la ville serait flatté d'avoir été remarqué par vous. Mais je ne peux pas.

– C'est bon, Titus, fit Cora avec reconnaissance. Je comprends.

Il se remit à marcher de long en large.

– Vous êtes trop bonne, Cora, et je vous dois au moins une explication.

– Vous ne me devez rien du tout.

– Si. Le fait est que je... eh bien... j'aime Fanny. Malgré tous nos problèmes et toutes nos querelles, je ne voudrais pas d'une autre femme. Je ne pourrais pas vivre sans elle. Et si je devais prendre une maîtresse, ajouta-t-il en se tournant vers Cora, elle l'apprendrait tôt ou tard. Et elle en souffrirait tellement...

Il s'arrêta quelques secondes pour maîtriser son émotion.

– Oh, elle resterait avec moi. Elle ne partirait pas avec Maybelle, je ne m'inquiète pas pour ça. Elle a le sens du devoir. Une femme, estime-t-elle, doit rester avec son mari, même s'il la bat deux fois par semaine.

– Oui, fit Cora, pensant à l'hostilité de Mme Penny à son égard. Oui, je le sais.

– Mais je ne veux pas qu'elle reste avec moi à cause de ses principes. Je veux qu'elle reste de son plein gré.

Il avait les yeux embués de larmes et Cora lui toucha le bras.

– Je vous en prie, Titus, n'en parlons plus. Je comprends et je vous admire. Retournez auprès de votre femme.

– Je suis désolé, Cora, dit-il, le front plissé. Je tiens à vous aider dans la mesure de mes moyens.

– Vous m'avez toujours aidée.

– Je sais quel genre de femme vous êtes vraiment et si vous êtes venue me trouver, c'est que les choses vont mal.

Titus tapota la main de Cora toujours sur son bras.

– Vous n'avez pas d'argent pour passer l'hiver ? Je peux vous dépanner, si vous voulez...

– Elle a déjà toute l'aide qu'il lui faut.

Tous deux sursautèrent et s'écartèrent vivement l'un de l'autre. Voyant Jed Sparrow entrer dans la cuisine, pieds nus, avec pour tout vêtement un pantalon hâtivement boutonné, Titus écarquilla les yeux. Il semblait immense dans cette petite cuisine.

– Jed ? s'exclama Titus, incrédule.

Après un bref signe de tête à l'adresse de son ami, Jed s'approcha de Cora et lui entoura la taille avant de déposer un petit baiser sur sa tempe.

– Tu ne savais pas pour Cora et moi, je suppose, dit-il avec une pointe de colère dans la voix.

– Je... enfin je ne m'en doutais pas, Jed, je le jure !

Jed prit un air entendu.

– Cora t'a invité ici pour que je revienne sur ma décision, c'est évident.

– Ta décision ?

– Je veux l'épouser, Titus. Et elle essaie désespérément de me convaincre que c'est une folie.

Il considéra Cora en secouant la tête, puis, lui soulevant le menton, il la regarda dans les yeux.

– Si je ne m'abuse, reprit-il, tu voulais me prouver ton incapacité à être une épouse fidèle ?

Titus Penny continuait à regarder le couple, éberlué.

– Ma Cora connaît mal les hommes, poursuivit Jed. En lançant un autre type dans la mêlée, elle me renforce dans ma détermination. N'est-ce pas, Titus ?

Celui-ci se racla la gorge et hocha nerveusement la tête.

– Tu n'as aucune raison d'être jaloux. Je suis un homme marié et rien, absolument rien, ne s'est jamais passé entre Mme Briggs et moi.

– Je sais, répliqua Jed avec un sourire triomphant. Tu aimes Fanny. Et Cora m'aime et va m'épouser un de ces quatre matins.

– Je vous souhaite à tous deux beaucoup de bonheur, déclara Titus, faisant mouvement vers la porte.

– J'espère te voir au mariage, dit Jed.

– Euh, je ne suis pas certain...

– Bien sûr que tu y seras, le coupa Jed avec un sourire désarmant. Fanny ne saura rien de tes petites manigances avec ma Cora. Et ce n'est certainement pas moi qui parlerai de ta visite de ce soir. Il n'y a donc aucune raison pour que nous ne soyons pas tous bons amis.

Titus ouvrit la bouche pour protester, mais changeant d'avis, il déglutit puis souleva son chapeau.

– J'ai hâte de voir ce grand jour, madame, et ce sera avec plaisir que j'assisterai à la cérémonie.

Cora était sur le point de lui dire que ce n'était pas indispensable, mais Jed reprit :

– Et toute ta superbe famille sera, je l'espère, de la partie ?

– Euh... oui, oui, bien sûr.

– Parfait, parfait, approuva Jed.

La main sur la poignée, Titus avait hâte de décamper, mais Jed avait un dernier trait à décocher.

– Oh, Titus ?

Celui-ci se retourna, inquiet.

– Oui ?

– Je sais que ta femme sera ravie d'accueillir mon épouse dans la communauté.

20

Cora regarda Titus Penny s'éloigner sur la route couverte de neige, puis se tourna vers son amant.

– Comment as-tu pu lui dire que nous allions nous marier ?

Jed haussa les épaules.

– Comment as-tu pu lui demander de venir ici ce soir ?

Cora se tourna en rougissant vers le fourneau.

– Ce pain va être immangeable, dit-elle. A moitié cuit, refroidi, puis recuit.

– N'essaie pas de détourner la conversation, Cora. C'est vraiment mal de ta part d'avoir voulu coucher avec un autre homme pour te débarrasser de moi.

Cora ne répondit rien. Elle était incapable de le regarder en face.

– Je ne l'aurais pas fait, dit-elle enfin. Pas après...

– Pas après cet après-midi, acheva-t-il à sa place.

Elle inclina la tête en signe d'acquiescement.

– Je le sais. Tu m'as avoué que tu m'aimais...

Il s'appuya contre la partie froide du fourneau et la dévisagea.

– Mais, ajouta-t-il, je voudrais savoir ce qu'il est advenu de tes principes, Cora.

Elle le regarda, muette.

– Tu te rappelles ? La sauvegarde de la société et de la morale. Les règles que tu tiens tant à ne pas violer. Elles ne s'appliquaient pas à Titus ?

– Bien sûr que si, dit-elle, embarrassée.

– Mais qu'il commette un adultère, gâche sa vie, tu ne t'en souciais pas ?

– Bien sûr que si, insista-t-elle, se tournant vers lui avec colère. Mais je me soucie aussi d'autre chose.

– De quoi ?

– Je me soucie de toi.

– Je le sais. Tu étais prête à sacrifier pour moi Titus, Fanny, la petite Maybelle et toi-même.

– Je n'ai pas pensé à eux. Je n'ai rien contre eux, mais je n'ai absolument pas pensé à eux.

– Je n'en crois rien. Jamais tu n'as agi sans réfléchir.

Lui saisissant le bras, il l'empêcha de s'éloigner.

– Tu savais que cet acte aurait des conséquences douloureuses.

Cora le dévisagea, l'air coupable. Comment nier la vérité ?

– Pourquoi faire ça ? insista-t-il. Sous prétexte de t'accrocher à ce principe stupide, tu aurais gâché ma vie, la tienne et la leur.

– Je n'aurais pas gâché ta vie.

– Elle l'aurait été, Cora. Si je te croyais capable d'une telle perfidie, si tu m'abandonnais pour un autre homme, ma vie serait gâchée. Je n'aurais plus envie de vivre.

Cora secoua la tête, incrédule.

– Pourquoi as-tu eu une idée pareille ? demanda-t-il.

– Je ne sais pas, dit-elle, au désespoir.

– Tu le sais.

– Non.

– Dis-le-moi, Cora. Tu me l'as déjà dit en haut, répète-le maintenant.

– Parce que... parce que je t'aime.

– Et parce que l'amour est plus important que les principes, n'est-ce pas, Cora ?

Elle resta un moment silencieuse.

– N'est-ce pas ?

– Oui ! Non !... Oh, je ne sais pas !

La prenant doucement dans ses bras, il l'étreignit.

– Je ne sais pas, sanglota-t-elle contre sa poitrine.

– Oh, Cora, murmura-t-il tendrement, ne pleure pas, ma chérie. Tu ne sais pas, bien sûr. Tu ne peux pas savoir. C'était une question piège.

Elle s'écarta de lui, les yeux brillants de larmes.

– Une question piège ?

Il hocha affirmativement la tête. Nul amusement ne se lisait dans son regard.

– Les principes peuvent être parfois plus importants que l'amour. Et parfois, l'amour est plus important que les principes.

L'attirant de nouveau à lui, il essaya de lui faire comprendre :

– Tu as raison sur un point. Nous avons besoin de lois pour vivre. Sinon, nous serions comme des bêtes, nous entre-tuant pour un os. De même, nos coutumes sont très importantes. Mais parfois, les règles ne font que nous refréner.

– Ça ne veut pas dire qu'il faille les ignorer, dit-elle, la voix enrouée.

– Non, nous ne pouvons pas les ignorer. Il faut un équilibre.

– Un équilibre ?

– Un compromis, un juste milieu.

– Il ne peut y avoir de compromis entre le bien et le mal.

– Voyons, que dirait Mme Millenbutter ?

– Mme Millenbutter ?

– Oui. Quand tu lances cette baguette en l'air, comment sais-tu que tu la rattraperas ?

– La gravité ?

– Oui, c'est ça, la gravité. C'est un équilibre de la nature. Plus haut, c'est trop haut, plus bas, c'est trop bas. Tu dois trouver la baguette et la baguette doit trouver ta main. C'est une question d'accord intime.

Cora ignorait manifestement où il voulait en venir.

– Ne m'as-tu pas dit que, d'après Mme Millenbutter, le physique, le mental et le spirituel font, à proportions égales, partie d'un tout ? Et que si l'un est moins développé que les autres, l'harmonie est rompue et tous les aspects de l'existence en souffrent ?

– Oui, admit Cora. Il faut un équilibre dans tout ce que nous disons et faisons, mais les principes selon lesquels nous avons choisi de vivre ne peuvent être changés.

– D'accord, mais dans tout il faut un équilibre. Le divorce est un mal à éviter. Les hommes et les femmes devraient être fidèles à leurs engagements et pourvoir aux besoins de leurs enfants. C'est une bonne règle qui est sûrement utile. Dans notre cas, pourtant, elle n'est d'aucune utilité, au contraire.

– Je suis d'accord avec toi, Jed. Je n'ai jamais eu le sentiment d'être une affreuse pécheresse. Dans mon divorce, je suis irréprochable, mais je suis divorcée, c'est un fait, et je dois en payer les conséquences. La société le veut ainsi.

– Tu as assez payé l'erreur d'avoir épousé Luther Briggs. Même le pire des criminels peut acquitter ses dettes envers la société. Je t'aime et je veux t'épouser.

– Mais toi, tu ne devrais pas avoir à en souffrir.

– Je n'en souffrirai pas, à moins que tu ne refuses de m'épouser.

La tête haute et les épaules droites, Amélie Sparrow pénétra dans le vestibule de sa maison et referma doucement la porte derrière elle. Avec lenteur et grâce, elle enleva son chapeau et son manteau qu'elle accrocha au portemanteau. Puis elle se dirigea vers le salon des familles, où elle entra. Après en avoir inventorié le contenu, elle s'arrêta devant un petit vase en cristal de Bohême, le prit, admira un instant les ravissantes fleurs bleu et or... puis le lança avec violence contre le mur le plus proche.

Le bruit de verre brisé était divinement apaisant. Amélie poussa un soupir. Une ébauche de sourire au coin des lèvres, elle empoigna une petite statue et lui fit subir le même traitement.

Alors qu'elle s'apprêtait à se saisir d'une magnifique pièce de majolique, un grondement l'interrompit :

– Que se passe-t-il, Mellie ?

Amélie se retourna pour se trouver face à Haywood Puser, l'air manifestement contrarié.

Sans répondre, elle leva les bras pour lancer la belle faïence, mais Haywood lui saisit la main sans ménagement et remit l'objet à sa place habituelle.

– Arrêtez ça tout de suite ! ordonna-t-il.

– Je suis chez moi, monsieur Puser, rétorqua-t-elle d'un ton hautain. Et je mettrai la maison en pièces si ça me plaît.

Haywood croisa les bras et la considéra d'un air sceptique.

– Faites, Mellie. Mais ne comptez pas sur moi pour vous aider à ramasser les morceaux.

Sans enthousiasme, Amélie regarda les débris de

verre qui jonchaient le sol. Ce spectacle tempéra considérablement son plaisir.

– Apportez-moi au moins le balai et la pelle, demanda-t-elle sèchement.

Oubliant sa menace, il s'empressa de se mettre à quatre pattes pour l'aider.

– Y a-t-il une raison à cette violence ? demanda Haywood. Ou bien vous exercez-vous pour le lancer de la poêle à frire, en prévision du prochain pique-nique de la fête nationale ?

Amélie lui adressa un regard glacial.

– Je viens de prendre le thé avec Mlle Maimie, dit-elle.

– *Notre* Mlle Maimie ? Cette *chère* Mlle Maimie ? Cette *sainte* Mlle Maimie ?

– Oh, ça suffit !

– Bon, vous allez me dire ce qui se passe ? questionna-t-il, abandonnant son ton sarcastique. Ou allez-vous continuer à bouder tout l'après-midi ?

– Je ne boude pas !

– C'est ce que je vois, gloussa Haywood à la vue de sa moue.

Résistant à l'envie de l'étrangler, Amélie se redressa et se mit à arpenter la pièce.

– On sait pour Jed.

– Qui sait ? demanda Haywood sans s'arrêter de balayer les éclats de verre.

– Mlle Maimie ! répliqua-t-elle, se frappant la cuisse. Et Fanny Penny, et Constance Bruder, et probablement toute la ville ! Il le dit à tout le monde, expliqua Amélie en levant les bras au ciel. Il a annoncé à Titus Penny son intention de l'épouser.

Haywood poussa les derniers morceaux de verre dans la pelle qu'il recouvrit avec le balai.

– Il va donc l'épouser. Ça, c'est une nouvelle !

– Une nouvelle ? C'est un cauchemar, vous voulez dire !

Elle s'assit dans son fauteuil à bascule et se couvrit le visage de ses mains.

– Comment garder la tête haute à présent ?

– Oh ! Ce n'est pas si grave que ça.

– C'est gravissime ! Mlle Maimie dit que ce n'est pas entièrement ma faute, que c'est mon *mauvais sang* qui ressort.

Haywood émit un sifflement ironique.

– Constance Bruder dit que Jed ne sera plus admis à l'église, reprit-elle.

– Ça ne me paraît pas très chrétien. Je ne sais pas si le révérend sera d'accord.

– Et pour Fanny Penny, c'est le pire scandale qu'ait jamais connu Dead Dog.

Haywood s'esclaffa.

– Je ne vois pas ce qu'il y a de drôle ! rugit Amélie d'une voix perçante. C'est la pire chose qui me soit jamais arrivée !

Haywood secoua la tête d'un air désapprobateur.

– Vous voilà de nouveau dans l'erreur, Mellie. Ce n'est pas la « pire chose qui *vous* soit arrivée », parce que ce n'est pas à vous que ça arrive.

– Bien sûr que si.

– Ça arrive à Jed et à Mme Briggs.

– La vie de mon fils et la mienne ne font qu'une.

– Absolument pas, que diable !

– Ne jurez pas devant moi, monsieur Puser !

– Je ne me gênerai pas pour jurer, si ça peut vous rendre un peu plus raisonnable.

– Si vous l'étiez le moins du monde, vous comprendriez ce que cela signifie.

– Je le sais parfaitement, répliqua-t-il, élevant à son tour la voix. Cela signifie que Mlle Maimie a trouvé un nouveau moyen de vous donner mauvaise conscience. Elle n'en a pas vraiment besoin, d'ailleurs : il y a longtemps qu'elle a réussi à vous enlever toute confiance en vous. Quant à Mme Bruder, c'est le boulot de son mari d'amener les pécheurs à se repentir. Et pour ce qui est de Fanny Penny, je pense qu'il est grand temps que Titus la reprenne en main. Elle snobe la moitié des habitants de la ville, sans penser que ce sont justement ceux-là qui achètent les marchandises de son mari et la font vivre. Cette femme est insupportable. Je pense qu'une bonne fessée lui ferait passer son attitude hautaine.

– Bien sûr, se moqua Amélie. Une correction, c'est votre réponse à tout !

– Pas à tout. Mais je me suis dit plus d'une fois que ça vous ferait beaucoup de bien.

– Comment osez-vous !

Amélie se leva avec l'intention de gifler Puser, mais il lui saisit les mains.

– Allons, Mellie, ne surestimez pas vos forces. J'y ai pensé, c'est tout. En colère, je n'ai jamais porté la main sur vous. Mais il m'est arrivé une ou deux fois de vous effleurer par plaisir, ajouta-t-il avec un clin d'œil égrillard.

Amélie ne put qu'émettre un « oh ! » offusqué.

– Ecoutez, Mellie, je suis sûr que Mme Briggs n'est pas si mal que ça. Même le pasteur semble réviser son jugement. Jed est un type bien. Si elle était ce qu'on dit d'elle, il ne serait pas tombé amoureux.

– Vous ne comprenez pas, gémit-elle.

Elle se laissa tomber sur le canapé et enfouit son visage dans son mouchoir.

– Même si elle est une sainte, ça ne change rien. Je perds mon fils.

– Oh, Mellie, Mellie ! s'exclama Haywood en secouant la tête. Cette autorité que vous avez sur Jed, ce besoin de diriger sa vie... c'est comme une mauvaise dent.

– Comment ?

– Vous vous souvenez de votre mauvaise dent ?

– Bien sûr. Elle me faisait constamment souffrir.

– En effet. Mais vous ne vouliez pas que je vous l'arrache.

– Bien sûr que non. Personne n'a envie de se faire arracher une dent. Quel rapport avec Jed ?

– Vous avez besoin d'être pour Jed la personne la plus importante de sa vie. Eh bien, Mellie, je crois que c'est comme cette mauvaise dent.

– Que voulez-vous dire ?

– Je veux dire qu'une part de votre amour pour lui est pourrie.

– Je n'ai jamais rien entendu d'aussi stupide, décréta-t-elle, faisant mine de se lever.

– C'est la plus grande vérité que vous ayez entendue depuis longtemps, aussi je vous suggère de m'écouter. Vous essayez d'étouffer ce jeune homme et de le retenir dans vos jupons. C'est un miracle qu'il ait conservé son bon sens.

– Comment pouvez-vous dire ça ? J'adore mon fils.

– Oui, Mellie. Et si vous voulez le garder, vous devrez le laisser partir.

– Quoi ?

– Essayer de diriger sa vie, c'est comme une mauvaise dent qui s'envenime et qui vous fait tous les deux souffrir. Arrachez cette mauvaise dent, Mellie. Faites-le vite, qu'on n'en parle plus. De toute façon, elle finira par tomber, vous ne pourrez pas le retenir indéfiniment.

Il lui souleva le menton et déposa un tendre baiser sur son front.

– Nous ne sommes pas parfaits, Mellie. Il nous faut parfois abandonner un peu de ce que nous possédons pour conserver le reste. Si vous laissez à Jed sa vie et sa liberté, il vous en sera éternellement reconnaissant.

– Haywood, murmura-t-elle. J'ai si peur...

Il plongea un instant dans ses yeux bleus brillants de larmes, puis l'entoura de ses bras.

21

– Hum... excusez-moi ! lança Jed depuis la porte du salon en voyant sa mère embrasser Haywood Puser sur le canapé.

– Jed ! s'écria Amélie, horrifiée.

Elle voulut se lever, mais, dans sa précipitation, elle trébucha et atterrit sur les genoux d'Haywood.

– Que se passe-t-il, Haywood ? demanda Jed, manifestement intrigué par cette scène inattendue.

Amélie se redressa et se planta, la tête haute, au milieu de la pièce. Haywood se leva à son tour, le visage empourpré. Il s'éclaircit la voix afin de s'expliquer, mais Amélie le devança :

– Jed, je jure que ce n'est pas ce que tu penses. Mes affaires avec M. Puser sont... enfin, il s'agit uniquement d'affaires.

– *D'affaires* ? répéta Jed, amusé. Quel genre d'affaires traitiez-vous exactement ?

– Voyons, Jed, commença Haywood, prêt à défendre l'honneur chatouilleux de Mme Sparrow.

Amélie l'interrompit :

– Jed Sparrow ! jeta-t-elle avec fureur. Je suis grande et je suis chez moi. Si je permets à un homme de m'embrasser, cela ne te regarde pas.

Quelque peu interloqué, Jed ravala son sourire et s'adressa à sa mère d'une voix polie :

– Vous ne le savez probablement pas, maman, mais Haywood a une certaine réputation auprès des dames. Réputation tout à fait méritée, je crois.

Jed s'éclaircit la voix.

– Mon père est mort depuis plusieurs années, reprit-il. Et je comprends que vous vous intéressiez à un autre homme. Cependant, je ne permettrai pas qu'il blesse votre cœur ou votre honneur.

– Mon cœur et mon honneur, jeune homme, ne concernent que moi, fulmina Amélie. J'en ferai ce que bon me semblera.

– Mais, maman...

– Si je veux recevoir un homme dans mon salon, je le ferai, nom d'un chien !

Debout, poings sur les hanches, elle tapa violemment du pied.

Jed pouffa de rire, à la stupéfaction d'Amélie et d'Haywood qui froncèrent les sourcils.

– Qu'y a-t-il de si drôle ? interrogea-t-elle d'un ton menaçant.

La colère de sa mère ne fit qu'accroître son amusement. Depuis la mort de son père, elle n'avait jamais manifesté le moindre intérêt pour l'amour, le mariage ou même des amitiés masculines. Jed s'était souvent demandé si elle ne se trouvait pas trop vieille à quarante-trois ans. Il s'était apparemment trompé.

– Arrête de rire ! ordonna Amélie, hors d'elle.

Essayant de se retenir, Jed leva la main en signe d'apaisement.

– Je suis désolé, je suis désolé, dit-il d'une voix étranglée. Je jure que je ne peux pas être plus heureux. Ça fait des années que je souhaite vous voir ensemble.

Ravalant son embarras, Amélie arbora un air de défi.

– M. Puser et moi sommes devenus amis. Il n'y a rien de répréhensible dans notre relation.

– Je peux dire la même chose pour Mme Briggs et moi, maman. Nous nous aimons et je n'ai pas à en avoir honte.

Amélie secoua fermement la tête.

– Ce n'est pas la même chose.

– C'est la même chose. Mais il n'y a pas à s'étonner si nous nous comportons de la même façon. C'est vous qui avez fait de moi l'homme déterminé que je suis. Exactement comme vous.

– Je ne t'ai pas élevé pour provoquer un scandale dans cette communauté, rétorqua Amélie. M. Puser et moi sommes tous deux veufs et libres de nous unir si bon nous semble. Mme Briggs étant divorcée, elle n'est pas un parti pour un garçon comme toi.

– Je la considère au contraire comme un très bon parti, et si quelqu'un est concerné, c'est moi, et moi seul. Certains aiment à voir le mal partout. Ce n'est pas mon cas. Je ne le vois ni chez Mme Briggs, ni chez vous, ni même chez Haywood, dit-il en jetant un regard à son ami. Maman, je connais sûrement ce vaurien mieux que vous. Je sais que c'est un séducteur, un noceur et qu'il a entraîné plus d'une veuve hors du droit chemin.

– Oh ! s'exclama Amélie en regardant Haywood avec inquiétude.

Elle arrangea sa coiffure et essuya ses mains moites sur sa jupe.

– Voilà ce que je sais de lui, maman, poursuivit Jed, ignorant l'œil noir d'Haywood. Et si j'étais de ceux qui voient le mal partout, je lui casserais la figure. Mais je ne le ferai pas parce que ce gredin est probablement amoureux de vous.

Haywood se racla la gorge, embarrassé.

– Je crois que je vais rentrer chez moi, annonça-t-il. Vous avez sûrement des choses à vous dire.

– Non, reste. Tu es presque de la famille, Haywood. Ce que j'ai à dire concerne la famille, notre famille, dit Jed en se tournant vers sa mère, plein d'espoir.

Voyant Amélie sur le point de s'effondrer, Haywood lui prit la main.

– Je veux que vous soyez heureux, reprit le jeune homme. Ne pouvez-vous pas formuler le même vœu pour moi ?

Redressant le menton avec obstination, Amélie s'écarta d'Haywood. La tête haute et les épaules droites, elle regardait Jed sans répondre.

Son fils attendit longtemps, puis il hocha la tête d'un air désolé.

– Je suis venu faire mes valises, déclara-t-il.

– Tu t'installes avec elle ? demanda Amélie dans un murmure.

Jed savait que sa décision allait blesser sa mère.

– Je m'installe à la ferme. Cora et moi, nous ne vivrons pas ensemble avant d'être mariés.

– Elle va donc t'épouser ? questionna Haywood.

– Oui, je crois.

– Bientôt ? s'enquit sa mère.

– J'ai parlé au révérend Bruder. Il a été un peu surpris, mais je crois qu'il ne s'opposera pas à notre décision.

Jed marqua une pause.

– Je veux que vous assistiez à mon mariage, maman, ajouta-t-il.

Un silence pénible envahit le salon. « Ce ne sera pas facile », songea Jed en se retirant.

– L'entreprise de pompes funèbres vous appartient, maman, dit-il depuis la porte. J'ai demandé à un notaire de Guthrie d'établir les papiers. Elle est vraiment ta patronne, maintenant, ajouta-t-il avec une ébauche de sourire à l'adresse d'Haywood, avant de sortir.

La gorge nouée, Amélie baissa les yeux vers le magnifique tapis turc et se mordit la lèvre pour retenir ses larmes. Puis, se tournant vers Haywood, les lèvres tremblantes, elle murmura :

– Prenez-moi dans vos bras.

Sa valise fut vite faite. Jed laissa dans son armoire tous les costumes sombres et solennels. Il n'avait pas l'intention d'emporter ses habits de deuil. Désormais, il était fermier, et avait besoin d'un bon costume pour le dimanche et de solides vêtements de travail.

Il se sentait à la fois joyeux et effrayé par l'incertitude de l'avenir, ainsi que par la peine qu'il avait lue dans les yeux de sa mère. Le changement n'était jamais facile, mais inévitable. Passer de l'enfance à l'âge adulte comportait son lot d'espoirs déçus, de projets bouleversés, de rêves brisés...

Comme Jed fourrait ses dernières chemises dans la valise, il entendit un chariot descendre la rue. Cela n'avait rien d'exceptionnel, mais pour quelque raison, ce bruit retint son attention et il jeta un coup d'œil par la fenêtre.

Un chariot se dirigeait avec lenteur vers l'entrée de l'établissement. Il était conduit par un adolescent coiffé d'un chapeau marron ; un petit garçon était assis à côté de lui. Lorsqu'ils furent plus près, Jed remarqua au fond du véhicule un corps recouvert d'un drap.

Posant sa valise à côté de la porte, Jed dévala l'escalier.

– Voilà un corps ! cria-t-il en traversant le vestibule.

Percevant du mouvement derrière lui, il comprit

qu'Haywood et sa mère le suivaient. Ils le rejoignirent sur le perron.

L'adolescent arrêta le cheval devant l'entrée et mit le frein. Il ne devait guère avoir plus de seize ans. C'était un beau garçon avec d'épais cheveux noirs et des yeux d'un bleu vif qui rappelaient quelqu'un à Jed.

Le petit devait avoir huit ans. Lui aussi avait d'épais cheveux noirs, mais la ressemblance s'arrêtait là. Ses pommettes hautes et ses petits yeux évoquaient une origine indienne. Il était sans expression, mais à la rougeur de ses joues et de ses yeux, on voyait qu'il avait pleuré.

– Je peux vous aider ? proposa Jed en tendant les bras pour aider le petit garçon à descendre.

– Vous êtes le croque-mort ? demanda l'aîné.

– Oui, répondit Jed, oubliant qu'il venait de démissionner. Je suis Jed Sparrow. Qui êtes-vous ?

– Voici mon frère Arthel. Et on m'appelle Greasy. Nous amenons notre papa pour l'enterrement.

– Comment est-ce arrivé ? questionna Jed de cette voix douce qu'il prenait toujours avec les familles dans la peine.

– Diphtérie, répondit l'aîné en levant bravement le menton. Arthel l'a attrapé le premier. Et maman le soignait quand elle est tombée malade.

Sa lèvre se mit à trembler et Arthel fondit en larmes.

– On l'enterrait quand on a vu que papa aussi était malade.

– Vous avez perdu vos deux parents ? demanda Jed, posant une main compatissante sur l'épaule du plus jeune.

Greasy hocha la tête.

– Sachant qu'il allait mourir, papa nous a dit de

venir à Dead Dog. Il a dit qu'il avait de la famille ici qui s'occuperait de nous.

L'effort qu'il faisait pour se montrer courageux était poignant.

– J'espérais que sa famille le guérirait, balbutia-t-il. Mais il est mort en route, la nuit dernière.

Haywood prit le cheval par le licou.

– Je vais amener votre père derrière.

C'est avec soulagement que les garçons regardèrent le chariot s'éloigner.

Se tournant vers la maison, Jed vit que sa mère semblait aussi émue que lui.

– Je parie que vous avez faim, leur dit-elle avec une chaleur toute maternelle.

– Non, madame, répliqua l'aîné. Nous avons mangé ce matin.

– Bon. Mais un peu de cidre et un morceau de pain de maïs vous réchaufferont. Venez dans la cuisine.

Jed suivit sa mère et les garçons. Familier de la douleur, il savait parler de tout et de rien, ce qu'il fit avec le plus grand naturel.

Amélie disposa toutes sortes d'aliments et de boissons sur la table de la cuisine. En dépit de leurs protestations, les deux garçons mangèrent avec appétit.

– Greasy n'est pas un nom courant, dit Jed. C'est un surnom, j'imagine.

– C'est maman qui a commencé à m'appeler ainsi, répondit le garçon avec un sourire attendri.

– Je crois avoir un peu de gâteau aux pommes dans ce garde-manger, annonça Amélie. Vous en mangerez bien un peu après votre pain de maïs ?

Les garçons acceptèrent avec enthousiasme. Jed les laissa aux soins de sa mère.

Traversant la salle d'embaumement, il sortit par la porte de derrière et arriva à temps pour aider Haywood à transporter le corps.

– Quelle tristesse ! dit Haywood avec un soupir. Comment réagissent-ils ?

– Aussi bien que possible. Perdre ses deux parents et se retrouver seuls...

– C'est surtout dur pour l'aîné. Il va devoir s'occuper de son petit frère et l'élever, alors qu'il est à peine sorti de l'enfance.

Jed ne put qu'acquiescer.

– Tu ferais mieux de ne pas rester ici, reprit Haywood en rassemblant le matériel d'embaumement.

Jed s'aperçut presque avec surprise de l'endroit où il se trouvait. A la seule pensée d'y entrer, il avait généralement la gorge nouée. Aujourd'hui, il n'y voyait qu'une pièce comme une autre.

– Je ne me sens pas le moins du monde malade, s'étonna-t-il.

Même l'odeur de la pièce, certes peu agréable, ne lui semblait plus écœurante.

Haywood le regarda avec curiosité, mais ne chercha pas à le questionner.

– Le garçon croit que c'est la diphtérie. Tu pourrais l'attraper.

Jed hésita un moment avant d'incliner la tête en signe d'acquiescement.

– D'accord, Haywood. Je vais voir ce que je peux faire pour les garçons. J'espère que le père avait encore de la famille par ici.

Jed jeta alors un regard à l'étranger.

L'homme avait les yeux grands ouverts, des yeux d'un bleu vif ; ce n'était pas un étranger. Jed n'avait pas vu ce visage depuis des années, mais il lui était aussi familier que s'il l'avait vu la veille.

– Ô mon Dieu ! murmura-t-il.

Sans un mot d'explication, il quitta la pièce, refermant soigneusement la porte derrière lui. Il arpenta quelque temps le vestibule, agité par une foule de questions.

Finalement il s'arrêta, prit une profonde inspiration et se dirigea vers la porte de la cuisine.

– Greasy, dit-il doucement.

Le garçon leva la tête d'une assiette de gâteau à la pomme et à la cannelle. Il devait avoir au moins quatorze ans, calcula Jed.

– Peux-tu venir un instant avec moi ?

Greasy se leva et le suivit.

– Quel âge as-tu, Greasy ?

– J'aurai seize ans au printemps.

Jed le conduisit dans le grand salon. Le garçon regarda avec curiosité l'ameublement solennel de cette pièce tendue de crêpe noir, blanc et violet, mais égayée d'une multitude de bouquets de fleurs séchées.

– C'est ici que nous déposerons votre père, expliqua Jed.

L'adolescent se contenta d'acquiescer.

– J'irai voir le pasteur cet après-midi. Nous déciderons avec lui du jour et de l'heure de l'enterrement.

Le garçon approuva en silence.

– Je ferai, bien sûr, tout ce que je peux pour vous aider.

– C'est vraiment gentil à vous, monsieur Sparrow.

– Greasy, demanda Jed d'une voix hésitante, peux-tu me dire quel est ton vrai nom ?

– Oh, bien sûr, monsieur. Luther Harlan Briggs, comme mon papa.

22

Le corbillard noir s'arrêta juste devant la maison. Les stores en mica étaient comme d'habitude descendus et les mots *Pompes funèbres Sparrow* brillaient en lettres d'or au-dessus des fenêtres.

Jed serra le frein et y noua les rênes avant de descendre à terre. Il enleva son chapeau et passa la main dans ses cheveux blonds. Par routine il vérifia sa cravate, ses ongles. Une visite de condoléances de plus ; et bien davantage encore. Il arrangea son pardessus et traversa la véranda du petit cottage de Cora Briggs.

Arrivé devant la porte d'entrée, il prit une profonde inspiration et frappa. Elle ouvrit presque immédiatement la porte.

– Jed ! fit-elle, surprise.

Comme il avait décidé de déménager, ce jour-là, pour s'installer à la ferme, elle ne s'attendait pas à le voir avant le coucher du soleil. Remarquant qu'il portait son plus beau manteau, elle s'exclama avec fierté :

– Que tu es beau ! Tu viens prendre le thé avec moi ?

Son sourire était si radieux que Jed eut la gorge nouée. Il fit non de la tête.

Cora aperçut derrière lui le corbillard étincelant au soleil.

– Tu t'es rangé juste devant la maison, dit-elle. Nous avions pourtant décidé d'être très discrets jusqu'au mariage.

– Cora... commença-t-il, retirant lentement son chapeau. Je t'apporte de mauvaises nouvelles.

– De mauvaises nouvelles ?

Jed la regarda dans les yeux, espérant que cette annonce la laisserait froide, mais il savait que le passé ne disparaissait jamais vraiment.

– Luther Briggs est mort. Son corps est dans le salon funéraire.

Cora secoua la tête, incrédule.

– C'est vrai, insista Jed. Il est mort de la diphtérie, la nuit dernière. Ses fils l'ont amené ce matin.

Il vit ses chers yeux bruns s'emplir de larmes.

– Oh, Jed ! murmura-t-elle.

– Je t'aime, Cora.

– Moi aussi, je t'aime, dit-elle, s'effondrant en larmes dans ses bras.

Greasy Briggs arrêta l'attelage juste devant l'entrée de la grande maison blanche de Mlle Maimie, puis s'empressa de sauter à terre pour aider Mme Sparrow.

Plein de curiosité et d'impatience, son frère Arthel était descendu tout seul et grimpait déjà les marches menant à la véranda.

– Merci, dit Amélie en offrant son bras au garçon, comme s'il était son cavalier. Je sais conduire, bien sûr. Mais je le fais rarement. Je préfère laisser cela aux messieurs.

– J'ai été ravi de le faire, madame, répliqua Greasy qui essayait bravement de se comporter en adulte.

Il embrassa du regard l'imposante demeure et ses vastes pelouses.

– C'est une drôlement belle maison ! s'exclama-t-il.

– Oui, c'est beau. C'est ici que votre père a grandi, savez-vous ?

Greasy émit un sifflement.

– Et cette rue, continua Amélie en lui montrant le chemin de terre défoncé qu'ils venaient d'emprunter, c'est la rue Luther. Du nom de votre père.

Greasy se retourna pour regarder la rue, les yeux brillants d'émotion.

– Quelle maison ! s'exclama Arthel, accourant de l'autre bout de la véranda. On dirait un palais. C'est là qu'on va vivre ?

Amélie et Greasy ne prirent pas la peine de répondre au jeune garçon.

– Allez, dit-elle à Greasy en désignant le gros heurtoir de cuivre.

Rassemblant son courage, il le souleva et frappa trois coups. Mal à l'aise, ils attendirent deux longues minutes avant que la porte s'ouvrît.

– Madame Sparrow !

Tulsa May Bruder apparut, particulièrement pitoyable dans sa robe de travail marron et son tablier sale.

– Bonjour, ajouta-t-elle timidement à l'adresse des deux garçons qu'elle ne connaissait pas.

– Bonjour, Tulsa May, dit Amélie d'un ton affairé. Il faut que je parle à Mlle Maimie.

– Entrez, répondit-elle avec bonhomie en ouvrant grande la porte. Je viens juste d'apporter le thé à Mlle Maimie dans son salon de couture. Vous en voulez aussi, madame Sparrow ?

– Non, ma chère enfant, ce n'est pas nécessaire, répliqua Amélie en retirant ses gants de dentelle noire qu'elle rangea soigneusement dans son sac à main.

Se tournant vers les jeunes Briggs, elle leur adressa un sourire de réconfort et donna à Greasy une tape amicale dans le dos.

– Je vais monter lui parler, annonça-t-elle. Tulsa May pourra peut-être vous donner du babeurre ou quelque chose ?

– Bien sûr, madame Sparrow.

Tandis que celle-ci se hâtait vers l'escalier, Tulsa May reporta son attention sur les deux beaux garçons debout dans l'entrée. Elle leur sourit avec chaleur.

– Venez dans la cuisine. Je vais vous trouver quelque chose à manger.

– Je meurs de faim ! dit le plus jeune.

– Arthel ! le réprimanda son frère. Nous n'avons fait que manger toute la journée. Nous n'avons besoin de rien.

– Venez tout de même dans la cuisine. C'est la seule pièce confortable de la maison. Tout le reste est beaucoup trop luxueux pour y vivre normalement.

Les deux garçons la suivirent docilement, admirant au passage le somptueux mobilier.

– Je m'appelle Tulsa May. J'aide ici pour quelques semaines, jusqu'à ce que Mme Ruggy soit remise.

Le bel adolescent lui sourit avec gentillesse.

– Le petit s'appelle Arthel, dit-il. Et moi je suis Greasy...

– Mademoiselle Maimie ? fit Amélie d'une voix hésitante, en frappant un coup léger à la porte du salon de couture. Bonjour, mademoiselle Maimie.

La vieille dame leva le nez de son thé et lui fit signe d'entrer.

– Vous revoilà déjà ! s'exclama-t-elle. Vous avez raison, Amélie. Si vous prenez le parti de ce garçon et de cette traînée, ça se retournera contre vous.

Amélie hocha distraitement la tête.

– Je ne viens pas pour ça, mademoiselle Maimie. J'apporte de mauvaises nouvelles.

Mlle Maimie esquissa une vilaine grimace.

– De mauvaises nouvelles ? Je sais ce que ça veut dire : du travail pour les fossoyeurs.

La vieille dame secoua la tête et lança d'un ton brusque :

– J'espère que ce n'est pas Mattie Ruggy. J'ai besoin de cette vieille. La fille du pasteur est aussi bête que laide !

– Non, non. Ce n'est pas Mattie...

S'approchant de la vieille dame, elle s'agenouilla à côté de son fauteuil et prit sa main pâle et déformée.

– C'est Luther.

– Luther ? répéta Mlle Maimie, la regardant sans comprendre. Mon Luther ? Mon fils ? fit-elle en écarquillant les yeux, incrédule.

Le masque de méchanceté de la vieille dame disparut brusquement. Prenant Amélie par le cou, elle se mit à sangloter contre son épaule.

Cora était assise sur les genoux de Jed dans le fauteuil à bascule. Elle avait un peu pleuré, puis s'était laissé consoler. Ils se balançaient lentement, au rythme du chant que fredonnait Jed :

Tandis que le train roulait,
Un mari pleurait,
Songeant au bonheur,
De quelques brèves années...

Bizarrement, cet air triste les réconfortait.

– Ce n'était pas un mauvais homme, dit enfin Cora. C'était un faible.

Jed continua à la bercer doucement.

– J'ai vu ses fils.

– Ses fils, soupira-t-elle. Le second était aussi un garçon ? Je ne l'ai pas su.

– Oui, il doit avoir à peu près huit ans.

– Ça correspond.

– Il ressemble plus à un Indien que l'aîné. L'aîné est le portrait craché de Luther.

– C'est bien, fit Cora avec une ombre de sourire.

Jed paraissait tout à fait calme, mais sa gorge était nouée.

– Vous avez divorcé il y a huit ans, dit-il.

C'était une constatation plus qu'une question.

– Oui...

Elle hésita, comme si, après tout ce temps, elle ne souhaitait toujours pas donner d'explications, comme si elle voulait encore protéger ceux qui étaient vraiment innocents.

– Le bébé était déjà en route, déclara-t-elle enfin. C'est pourquoi j'ai hâté la procédure de divorce.

– Pourquoi ne l'a-t-il pas épousée à la naissance du premier garçon ? C'était des années avant de te connaître. Etaient-ils séparés ? N'était-il pas au courant pour son fils ?

– Il l'a épousée, dit-elle avec un haussement d'épaules.

– Quoi ?

Cora esquissa un sourire.

– Il l'a épousée selon la coutume cherokee.

Jed la regarda avec surprise.

Tendrement, Cora lui caressa les tempes.

– C'est comme quand tu accroches ta ceinture à la tête du lit, reprit-elle. La loi ne le reconnaît pas, mais les parties concernées s'estiment engagées.

– Luther Briggs était marié à une autre femme ? fit Jed, atterré.

– Oui. Je ne l'ai pas su tout de suite. Bien que Mlle Maimie ait pris un malin plaisir à laisser échapper des allusions. Je suis sûre qu'elle me considère comme la femme la plus bête de tout le pays. Je faisais entièrement confiance à Luther. Je ne me suis jamais le moins du monde inquiétée.

– Parce que vous vous aimiez ?

– Non, dit-elle après réflexion. Luther et moi ne nous aimions pas vraiment. Mais nous étions mariés. On m'a appris que cela autorise à donner sa confiance.

Jed hocha la tête.

– Crois-tu qu'elle aussi lui faisait confiance ?

– Ce n'était pas la même chose. Bien que les Cherokees soient habituellement monogames, il arrive qu'un homme ait deux femmes.

– Elle connaissait donc ton existence, mais tu ne connaissais pas la sienne.

– Non, je ne connaissais pas son existence. Sauf à la fin.

– Mais Mlle Maimie était au courant.

Cora prit une expression dure.

– C'était l'idée de Mlle Maimie !

– Quoi ?

Cora poussa un soupir.

– Elle n'approuvait pas la femme indienne de Luther. Elle avait honte de ce mariage et ne voulait pas que cela se sache.

– Et personne ne l'a su.

– Non. Luther gardait sa petite famille à Muskogee et revenait toujours seul à la maison. Muskogee est suffisamment éloigné pour que personne n'ait été au courant à Dead Dog. Cela a duré un certain temps.

– Et ensuite ?

– Mlle Maimie a fini par exiger des petits-enfants. Luther a essayé de lui faire accepter celui qu'elle avait déjà.

– J'imagine la réaction de Mlle Maimie.

Cora acquiesça.

– Luther t'a donc épousée pour lui faire plaisir ?

– Il a essayé de l'éviter le plus longtemps possible. Mais Mlle Maimie détenait toute la fortune de Luther ;

les terres, les parts de société, tout était resté à son nom. Lorsqu'elle a voulu des petits enfants, elle lui a annoncé que faute d'épouser une Blanche convenable, elle lui couperait les vivres.

– Alors il t'a épousée.

– Oui. En désespoir de cause, il s'est présenté au foyer méthodiste et m'a demandée en mariage. Je ne savais rien de son épouse cherokee, ni de sa situation financière, ni même de sa mère. J'ai juste vu un beau jeune homme qui allait m'arracher à ma vie d'orpheline et me chérir jusqu'à ce que la mort nous sépare.

Cora évoquait avec une pointe d'amertume ses rêves de jeunesse. Jed l'attira dans ses bras et l'étreignit.

– Il m'a amenée à Dead Dog pour que je sois auprès de sa mère, reprit-elle. Il voulait continuer à vivre à Muskogee avec sa *vraie* femme et son enfant.

– Mais ça n'a pas marché.

– Ça aurait pu. Je n'ai jamais rien soupçonné. J'étais heureuse, surtout après qu'il m'a fait construire cette petite maison loin de celle de Mlle Maimie.

Elle poussa un nouveau soupir.

– La construction de la maison a mis Mlle Maimie en fureur, poursuivit-elle. Peut-être en a-t-elle été blessée, je ne sais pas. Ce que je sais, c'est qu'elle voulait me faire du mal. C'est elle qui m'a tout révélé : la femme, l'enfant, l'infidélité de Luther. Et tu connais Mlle Maimie. Elle n'a pas pris de gants : elle l'a fait de façon horrible, sordide. Je ne peux pas me résoudre à lui pardonner.

« Dès que j'ai revu Luther, je l'ai mis devant les faits. Il aurait dû partir immédiatement, mais il m'a dit qu'il allait l'abandonner. Qu'il serait dorénavant un mari fidèle et plein d'égards. Je voulais le croire. Et j'ai accepté qu'il reste.

– Mais il n'a pas tenu ses promesses.

– Il a essayé. Pendant quelques mois, il est resté presque tout le temps avec moi. Il a vraiment essayé. Je l'ai cru. Mais il aimait cette femme, c'était aussi simple que cela.

Jed acquiesça.

– Quand il a découvert qu'elle attendait un deuxième enfant, il n'a pas pu rester davantage, dit-elle en levant les yeux vers lui.

Elle ne lut aucune trace de jalousie dans son regard, seulement de la compréhension.

– Il a renoncé à tout, expliqua-t-elle. A moi, à sa mère, à ses affaires, à son héritage. Il a tout rejeté pour la femme qu'il aimait. J'ai essayé de le haïr, Jed. Mais je ne peux que l'en admirer.

Jed plongea les yeux dans les siens. Cora avait gardé le secret de Luther – pour Luther, pour ses enfants, pour Mlle Maimie, pour la ville. Elle en avait endossé le blâme et la honte.

– Je t'aime, Cora, murmura-t-il en lui caressant la joue. Je n'ai même pas de peine pour Luther Briggs. Il est avec la femme qu'il aime, et moi avec celle que j'aime.

Elle ébaucha un sourire.

– Maintenant, je suis vraiment libre de me marier, Jed.

– Pas du tout ! s'exclama-t-il avec une indignation feinte. Tu es *ma* femme et je n'ai pas l'intention de te laisser filer !

– Comment ? demanda Mlle Maimie à travers ses larmes. Comment mon fils est-il mort ?

– La diphtérie, répondit Amélie.

– La diphtérie ? Comme ici...

– Les caprices de la maladie sont incompréhensibles, dit Amélie en essuyant les larmes de Mlle Maimie avec son propre mouchoir.

« Survivre à son enfant doit être l'épreuve la plus cruelle qui soit », pensait-elle.

– Dieu seul sait pourquoi Il rappelle certains et en laisse d'autres sur la terre, murmura-t-elle.

– Les voies de Dieu me dépassent. M'enlever Harlan dans la fleur de l'âge et mon cher Luther dans ma vieillesse, c'est plus que je n'en peux supporter.

Les larmes aux yeux, Amélie étreignit la frêle vieille dame.

– Muskogee a donc été touché ?

– Je ne sais pas, répondit Amélie. Je sais seulement ce que les garçons m'ont dit.

– Les garçons ?

Après un instant d'hésitation, Amélie caressa les fins cheveux de Maimie.

– Les fils de Luther, dit-elle. Ils ont ramené son corps à Dead Dog pour l'enterrement.

Maimie parut un instant perdue, mais retrouva bientôt son air dur, plus familier à Amélie que la vulnérabilité dont elle avait fait preuve jusque-là.

– Que cette squaw n'attende aucune charité de ma part !

– Cette squaw ? Vous voulez dire la mère des garçons ?

– Elle croit peut-être que je vais acheter son silence, mais elle se trompe !

– La femme est morte, dit Amélie en lui tapotant la main.

– Elle est morte, elle aussi ?

– Oui.

Maimie la considéra longuement, comme si elle pesait ses mots.

– Il m'a donc envoyé ses petits bâtards ? reprit-elle froidement. Je ne veux pas de sauvages chez moi.

Interloquée, Amélie se leva et fit quelques pas dans la pièce.

– Mademoiselle, dit-elle, s'exhortant au calme, vous n'êtes pas dans votre état normal. Je comprends que sa liaison avec cette Indienne vous ait contrariée. Mais c'est du passé. La mort est l'ultime pardon. Vous avez deux petits-fils qui ont besoin de vous.

– Cette squaw est arrivée à ses fins. Luther croyait qu'elle l'aimait, mais elle n'en avait qu'après mon argent, ma position, je le sais bien. Elle a eu ces sales métis pour essayer de voler mon héritage, de s'approprier les traditions d'une grande famille.

– Mademoiselle Maimie, vous vous égarez.

– Mon héritage est le plus important de tout le territoire. Peut-être même de tout le pays. Avant la guerre, nous étions les princes du Sud. Des princes, je vous dis ! Jamais je n'accepterai que ce noble sang coule dans les veines de petits indigènes.

Laisser Mlle Maimie prétendre à une aristocratie qui était pure fantaisie avait été jusque-là un jeu inoffensif. Mais rejeter les enfants de son fils sous un prétexte aussi fallacieux était pure démence.

– Ce sang coule dans leurs veines, mademoiselle Maimie. Vous devriez les voir. Ils ressemblent tous les deux à Luther. Et l'aîné est son portrait craché.

– Ce n'est pas vrai ! s'écria la vieille dame. Je sais dans mon cœur que cela est impossible.

– C'est pourtant vrai. Laissez-moi vous les amener. Vous constaterez par vous-même. C'est l'héritage que Luther vous laisse. Ce sont vos petits-enfants.

La vieille dame écarta d'un geste la proposition d'Amélie.

– Vous voudriez que je les reconnaisse ? Vous me décevez, Amélie. Si je reconnaissais ces... ces *enfants*, cela reviendrait à accepter de telles alliances. Ce serait la fin de la bienséance et de la civilisation. Ne le comprenez-vous donc pas ? Et mon Luther ? Si je me charge de ses rejetons, il n'apprendra jamais à ne pas contrarier ma volonté.

– Maimie, Luther est mort. Il ne peut plus vous contrarier !

Maimie sursauta, comme si elle avait oublié la sinistre vérité. Ses yeux bleus s'emplirent de larmes et un masque de douleur passa fugitivement sur son visage.

– Jamais je ne reconnaîtrai ces enfants, lança-t-elle avec défi. Je ne leur reproche pas d'avoir vu le jour. Mais ils sont le produit d'une union illégitime, immorale.

– Ils sont orphelins, mademoiselle Maimie. Ils ont besoin de vous.

Elle secoua la tête. Sa décision était irrévocable.

– Je ne peux pas imposer ces intrus à ma communauté. Envoyez-les dans une école indienne. C'est là qu'ils ont leur place.

Atterrée, Amélie regarda la vieille dame en secouant la tête. Qu'une mère pleurant la mort de son fils pût refuser le réconfort de ses petits-enfants, voilà qui la dépassait. Tournant les talons, elle se dirigea vers la porte. Qu'allait-elle dire aux garçons ? Comment expliquer que leur grand-mère préférait les règles de la société à sa propre chair ?

Arrivée à la porte, elle hésita et se retourna vers la vieille dame.

– Mademoiselle Maimie... vous savez, vous avez beaucoup compté dans ma vie. Pourtant, vous n'avez jamais hésité à me rabaisser, à me rappeler que j'étais une moins que rien. Mais je vous admirais. Vous représentiez la ville de Dead Dog. Votre faveur faisait ou défaisait quelqu'un. Vous aviez plus de pouvoir que quiconque dans cette ville. Personne ne vous aurait contrariée. Je voulais vous plaire. Je voulais être vue avec vous.

Amélie poussa un immense soupir.

– Mademoiselle Maimie, la plus grande partie de ma vie, j'ai voulu être vous.

Se retournant pour partir, Amélie ajouta d'un ton plein de pitié :

– Vous n'êtes qu'une vieille femme seule et aigrie, qui a chassé son propre fils. Votre fils vous a, semble-t-il, pardonné ; il voulait vous offrir une dernière chance. Deux jeunes vies destinées à vous apporter de la joie. La plupart d'entre nous devons vivre éternellement avec nos erreurs. Mais vous avez eu la chance de pouvoir faire amende honorable, de réparer, d'aimer vraiment. Et, reprit-elle en secouant tristement la tête, vous avez répété la même erreur. Vous avez donné la priorité aux convenances.

Amélie savait qu'elle ne remettrait jamais plus les pieds dans cette pièce, que cette visite était la dernière. Elle poussa un nouveau soupir, comme si elle était déchargée d'un énorme fardeau.

– Je voulais être vous, dit-elle. J'en rêvais. Mais je ne le serai jamais, mademoiselle Maimie. Je ferai tout pour ne pas l'être !

23

Lorsqu'ils entendirent frapper à la porte, Cora était encore dans les bras de Jed, dans le fauteuil à bascule du salon. Elle se précipita à la fenêtre. Ecarquillant les yeux, elle se retourna vers Jed.

– C'est ta mère, chuchota-t-elle.

Aussi surpris que Cora, Jed se dirigea vers la porte, mais elle l'arrêta.

– C'est ma maison, dit-elle, essayant de remettre de l'ordre dans sa coiffure à l'aide de quelques épingles. C'est à moi d'accueillir nos invités.

Prenant un air de défi, Cora ouvrit la porte.

– Bonjour ! lança-t-elle avec une politesse outrée.

– Bonjour, madame Briggs.

Jetant un regard derrière la jeune femme, elle ajouta :

– Jed ?

Les deux femmes se faisaient face sur le pas de la porte.

– Puis-je entrer ? demanda Amélie.

– Je vous en prie, répondit Cora avec un geste de bienvenue.

Jamais Amélie Sparrow n'avait franchi le seuil de ce cottage. Mais elle ne perdit pas de temps à inspecter la pièce. Elle ne lâchait pas le jeune couple des yeux. Elle vit son fils glisser un bras protecteur autour de la taille de Cora.

– Puis-je m'asseoir ?

– Mais je vous en prie, répondit Cora, lui montrant le canapé. Vous voulez du thé ?

– Du thé ? Non, répondit-elle avant de changer d'avis. Oh, et puis, pourquoi pas, madame Briggs ? Je serais ravie de prendre le thé avec vous.

Amélie s'assit avec raideur en tortillant nerveusement ses gants. Elle était incapable de lever les yeux vers son fils, assis en face d'elle et presque aussi mal à l'aise.

– Le thé sera bientôt prêt, annonça Cora en revenant dans le salon.

Elle s'assit à côté de Jed.

Amélie s'éclaircit la voix en quête d'un sujet de conversation.

– J'arrive du presbytère des Bruder, dit-elle enfin. Il y avait longtemps que je n'avais pas dirigé un attelage. J'avais oublié combien c'est fatigant, ajouta-t-elle en se frottant l'épaule.

– Quelqu'un aurait pu vous conduire, intervint Jed.

– Je tenais à le faire. J'avais besoin de me promener seule pour réfléchir.

Cora observa Mme Sparrow avant d'acquiescer.

– Je crois voir ce que vous voulez dire, déclara-t-elle. Ma bicyclette me donne la même impression d'indépendance. Mme Millenbutter estime que l'effort physique peut aider à clarifier les idées.

– Mme Millenbutter ? fit Amélie. Oh oui, le révérend semble très séduit par ses théories.

– C'est un moyen de faire travailler les muscles de vos bras. Bientôt, vous n'aurez plus aucun problème pour diriger votre attelage.

Amélie feignit de s'intéresser au sujet. Elle posa plusieurs questions, de manière à entretenir la conversation, jusqu'à ce que Cora retournât dans la cuisine.

La jeune femme partie, Amélie regarda son fils.

– Que faites-vous ici, maman ? demanda-t-il.

– J'arrive de chez Mlle Maimie.

– Oh ? fit Cora qui revenait avec le plateau de thé.

– Comment a-t-elle pris la nouvelle ? s'enquit Jed.

Amélie tourna les yeux vers son fils, puis vers la femme qu'il aimait.

– Comme elle seule pouvait le faire.

Jed et Cora échangèrent un regard, mais Amélie n'en dit pas davantage.

Soulevant la théière – cadeau de mariage de la mère de Jed –, Cora servit le thé selon les règles de l'art, puis tendit une tasse qu'Amélie accepta avec reconnaissance.

– Où sont les fils de Luther ? demanda Jed.

– Chez le révérend Bruder, répondit Amélie.

Jed regarda Cora avec étonnement.

– C'est Tulsa May qui en a eu l'idée, expliqua sa mère. Voyant que les garçons avaient perdu leurs parents et n'avaient nulle part où aller, elle a immédiatement proposé sa maison. Il n'aurait pas été chrétien de la part du révérend et de Constance de refuser. Les garçons resteront là jusqu'à ce que le jeune Greasy décide de ce qu'il veut faire.

– Maimie ne veut rien faire pour eux ?

La question de Cora n'exigeait pas de réponse. Ils la connaissaient tous.

– Non, dit cependant Amélie. Reconnaître ses propres petits-enfants aurait été une violation des règles.

Les jeunes gens hochèrent la tête.

Le silence se prolongea dans le petit cottage. Amélie s'éclaircit de nouveau la voix.

– Je vous dois des excuses, me semble-t-il, madame Briggs, reprit-elle en levant résolument les yeux vers

Cora. Je vous ai cruellement injuriée et j'ai souvent médit de vous.

– Vous ignoriez la vérité, répliqua Cora d'un ton égal.

– L'ignorance n'est pas une excuse. Il ne m'a fallu qu'un petit encouragement de Mlle Maimie pour vous calomnier. J'ai tout fait pour salir votre nom. J'en suis profondément désolée.

– J'accepte vos excuses.

Stupéfaite de la facilité avec laquelle elle avait obtenu son pardon, Amélie poursuivit :

– D'autre part, j'ai tenu des propos désobligeants sur vous à mon fils qui vous aime. J'ai proféré des ordres déraisonnables, des menaces cruelles et... et versé des larmes destinées à lui donner mauvaise conscience, dit-elle en croisant le regard de Jed.

« J'ai toujours prétendu tout faire pour apporter le bonheur à mon fils. Mais dès qu'il l'a eu trouvé, j'ai essayé de le lui enlever.

Elle baissa les yeux, essayant de cacher ses larmes, mais rassemblant son courage, elle regarda de nouveau le jeune couple.

– Il est bien tard, je le sais. Sans doute pensez-vous que Cora se trouvant désormais innocentée aux yeux de toute la ville, il est dans mon intérêt de me réconcilier avec vous. Ce n'est pas entièrement faux. Mais je voulais vous dire combien je suis désolée. J'ai eu tort, entièrement tort depuis le début. Si vous ne pouvez pas oublier ce que j'ai fait, je le comprendrai. Mais j'espère... je... j'espère que vous ne m'écarterez pas de vos vies...

Jed avait envie de la rassurer, mais il se tourna vers Cora : c'était à elle de décider.

La jeune femme le considéra longuement, avant qu'un chaleureux sourire n'illuminât son visage.

– Je n'ai pas de famille, madame Sparrow. Il est

bien évident que nous tenons à ce que vous partagiez nos vies. Tous les enfants ont besoin d'une grand-mère.

Manifestement soulagée, Amélie se tamponna les yeux avec un mouchoir.

– Peut-être que l'un de nos enfants s'intéressera aux pompes funèbres ? dit Jed avec un sourire.

– Pour ce qui est de l'entreprise, Jed, ton père te l'a laissée à toi. Il t'aimait et voulait que tu hérites de l'œuvre de sa vie.

– Maman... commença Jed.

Amélie leva la main pour l'arrêter.

– Ce n'est pas un travail pour toi, c'est clair. Mais je ne peux accepter que tu me la donnes comme si ce n'était rien. C'est une affaire rentable, et j'ai de l'argent. Avec des versements échelonnés, je pense pouvoir te la racheter.

– Ecoutez, maman...

– Merci, madame Sparrow, intervint Cora. Nous aurons certainement besoin d'argent pour remettre la ferme en état. Jed souhaite se lancer dans la floriculture. Ce serait la première exploitation de ce genre dans la région. Un petit capital l'aiderait à démarrer.

Jed regarda sa future femme avec étonnement, mais ne la contredit pas.

– Je suis sûre, ajouta Cora, que votre fils vous proposera des arrangements équitables. C'est l'homme le plus gentil, le plus honnête, le plus digne de confiance que j'aie jamais rencontré. Vous pouvez être fière de l'éducation que vous lui avez donnée.

Il faisait presque nuit lorsque Amélie quitta le cottage. Cora et elle s'appelaient déjà par leurs prénoms. Le jeune couple avait évoqué un mariage dans l'intimité, mais Amélie les en avait dissuadés.

– Laissez-moi m'en occuper, avait-elle conclu. Ce

sera le plus beau mariage que Dead Dog ait jamais connu.

L'esprit occupé par toutes sortes de détails, elle venait de mettre l'attelage au trot quand elle vit Haywood Puser qui l'attendait au bout de la clôture.

– Oh ! Haywood, vous m'avez fait peur, dit-elle, arrêtant les chevaux. Que faites-vous là ?

– Je vous attendais, Mellie. Je venais voir si Mme Briggs ne vous avait pas arraché les yeux et s'il ne fallait pas vous ramener à la maison.

Amélie secoua la tête en souriant. Sans y avoir été invité, Haywood grimpa sur le siège à côté d'elle.

– Cora et moi ne sommes pas encore les meilleures amies du monde, mais je pense que cela ne saurait tarder. Entre belle-mère et belle-fille, c'est une bonne chose.

– Entre mère et fils, ce n'est pas mal non plus.

Avec une familiarité qui lui aurait valu une gifle autrefois, il passa un bras autour de sa taille tandis que les chevaux repartaient au pas.

– Je suis allé voir le pasteur pour l'enterrement.

– C'est pour quand ?

– Demain. Nous avons décidé d'accélérer les choses afin que les enfants reprennent au plus vite une vie normale.

Amélie approuva d'un hochement de tête.

– Comment vont-ils ? demanda-t-elle.

– Ils n'ont pas l'air mal. La petite Tulsa May s'est chargée de ses invités avec son enthousiasme habituel. Et les garçons ont déjà réussi à s'attirer la sympathie de Constance.

– Vraiment ? fit Amélie, ravie.

– Le révérend ne tardera pas à se radoucir. Il m'a dit qu'un tel chagrin dans l'enfance a conduit plus d'un homme au sacerdoce. Et Arthel s'est déjà mis à jongler comme un professionnel avec les nouvelles massues du révérend.

Ils rirent tous deux de bon cœur. Haywood la serra contre lui, et Amélie s'écarta avec un air de reproche.

– Monsieur Puser !

Le sourire de celui-ci n'était pas particulièrement contrit.

– J'ai décidé d'acheter à Jed l'entreprise de pompes funèbres, annonça-t-elle, changeant de sujet.

– Quelle bonne idée, Mellie ! Voilà qui soulagera ce garçon une bonne fois pour toutes et lui donnera de quoi lancer son exploitation.

– Je suis contente que vous approuviez. Bien évidemment, je vous garde, monsieur Puser. Vous n'avez pas à vous inquiéter pour votre avenir.

– Oh, je ne m'inquiète pas. Ce n'est pas le boulot qui manque. Je vais voir ce que je peux trouver.

– Comment ?

– Je dis que je vais chercher.

– Comment ? répéta Amélie, abasourdie.

– Maintenant, c'est votre salon funéraire. J'ai toujours travaillé pour Jed, vous savez.

– Vous ne voulez pas travailler pour une femme ? demanda-t-elle, les yeux étincelants de fureur.

– Oh, je n'ai rien contre, Mellie. C'est pour vous que je n'ai pas envie de travailler.

Amélie en resta muette de stupeur.

– Où irez-vous ? demanda-t-elle enfin.

– Je ne sais pas. L'endroit m'est égal. J'ai l'idée d'avoir ma propre entreprise de pompes funèbres.

– Votre propre entreprise ? Je ne savais pas que vous en aviez les moyens.

– Oh, un homme n'a pas toujours besoin d'argent. Beaucoup se sont acquis une affaire sans y mettre un sou.

– Je ne vois pas comment.

– C'est simple. Il faut que je trouve une veuve qui possède une entreprise de pompes funèbres. Je l'épouse et le tour est joué.

Amélie arrêta brutalement l'attelage au milieu de la rue et le regarda, bouche bée.

Il lui sourit.

Au bout d'un moment, elle lui rendit son sourire.

24

– Je te prends pour épouse, cette alliance en fait foi...

Cora considéra le large anneau d'or que Jed lui passait au doigt. Levant les yeux, elle croisa son regard et ils échangèrent un sourire, avant de se tourner vers le brave révérend.

– En vertu de l'autorité que me confèrent l'Eglise et le territoire de l'Oklahoma, clama le révérend, je vous déclare mari et femme. Que nul ne sépare ce que Dieu a uni.

Le pasteur esquissa un sourire bienveillant.

– Vous pouvez l'embrasser maintenant, mon fils, dit-il, comme s'ils avaient besoin de sa permission.

Jed attira Mme Cora Sparrow et posa délicatement les lèvres sur les siennes. Doux baiser qui scellait le serment qu'ils venaient d'échanger.

Comme le baiser se prolongeait, les matrones pouffèrent derrière leurs éventails, tandis que des jeunes gens applaudissaient.

Les époux se séparèrent, rouges de confusion. Jed offrit avec fierté le bras à son épouse et fit signe à Opal Crenshaw, assise au piano. Souriante, la femme entama avec enthousiasme *Heureuse la demeure où Dieu est présent*, tandis que Jed et Cora remontaient l'allée centrale et sortaient de l'église, suivis du révérend.

Jed s'arrêta en haut des marches et embrassa sa femme sur le bout du nez.

– Je t'aime, réussit-il à murmurer avant que toute la communauté de Dead Dog n'émergeât de l'église pour les féliciter.

– Nous tenons ce jeune homme en haute estime, déclara Grace Panek à Cora. Osgold et moi sommes infiniment heureux qu'il vous ait trouvée.

Nora Dix admira la robe de Cora, alors que sa fille s'extasiait sur l'alliance du satin et de la dentelle pêche.

Encouragée par Lily Auslander, Constance Bruder invita Cora à se joindre, dès son retour de voyage de noces, à leur réunion du mardi.

– Nous étudions Le Livre de Job, l'informa-t-elle. Et nous consacrons une demi-heure aux exercices de respiration et à la gymnastique.

Jed et Cora furent entraînés par la foule sur la pelouse de l'église. Les enfants, qui avaient dû se tenir tranquilles le temps de la cérémonie, couraient dans tous les sens. Avec l'aide de Beulah Bowman, Amélie servait du cidre et elle invita les jeunes mariés à couper le gâteau.

A la demande de sa femme, Kirby Maitland apporta une chaise pour Fanny Penny.

– Ce n'est pas sérieux, Fanny, la gronda Mme Maitland. Votre petit garçon a à peine deux semaines. Vous n'auriez jamais dû quitter votre lit.

Fanny se contenta de sourire. Elle paraissait en bonne forme et plus jolie qu'elle ne l'avait été depuis longtemps. Titus avait exigé d'être escorté par la plus belle femme de Dead Dog et Fanny avait accepté de l'accompagner.

Amélie parvint enfin à attirer Jed et Cora vers le gâteau.

– Coupe le gâteau et offres-en à ta femme, ordonna Amélie.

– Comment ? fit le jeune homme que cette idée ne semblait pas enthousiasmer.

– C'est un symbole, insista sa mère.

Avec un haussement d'épaules, Jed coupa un petit morceau du magnifique gâteau et le glissa entre les lèvres de Cora.

– Il est délicieux, dit celle-ci à sa belle-mère qui se rengorgea sous le compliment.

Tandis que les enfants se précipitaient pour en chiper des miettes, les femmes remplissaient des assiettes.

– Regardez-moi, madame Cora ! cria Tulsa May de l'autre bout de la pelouse. J'apprends la baguette.

La jeune fille fit tournoyer avec une certaine habileté la baguette de seringat flambant neuve. Cora applaudit et l'exhorta à continuer à s'exercer.

Humley s'approcha de Jed et lui flanqua une bourrade dans les côtes.

– T'as pas besoin d'une petite bouteille de whisky pour ta nuit de noces ? chuchota-t-il. Ça réchauffe la plus froide des femmes. Garanti.

Jed sourit et tapota l'épaule de son interlocuteur.

– Non, merci. Je crois pouvoir m'en charger.

Le jeune Arthel montra aux fils de Ross Crenshaw comment lancer des massues, tandis que la petite Maybelle Penny tapait du pied.

– A moi ! A moi ! Donnez-les-moi ! criait-elle, furieuse, aux garçons qui avaient presque deux fois sa taille.

– J'espère qu'on pourra bientôt s'échapper, murmura Jed à l'oreille de Cora. Cet hôtel de Guthrie me semble le paradis.

Cora ouvrait la bouche pour approuver, lorsqu'un bruit de voiture attira son attention. Un superbe phaéton noir, légèrement démodé mais magnifiquement briqué, s'arrêta devant l'église. Conrad Ruggy, en habits du dimanche et chapeau haut de forme, occupait le siège du cocher. Derrière, parée comme une reine, trônait Maimie Briggs.

Tout le monde se tut, et chacun consulta son voisin du regard, ne sachant que faire. Osgold Panek regarda Titus Penny. Titus regarda Carlisle Bowman. Carlisle regarda le révérend Bruder. Mais ce fut Jed Sparrow, sa femme à son bras, qui se dirigea vers la voiture de Mlle Maimie.

– Bonjour, mademoiselle Maimie, dit-il poliment. C'est gentil à vous d'être venue. Vous connaissez ma femme ?

Cora inclina la tête, et, à la surprise générale, Mlle Maimie lui tendit la main.

– Je vous souhaite beaucoup de bonheur, madame Sparrow. Je vous ai apporté un cadeau de mariage. Conrad...

Ruggy descendit du phaéton et prit le plateau d'argent posé sur le siège derrière lui. Avec un sourire et un clin d'œil, il le tendit à Cora.

– Mon mari me l'a acheté à Saint Louis, expliqua Mlle Maimie. J'avais l'intention de le donner à votre mère, Jed, mais il vaut mieux que ce soit vous qui l'ayez.

A la vue de cette belle pièce d'argenterie, Cora esquissa un sourire.

– Merci beaucoup, mademoiselle Maimie. Venez donc prendre un morceau de notre gâteau de mariage.

Alors que Jed aidait la frêle vieille dame à descendre, Fanny s'empressa de lui laisser sa chaise. Assise au milieu de la foule, Mlle Maimie retrouva ses couleurs et son air hautain.

– Quel joli petit garçon, Fanny ! dit-elle d'une voix suave. Et ne vous inquiétez pas, je suis sûre que vous finirez par retrouver en partie votre taille.

Lentement, comme si c'était une pénitence, chacun vint à son tour lui présenter ses hommages et essuyer ses remarques désobligeantes. Mais ses traits semblaient moins acérés que d'habitude.

Lorsqu'elle aperçut la jeune Tulsa May, elle faillit l'appeler pour lui reprocher son manque d'élégance, mais en remarquant le jeune garçon qui riait à ses côtés, sa gorge se noua. Ces cheveux noirs, ce large sourire, ces yeux bleu vif...

– Luther ! murmura-t-elle dans un souffle. Mon Dieu, mon petit Luther...

Cora sortit de derrière le paravent dans une nouvelle chemise de nuit en calicot rose. Elle se planta au pied du lit, attendant la réaction de Jed.

Une lampe à côté de lui, il était allongé sur le lit, griffonnant sur un bout de papier. Lassée d'attendre, Cora se racla la gorge.

Jed leva enfin la tête.

Elle sourit et lui fit une révérence.

– Jolie, dit-il, avant de se remettre à écrire.

– Je l'ai achetée toute faite au grand magasin de Guthrie.

Jetant un nouveau coup d'œil, il sourit :

– C'est de l'argent gaspillé. Je vais te l'enlever tout de suite.

Puis il s'absorba de nouveau dans son papier.

– Tu me sembles bien occupé, ce soir, dit-elle avec une pointe de dépit.

– J'ai perdu une semaine en voyage de noces. Je

suis fermier désormais, il faut que je pense à mon travail.

– Tu as *perdu* une semaine en voyage de noces ?

Jed ne répondit rien.

– C'est comme ça que tu conçois les choses ? demanda-t-elle, abasourdie.

– Que je conçois quoi ? fit-il en levant les yeux.

– Le mariage ! hurla-t-elle.

Jed lui adressa un regard las.

– Tu es ma femme maintenant, Cora. Les épouses ne sont pas comme les filles avec qui on jette sa gourme.

– Je ne veux pas que tu me traites comme une étrangère. Je ne le supporterai pas !

– Je crains que tu n'aies pas le choix, répliqua-t-il en montrant sa ceinture accrochée à la tête de lit, symbole des promesses qu'ils s'étaient faites. Mais ne t'inquiète pas. Je connais mon devoir d'époux et je ferai le nécessaire pour que tu attendes au plus vite un enfant.

– Ton devoir ! s'écria Cora, s'efforçant de contenir la colère qui grondait en elle.

– Oui, mon devoir, Cora. Le mariage, c'est ça après tout. Qu'attendais-tu d'autre ?

– L'amour !

– Bien sûr, je t'aime. Tu ne peux pas en douter.

– Mais... mais...

Elle était trop exaspérée pour trouver ses mots.

– Cora, fit-il en secouant la tête. Idylle et mariage ne vont pas ensemble.

Saisissant son oreiller, elle l'éleva au-dessus d'elle et, avec un cri féroce, un cri d'Indien sur le sentier de la guerre, elle l'abattit de toutes ses forces sur la tête de Jed.

Elle recommença jusqu'à ce qu'il réussît à s'emparer de l'oreiller et à le jeter par terre. Ils luttèrent un moment à mains nues, d'abord elle au-dessus, puis lui, puis de nouveau elle, et faillirent plusieurs fois tomber du lit. La fureur décuplait les forces de Cora. Elle eut longtemps le dessus, mais ses bras finirent par faiblir.

Couché sur elle, d'une main il bloquait les siennes contre la tête de lit. De l'autre, il serrait le morceau de papier sur lequel il écrivait avec tant de concentration avant la bagarre.

Il approcha le papier de ses yeux et, à la pâle lumière de la lampe à pétrole, il le lut d'un air solennel :

Un homme recherche le bonheur
Tout au long de sa vie.
Mais il ne le trouvera jamais
Tant qu'il n'aura pas trouvé
Une femme pour l'aider
A devenir quelqu'un.
A aimer et à chérir pour l'éternité.
Cette femme je l'ai trouvée
Elle s'appelle Cora.
Pour mon plus grand bonheur
Je l'adorerai toujours.

Il lui lâcha les mains. Elle l'enveloppa de ses bras, plongea dans ses intenses yeux bruns qu'elle aimait tant.

– Jed, murmura-t-elle.

– Oui, mon amour ?

– Cramponne-toi à la culture des fleurs. Tu ne seras jamais poète.

Aventures et Passion

Quand les passions se déchaînent, quand elles entraînent des êtres prêts à tout pour les vivre dans un tourbillon d'aventures tumultueuses, elles sont dans la collection Aventures et Passions.

De l'Angleterre moyenâgeuse à la Louisiane déchirée par la guerre de Sécession, des îles Caraïbes aux rivages de l'Inde, Johanna Lindsey, Julie Garwood, Jennifer Blake, Kathleen Woodiwiss et tous les meilleurs auteurs du genre dressent pour vous des décors historiques somptueux. Suivez les aventures de leurs héroïnes rebelles que seul l'amour parvient à dompter.

BITTNER Rosanne
Pionnière au Montana
3970/6 Inédit

BLAKE Jennifer
Sérénade en Louisiane
3169/5
Les chaînes de l'amour
3240/5
Un éden sauvage
3347/6
Le vengeur créole
3415/5
Le temps d'une valse
3758/5
Bien qu'ayant fait un mariage de convenance, Amélie n'aura pourtant de cesse qu'il soit consommé. Mais au matin, elle s'apercevra qu'elle a pris, sans le savoir, un amant !

BRANDEWYNE Rebecca
La lande sauvage
3018/5
Duel sur la lande
3055/4
Pour l'amour d'un comanchero
3159/7
La passion du conquistador
3285/5
Pour échapper aux intrigues perverses de Don Rodolfo, Aurora est prête à s'enfuir au bout du monde !
Les amants hors la loi
3397/6
Un mari en héritage
3543/5
La prisonnière du drakkar
3907/5 Inédit

BUSBEE Shirley
Le quiproquo de minuit
2930/5
Au-delà du pardon
2957/5
L'appel de la passion
3056/8
Sous le sceau de l'amour
3287/7

CAMDEN Patricia
Sous la coupe du Sultan
3704/6 Inédit
Le fils du diable
3868/5 Inédit

COPELAND Lori
Hannah l'indomptable
3260/2
Les traîtrises de l'amour
3414/5
La piste de la vengeance
4061/4 Inédit

COULTER Catherine
Esclave du Viking
4023/5 Inédit

DAILEY Janet
Le solitaire
1580/4

DEVERAUX Jude
La saga des Montgomery
- Les yeux de velours
2927/5
- Un teint de velours
3003/5
- Une mélodie de velours
3049/4
- Un ange de velours
3127/4

Les dames de Virginie
- Kidnappée par erreur
3180/5
- La fiancée délaissée
3181/4
- Mariage forcé
3182/5
- Le pays enchanté
3372/5

Duel de femmes
3447/4
L'homme au masque
3523/4
Les entraves de l'amour
3643/5
La duchesse infidèle
3683/6 Inédit
Un mari par procuration
3794/4
Directrice d'une agence matrimoniale, Carrie tombe amoureuse d'un de ses clients en voyant sa photo...
La tentatrice
3889/5 Inédit
A vingt-huit ans, Christiana n'est toujours pas mariée. De plus, elle est résolue à faire carrière comme reporter. Est-ce là un métier pour une jeune fille de bonne famille ? Furieux, son père engage deux hommes pour la ramener à la maison. Tynan et Asher parviendront-ils à remplir leur mission ?
L'éveil d'Amanda
4045/4

Aventures et Passions

FEATHER JANE

La favorite du sérail
3448/6
A Grenade, à la fin du XVe siècle, la belle Sarita succombe au charme d'Abdul, le seigneur maure qui règne sur l'Andalousie. Cependant dans le sérail de l'Alhambra, de sombres complots se trament contre la favorite.

La nuit de Saint-Petersbourg
3560/6

La favorite afghane
3664/7 Inédit
Muté par ses supérieurs en Afghanistan, le capitaine Kit Ralston de l'armée britannique ne s'attendait certes pas au charmant spectacle d'une ravissante jeune femme indigène, se baignant nue dans une rivière ! Mais la belle Ayesha est la favorite du cruel Akbar Khan...

FINCH CAROL

Aveuglée par l'amour
3777/6

Séduction au clair de lune
3946/6 Inédit

GARLOCK DOROTHY

Le métis apache
3594/5

GARWOOD JULIE

Sur ordre du roi
3019/5

Un ange diabolique
3092/5

Un cadeau empoisonné
3219/5

Désir rebelle
3286/5

La fiancée offerte
3346/5

Le secret de Judith
3467/5

Un mari féroce
3562/6 Inédit

Le voile et la vertu
3796/5

HAGAN PATRICIA

Violences et passions
3201/6

Folies et passions
3272/5

Gloires et passions
3326/6

Fureurs et passions
3398/5

Splendeurs et passions
3541/5

Rêves et passions
3682/6 Inédit

Honneur et passions
3756/5

Triomphe et passions
3847/5

HANNAH KRISTIN

Pépites d'or
4004/7 Inédit

HAZARD BARBARA

L'aventurier des Bermudes
3703/7 Inédit

Coup monté
3811/6

HENLEY VIRGINIA

La colombe et le faucon
3259/5

La fleur et le faucon
3416/6

La rose et le corbeau
3522/5

Les amants secrets
3641/7 Inédit

Mariage à l'essai
3866/7 Inédit

La travestie de Venise
3969/7 Inédit
Pour éviter que la propriété familiale ne tombe aux mains d'un cousin sans scrupules, Antonia prend l'identité de son frère jumeau, disparu en mer. C'est alors qu'arrive son tuteur, Adam Savage, un aventurier qui a fait fortune à Ceylan. Trouvant le jeune Tony trop timoré, il entreprend de faire son éducation...

JOHANSEN IRIS

Prince de cœur
3757/7
Dans l'Inde de l'époque coloniale, l'intrépide Jane Barnaby dirige la construction d'une voie ferrée et connaît une passion tumultueuse auprès du beau Ruel, un aventurier écossais.

JOHNSON SUSAN

Proposition malhonnête
3542/5

Le séducteur sauvage
3642/6 Inédit

Les enchères de la passion
3705/7 Inédit

JOYCE BRENDA

Le fier conquérant
3222/5

Des feux sombres
3371/5

Candice la rebelle
3684/7 Inédit

KLEYPAS LISA

Par pure provocation
3945/5 Inédit
Arrogante et provocatrice, Lily Lawson semble prendre plaisir à choquer la bonne société londonienne. Au point que sa famille, outrée par ses extravagances, ne la reçoit plus. Lily va même jusqu'à tenter de séduire le fiancé de sa sœur, le hautain Lord Alex Raifort. Mais le secret de sa conduite scandaleuse ne réside-t-il pas dans une terrible blessure ?

L'ange de minuit
4062/4 Inédit
Condamnée à mort pour le meurtre de son fiancé, un pervers qu'on a retrouvé égorgé, Tasia parvient à s'enfuir de Russie et gagne l'Angleterre. Sous un nom d'emprunt, elle entre comme gouvernante au service de Lord Stokehurst. Celui-ci succombe peu à peu au charme exotique de la mystérieuse jeune femme.

4021

Photocomposition Assistance 44-Bouguenais
Achevé d'imprimer en Europe (France)
par Brodard et Taupin à La Flèche (Sarthe)
le 11 septembre 1995. 1894M-5
Dépôt légal sept. 1995. ISBN 2-277-24021-4
Éditions J'ai lu
27, rue Cassette, 75006 Paris
Diffusion France et étranger : Flammarion